Nä, wat ha m'r lache mosse

Anekdoten, Gedichte und Geschichten aus dem Siegerland

von Trutzhart Irle

Das Titelbild stellt „Schdänghüewers Abba" dar, mit profanem Namen Heinrich Geisweid, der 1914 als prachtvolles Exemplar Siegerländer Originale im gesegneten Alter von 88 Jahren zu Ferndorf verstarb.

Nä, wat ha m'r lache mosse

Anekdoten, Gedichte
und Geschichten
aus dem Siegerland

Dr. Trutzhart Irle

Gronenberg-Verlag

Unser Dank gilt den zahllosen Heimatfreunden, die uns bei der Erstellung dieses Bändchens durch Mitteilung von Anekdoten oder heiteren Begebenheiten behilflich waren, insbesondere:

Frieder Bald, Siegen
Hans Bottenberg, Niederschelden
Heinz Buch, Weidenau
Walter Fick, Weidenau
Fritz Göbel, Siegen
Alfred Hain, Offenbach
Renate Hassmann, Siegen
Aloys Hoffmann, N.-Salchendorf
Dr. Wilhelm Jung, Siegen
Dr. Eberhard Kölsch, Siegen
Werner Leichnitz, Weidenau
Alfons und Hedwig Ley, N.-Helgersdorf
Alfred Lück, Siegen
Susanne Merle, Geisweid
Albert Rosin, Weidenau
Ewald Sahm, Burbach
Ernst Schlag,
Fritz Siebel, Ferndorf
Klaus Simon, Geisweid
Ulf Stötzel, Netphen
Dr. Hermann Thomas, N.-Eschenbach
Esther Tröger, Freudenberg/Siegen
Paul Uebach, Freudenberg
Alfred Ziliox, Weidenau

Herausgeber: E. H. Ullenboom
Grafik und Illustration: Hendrik Kranenberg
Reproduktion und Druck: E. Gronenberg Gummersbach
Buchbinder: Berenbrock-Wuppertal

ISBN 3-88265-038-9

Inhaltsverzeichnis

Einleitung

Lieber Leser!

Der große Erfolg unseres Anekdotenbändchens „Siegen und Umgebung", die überwältigende Resonanz aus allen Bevölkerungsschichten des Siegerlandes und seitens all derer, die unserer Heimat nahestehen, haben uns veranlaßt, in dieser Richtung weiterzuarbeiten. Nichts scheint mir heilsamer für angeknackste Seelen als ein Schmunzeln oder befreiendes Lachen, nichts hilft so leicht über schwere Stunden hinweg wie der Humor.

Noch immer sind viele Anekdoten, Schwänke und heitere Gedichte im Umlauf, die es zu sammeln und zu erhalten gilt. Zwar haben die Errungenschaften der modernen Technik wohl endgültig die Zeiten verdrängt, an denen im Dämmern der „Leechtschdonn" oder bei der Verrichtung gemeinsamer Arbeiten eine Fülle lustiger Begebenheiten von Mund zu Mund ging, aber die überlieferten erfreuen sich nach wie vor größter Beliebtheit und sind bei Familienfeiern, geselligen Zusammenkünften oder an den Stammtischen auch heute noch Quelle ständiger Erheiterung. Da diese für die abgehetzte Psyche so heilsamen Abende am folgenden Tag gewöhnlich mit den einleitenden Worten kommentiert werden: „Nä, wat ha m'r lache mosse!",gab ich dem vorliegenden Bändchen diesen bezeichnenden Titel.

Der Humor des Siegerländers weist Charakteristika auf, die sich aus der historischen Entwicklung des Landes und seiner Bevölkerung ergeben haben. Die Bezugsworte weltfremd, wortkarg und sparsam zielen in diese Richtung. Häufig nahm man auch Fehler oder Gewohnheiten der Mitmenschen, bestimmte Berufe, benachbarte Orte und Volksstämme aufs Korn. Besondere Kapitel wurden den bekanntesten Originalen wie Thomase Louis, Fretzes Henner, Hollekuse Willäm, Schwickerts Hein, Wetzes Gollo etc. gewidmet.

Nicht immer sind die dargebotenen Anekdoten für besonders feinsinnige und empfindliche Naturen gedacht. Gerade die beliebtesten und volkstümlichsten Erzählungen dieser Art erscheinen oft reichlich derb, aber sie entsprechen der unverbildeten Seele eines Volkes, das in Bergwerken und Fabriken, im Hauberg und auf dem Feld sein

Brot durch harte körperliche Arbeit verdienen mußte und weder Muße noch Gelegenheit hatte, sich mit dem Studium edler Umgangsformen zu befassen. Man würde die volkskundlichen Tatsachen verfälschen, wollte man sich darüber hinwegsetzen.

Oft gehen die Erzählungen und Gedichte auf wahre Begebenheiten zurück, werden jedoch gewöhnlich stark übertrieben dargestellt und bildhaft ausgeschmückt. Vor allem aber bringt neben dieser schöpferischen Darstellungsweise stets die Mundart die rechte Würze in die ,,Rimmcher"oder ,,Verzeällcher". Allein das Siegerländer Platt ist in der Lage, eine Wiedergabe äußerst erheiternd erscheinen zu lassen, die sich im Hochdeutschen nicht sonderlich amüsant anhört.

Uns kam es vor allem darauf an, eine große Auswahl der schönsten Anekdoten, lustigsten Gedichte und humorvollsten Geschichten, die während der vergangenen hundert Jahre in unserer Mundart erzählt oder zu Papier gebracht worden sind, in einem handlichen und auch äußerlich ansprechenden Buch zusammenzufassen. Es sollte also gewissermaßen ein Brevier des Siegerländer Humors entstehen. Natürlich stieß dies Vorhaben an die Grenzen des wirtschaftlich Erstrebenswerten, denn das Bändchen sollte zu einem Preis erhältlich sein, den sich ein jeder leisten kann. So stellt das Dargebotene auch eine subjektiv vorgenommene Auslese dar, die weder Anspruch auf Vollständigkeit erhebt, noch darauf, jedem Geschmack das für ihn Optimale präsentiert zu haben.

Dies Bändchen verfolgt allein den Zweck, allen Freunden unserer schönen Heimat und seiner kraftvollen Mundart einige frohe Stunden zu bereiten. Möge dies zu Ihrer Zufriedenheit gelingen.

Glückauf!

Ihr Trutzhart Irle

Schlagfertigkeit

D'r ohgleckliche Frerensstefter.

'n ahle, awwer woahre Geschechte.

Itz kemmt 'n truurige Geschechte
Vah ainem, dä 't net v'rstonn,
'N Stritt ze seh onn net ze schlechte,
Wenn Raot onn Daot nix helfe konn.

D'r Mannes onn sinn Frau gereere
Sich, wee gewehnlich, enn de Hoar,
Wenn 'n d't Ainerlai vamm Freere
Naoh vierzeh Dag d'r Raiz v'rloar.

Dah war 'n Strehhalm enn d'r Kechche,
'N Fenster enn 'm Botzebai,
,N Käsdong, fett oar denn gestrechche
Als Grond zomm Zänke net ze klai.

Dat fong gewehnlich ah met Bromme
Wuur hart Gespräch onn dah Gelärr,
Dah schannte Sie d'r Mah ,,dä Kromme"
Onn hä d't Frauche ,,schäbb Geschärr."

Veellechts naoh zwo Minute Schänne
Spau häh sich enn de baire Hänn:
Sie awwer satte zwaimaol fenne
Mit ainem Satz zomm Kratze enn.

Dat war de Krisis vah d'r Sachche;
Wenn ähr d'r eärschte Sprong meßlong,
Dah hoarte m'r 'n Oahrfij krachche,
Wovah 'r Heärn onn Seh v'rgong.

Emm annern Fall war häh emm Schaare
Doo foar 'n vierzeh Dag v'rstallt,
Wenn hä net sprong, de Nas ze baare
Enn Salz onn Essig, dechtig kalt.

Aimoal noh war d'r Hau gelonge:
D'm Ammi wuur emm Enke schleecht.
Duh kaom d'r Hanjoast renngespronge
Onn sähte: ,,Jong, dat ess net rääacht!"

,,Welt du dah lao dat gaore Mensche
Als wee 'n Buschsche Streh trakdirn?
Dah sell m'r jo wahrhaftig wennsche,
Dat de Pasteär so wat erfihrn."

Dat moßte daochch d't Ammi fräjje,
Wenn ätt dat hoarte. Ja, ech main!
Met ainem Sprong stonn dat vamm näjje
Off aimoal werer off de Bain.

,,Wat!" blarrte ätt, ,,dä ahle Driewes!
Däh Abch! dä Aekel! wat well dä?
Itz packe dich, sost geäste schiewes!
Wo ess d'r Kneppel uss d'm Häh?

Droff, Mannes, off däh ahle Racker
Onn hau 'n kromm onn lännelahm!
Krijjen am Kaopp! ech helfe wacker!
Dä Dilkes hah m'r schwinn lao zahm!"

D'r Hanjoast loof, sost gaof 't Dräschsche
Onn sechcher 'n z'rresse Fell.
D't Ammi kaom 'm naohgekreschsche!
,,Oos Mannes schleäht mich, wee hä well!"

Jakob Heinrich Schmick 1868

Ansichtssache

Der aus dem Hessen stammende Anstreicher Weil zu Ferndorf hatte einen schönen Auftrag erhalten und machte sich daran, die geblümten Tapeten an die Wände zu kleben. Als die Auftraggeberin ihr Wohnzimmer betrat, schrie sie aber entsetzt: ,,Nä, de ganze Dabeede eß jao verkort röm jekläbt." Da antwortete der Malermeister gelassen: ,,Ei, da kennste nix von, des sei Hängeblume!"

En goore Abfuhr.

D'r ahl Feschbach woar en kloojer Mah on veel on witt en d'r Welt remhärgekomme. Leirer hadde hä no a däm geschejjde Kobb e paar firchderlech groaße on offallend witt abstoahende Oahrn. Dat woar noa joa zwoar nur en Isserlichkeid, wänn och känn schärne. Awer et eß noa aijmoal so em Läwe, de maißde Lii gucke fast nur off det Isserlijje. Doabii wird da emmer de Hauptsache, nämlich det Enwännijje, ewerseh.

So mäncher schinnd en Groawian, on eß gar känn, sonnern häd onner sinner rauhe Schal e goldig Herze. Werer e anner wird als arig gizzig on schwär gnekkerich ageseh, on eß doabii nur schbarsam, on wänn et geäld, härre emmer en offene Hand on Herz. M'r sall äwe e Debbe net nur va ußwännig beurdailn, sonnern noa däm, wat drenn eß. So wuur da och d'r ahl Feschbachs Vadder mänchmoal va so oawerflächlijje Hoahlkäbbe, de eän wierer net kannden, wäje sinner groaße Oahrn gefobbd. Dat moag awer so en Uzer nur aijmoal bii däm Ahl, — dä goab so Kalle nämlich emmer en derardijje Antwort, dat se a där Abfuhr vor emmer genoog hadden. De Dommköbbe merkden da emmer zo spä, met wäm sed bim ahl Feschbach ze doa hadden on woarn am Änn emmer sälwer de Blamierde.

Noa soaß Feschbachs Vadder moal werer gäje Oawend bi Heifersch Wißkobb en d'r Lehrstroaße, troank sech e Debbche on rauchde doabii en Heächd Strangdubakk. En d'r Wirtsstoarb woarn veel Lii, awer he geng et emmer ruhig on orndlech zo, dänn et woar en agesehene Wirtschaft on Verkehrslokal vor deffdijje Seejener. Ah däm Oawend doa hadden sech noa so zwoo schnoarrelijje Stenze en de Wirtschaft verlaufe on moagen sech wahne wechdig. De baide Kalle soaßen d'm ahl Feschbach gäjenewer on klobbden so schnodderijje Schbrich.

Wie se noa nix me zu proahln on ze lege hadden, doa wollden se sech am ahl Feschbach riewe on moagen so allerlejj ahzüglijje Bemerkunge vawäje groaße Oahrn onsowierer. Dä Ahl loaß de domme Kalle schwäzze, on doa, als wänn hä gar nix merkde. Doa wuurn awer de Buche emmer ewermedijjer, lachden ewer dä ahl Mah, zaiden met de Hänn sooo groaß wärn de Oahrn; on soast so dommes Zich. Off aijjmoal sähde ainer va dä Fläjel: ,,Mann, was haben Sie ein paar scheußlich große Ohren!" — Doa noahm d'r ahl Feschbach ganz langsam sin Piffe uß d'm Mull, guckde dän freche Lemmel a, on sähde ganz ruhig: ,,Geweß, Jong! min Oahrn on din Verstand, dat hädde en schärner Eärsel gegäwe!" — Durch de schlagferdijje Antwort hadde Feschbachs Vadder werer moal de Lacher off sinner Sidde, on de zwoo Schnöseln moagen hurdig, dat se rußkoamen.

Hermann Reuter, 1938

Ewerdrombt.

Kleins Willäm woar sitt drei Woche bestaat on wur va sinner Frau arig kurz gehahle. Wenn moarjens em halwer Ning dä Lehrjong met d'r Babbschachtel onnerm Arm die Arweter froagde, wat hä än vam Metzeler foar Wurscht metbränge sell, da sähde d'r Willäm meistlech: ,,Nix, min Frau hät m'r schoe de Dong beläd." — Dat woar awer net d'r Fall, deänn noaher en d'r Pause stallde sech ruß, dat d'r Willäm bläcke Ranke met ganz denn droff gekratzter Magarine oaß. Eimoal ah 'nem Moarje, wie dä Jong än werer froagde, warrer metbränge sell, sähde d'r Willäm: ,,Drij Broet, dat macht de Backe roet." Doa meinde awer dä Klaij: ,,E beläd Bodderbroet macht so nochemoal soe roet."

Noaher en d'r Kaffipause soaß d'r Willäm met sinne Kollege bi d'r Schmedde on frehsteckte. Seit d'r Willäm no bestaat woar, schwadde hä meistlech va sinnem Anna. Hä strech sin jonge Frau off all Wiis russer. Wänn m'r dat hoarde, konn m'r mein, die Frau wär e Ußbond va Schönheit, Flissigkeit, Dechdigkeit onsowierer. Dat det Anna arig sparsam, wänn net sogar schrabbig on kneckerich woar, konn m'r joa ohne wierersch am Willäm sinne drijje Donge seh. Die annern bestaate Kalle leeßen d'n Willäm ald emmer schwätze on proahln. Die doachten geweß: hä eäß jong bestaat, dat gedd sech da met d'r Zitt. Wenn awer d'r Willäm soe doa, als wenn all annern Wieweslii Zammeln on Latsche wärn, usser sinnem Anna, da wurf soe e ahler bestaater Veteran ald moal en Brocke d'rhin, wuur awer gleich werer met 'nem annern Vorzug vam Anna gedäckelt. Eimoal ah 'nem Moarje proahlte d'r Willäm werer mit sinner schärne Frau on sähde: ,,Min Anna, dat hät Hoar, et eäß en wahre Pracht. Wenn dat s'r sin Zobb offmächt, da falln sin lange schärne Haar beß zom Knee. Dat meßtet ihr moal seh." — Doa meinde d'r ahl Vouels Albert: ,,Jong, dat eäß joa noch garnix. Wänn min Frau s'r de Hoar offmächt, da fällt d'r Zobb off de Eär!" —

Scheintot

In Fellinghausen lag ein alter Mann schwerkrank zu Bett. Da es offenbar dem Ende zuging, versammelten sich bereits die Erben im Krankenzimmer, um die letzte

Stunde zu erwarten. Als für einen Moment die Atmung aussetzte und ein tiefer Seufzer folgte, sprach einer der Wartenden: ,,Hä hätt ußjeleere." Da kam der Alte noch einmal in seinem Bett hoch und rief: ,,Hä hätt au wat jepeffe!"

Bestellter Mist

In Buschhütten hatte eine Frau einen ihr bekannten Bauern schon mehrfach um eine Fuhre Mist gebeten, ohne daß eine solche eintraf. Als sie den trefflichen Landwirt erneut mahnte, gab dieser seelenruhig zurück: ,,Secher, Lina, krijjeste dinn Karrche Mest, onn wänn et si sall onner't Bädde!"

Sehr lebendig

In Freudenberg gedachte ein junger Bursche einer älteren Frau, die dafür bekannt war, nicht auf den Mund gefallen zu sein, den Schneid abzukaufen. Er verkleidete sich in regenschwerer Nacht als Gespenst und sprang mit den Worten: ,,Ich bin der Tod!" hinter einer Hausecke hervor, als die Oma noch einen kurzen Gang vor die Tür machen wollte. Statt zu erschrecken, schlug sie aber dem Gespenst mit Macht den Schirm auf den Kopf und rief: ,,Onn ech sinn det Leawen!"

Verfängliche Worte

Zu einer Zeit, als die Damen noch keine Schlüpfer trugen, säuberte eine Frau die Treppe vor ihrem Haus mit einem stark lädierten Handfeger. Als die Nachbarin dies sah, rief sie: ,,Nä, Lina, du häst awer noch weanich Hoarn dra," worauf die so Angesprochene ungerührt konterte: ,,So? Da sä dinnem Ma, hä wör e ahler Lälles!"

Wahlmöglichkeit

Schmidts Fritz war Bäckereibesitzer in Freudenberg und von seinen Eltern verpflichtet worden, als Junggeselle bei seiner Schwester Emma zu bleiben. So lebten sie in einer Art Haßliebe zusammen. Als Emma ein Radio, Fritz aber lieber ein Grammophon anschaffen wollte, kam es wieder zu einer Auseinandersetzung, in deren Verlauf der Fritz erläuterte: ,,Häsde en Radio, moßde hüern, wat **die** wonn, häsde en Grammefon, kaasde hüern wat **ech** well."

Kurz angebunden

In Freudenberg fährt eine Luxuslimousine langsam durch den Ort. Als Haaks Henner auf dem Bürgersteig in Sicht kommt, hält der Wagen an, ein wohlbeleibter Herr kurbelt das Fenster herunter und redet den Pasanten unfreundlich mit den Worten an: ,,Nach Krottorf!" Da antwortet der Flecker ebenso kurz angebunden: ,,Va mir uß!"

Ochsenverkehr

Neefs Christian unterhielt in Burbach eine gutgehende Schankwirtschaft und legte viel Wert auf gepflegtes Aussehen seiner Errungenschaften. Bald kaufte er einen neuen Schanktisch, der vor Silberblech, Messingbeschlägen und weißen Platten nur so funkelte. Einige Tage darauf kam ein Gast in die Wirtschaft, der sich gerne mit dem Christian anlegte und sprach: ,,Donnerjao, Christian, dat sitt jao hee uß wie bim Mätzeler!" ,,Enjao," erwiderte der Christian, ,,derwäje han ech och itzend dä waane Oasseverkehr!"

Ungleiches Maß

Reinecks Konrad war dafür bekannt, daß er selten eine Antwort schuldig blieb. Er hielt den Gemeindebullen und bekam dafür jährlich ein Quantum Hafer. Das gleiche Privileg stand aber dem Pastor zu. Als der Konrad eines Tages vor dem Hause Holz hackte, kam der geistliche Herr vorbei und wechselte einige Worte mit ihm. Plötzlich fing der Bulle im Stall an, lauthals zu brüllen. ,,Wie kommt es eigentlich", fragte der Pastor, ,,daß der Ochse immer brüllt, wenn er mich hört?" Da erwiderte der Konrad: ,,Dä arjert sech geweß, dat Sie meh Hawer krijje wie hä!"

Umgekehrt

Schneiders Jupp hatte Geburtstag und erwartete viele Freunde. Für das leibliche Wohl war gesorgt, und bald ging es hoch her. Als es immer später wurde, mußten die Kinder ins Bett, nur der dreizehnjährige Paul durfte noch aufbleiben. Plötzlich fragte einer der Gäste den Jungen: ,,Na Paul, rauchsde da och alt en Zigarr?" ,,Wänn ech än krijje, da rauchen ech än." Als der Vater diese Worte vernahm, kommentierte er: ,,Enä, wänn de än rauchst, da krijjesde än!"

Standort

Im alten Siegen gab es bereits zahlreiche Unterhaltungsmöglichkeiten. Zur Vervollständigung des Angebots schaffte sich auch der ,,Mause Martin" auf dem Sand, in der späteren Sandstraße, einen Billardtisch an. Wieder einmal war die ,,Mausefalle" gerappelt voll, als Raths Schorsch, der sich zu einem guten Spieler entwickelt hatte, seine Partie gewann. Als er die Wirtschaft verlassen und seinen Hut von der überfüllten Garderobe nehmen wollte, fiel eine andere Kopfbedeckung zu Boden. Der Schorsch entschuldigte sich bei dem lamentierenden Besitzer, hob den Hut auf und legte ihn auf ein Wandbord. Dies schien dem Eigentümer auch nicht recht zu sein und er krakeelte: ,,Einen dämlicheren Platz für meinen Hut konnten Sie wohl nicht finden?" Da platzte dem Schorsch der Kragen, und er antwortete: ,,Doch, off ährem Kaobb!"

Fenster nach Wunsch

Flennersch Willäm aus Gosenbach war von Natur aus sehr gutmütig, seine Frau hingegen reichlich quengelig. Als sie sich eines abends zu Bett begeben hatten und Wilhelm gerade im Begriff war, einzuschlummern, rief seine Frau: ,,Willäm, hee eß awer so en schleechde Loft. Kaasde maol det Feßder offmache?" Folgsam erhob sich der Angeredete und öffnete das Fenster. Kaum hatte er sich wieder gelegt, ertönte die Stimme seiner Frau: ,,Nä Willäm, itz wirret awer kalt, kaasde det Feßder werrer zomache?" Wieder stand Wilhelm geduldig auf und tat,wie ihm geheißen. Als sich aber nach kurzer Zeit seine Frau mit den Worten meldete: ,,Ou Willäm, ech sinn baal am verschdrecke, mach doch äwe det Feßder off," sprang der sonst so Friedliche aus dem Bett, riß das Fenster auf, warf es mit solcher Wucht zu, daß die Scheibe herausfiel und rief mit lauter Stimme: ,,So Frou, itz häsde't off **onn** zo!!!"

Die verdrehte Hose

In Kaan schaute ein Junge seinem Vater frühmorgens beim Ankleiden zu. Plötzlich rief er: ,,Babbe, du häst jao de Botze verkoart rem agedao." Daraufhin erkundigte sich der Erzeuger: ,,Wie da, Schletz nao henne?" ,,Nä, Scheß nao usse", erwiderte der Sprößling.

Das späte Kind

Krengels hatten noch in verhältnismäßig hohem Alter ein Kind bekommen. Alles war erstaunt ob dieses seltenen Ereignisses. Hermann, der stolze Vater, aber sprach: „Wä hädde da gedaocht, dat dat ahl Denge noch gelaare eß?" Und seine Frau Betti ergänzte, zu ihren Altersgenossinnen gewandt: „Ihr gackert nur, **ech** lä awer noch."

Unbekannte Quelle

Als Otto mit zwei Freunden über die Siegener Bahnhofstraße wandelte, entfuhr seinem Darm ein derartig lauter Wind, daß sich die Kameraden entsetzt umschauten und riefen: „Schämsde dech da net? Wänn dat eemes gehoart hätt!" Der Otto aber sprach ungerührt: „Et weiß jao neemes, wä va oos dat gedao hätt!"

Trockenmethode

Der Henner aus Eisern verbrachte das Wochenende in einem anderen Siegerländer Dorf und hatte sich für die Nacht bei einer Familie einlogiert. Als er sich abends waschen wollte, vermißte er ein Handtuch und meldete sich bei der Hauswirtin, die ihm lakonisch antwortete: „Bruchche mr net. Wänn mir oos wäsche, hale mr de Hänn zom Drijje uß dm Fesder." Als er dies vernahm, sprach der Henner: „Da erret jao goot, dat ech kai Setzbad genomme ha."

Die Baßgeige

Eine Amateurkapelle hatte ihre Vorstellung erfolgreich abgeschlossen und begab sich in fideler Stimmung auf den Heimweg. Nun hatte es aber geschneit und gefroren, so daß es schier unmöglich schien, gesund und munter einen Hügel abwärts zu bewältigen, was aber notwendig war. So beschloß man kurzerhand, die Behältnisse der Instrumente zu Schlitten umzufunktionieren. Der Karl bestieg also seinen Baßgeigenkasten und sauste in die Tiefe.

Plötzlich erscholl ein dumpfer Krach aus der Finsternis. Böses ahnend riefen die Musikkollegen: „Karl, eß de Baßgajj em Arsch?" Da kam vom Fuß des Hügels die Antwort: „Njao, on der Arsch en d'r Baßgajj."

Salomonisch

Ein Ehepaar erscheint vor dem Scheidungsrichter, der die Frau fragt, was sie ihrem Mann denn vorwerfe. „Dä sät emmer „Du domme Koh" gäje mech", antwortete sie. Daraufhin fordert der Jurist den Ehemann auf, derartige Beschimpfungen in Zukunft zu unterlassen und sich gütlich mit seiner Frau zu einigen. Der verspricht dies auch und will mit seiner Gattin den Saal verlassen, als diese plötzlich schadenfroh sagt: „Sisde, itz kaasde nemmee domme Koh gäje mech sä!" Da platzt dem Mann der Kragen und er brüllt: „Wänn de itz net det Mull häldst, da schlaon ech dr e Horn af."

Wachstumsprobleme

In der Fabrikkantine gibt es Heringe mit Pellkartoffeln zum Mittagstisch. Als sich einer der Arbeiter seine Portion holen will, ruft ihm der Henner zu: „Erich, bräng mr alt minn Hearinge bett, awer net so klaine!" Kurz darauf kommt der Beauftragte mit den Tellern zurück, auf denen reichlich kümmerliche Fische liegen und entschuldigt dies mit den Worten: „Die sinn net greaßer. Et hätt dat Jaohr kumm geränt!"

Grobschnitt

Ein Siegerländer Kegelclub ist zu einer Sonntagstour an den Rhein gestartet. Mittags steigt man in einem vornehmen Restaurant ab, um sich ein gutes Essen zu gönnen. Als einer der Kegelbrüder den Strangtabak aus dem Beutel holt und auf dem Tisch zu schneiden beginnt, stürzt der Ober herbei und ruft: „Das ist aber reichlich grob, mein Herr!" Da antwortet der Tabakschneider gelassen: „Dä es itz noch groff, dä wird awer noch geremmelt."

Zeit für jeden

Dillmanns Mamme, die gewohnt war, das Heft in die Hand zu nehmen, hatte Besuch bekommen. Als es immer später wurde, erhob sie sich und sagte zu ihren Gästen: „Mr wonn oos lä, et eß Zitt foar **jeden**."

Aal in Gelee

Der Hanneshenner sollte ein Glas mit Eingemachtem aus dem Keller holen und begab sich in die unteren Gewölbe seines Hauses. Da er sich aber wohl nicht sonderlich geschickt an den oberen Gefachen des Regals zu schaffen machte, schlug dieses um und ergoß seinen Inhalt an Gläsern mit Eingemachtem aller Art über das Haupt des Unglücklichen. Dessen Frau vernahm den Krach und rief: ,,Nä, wat es da lao onne for e Schbekdakel? Wä es dat?" Da ertönte die Stimme ihres Gatten aus der Tiefe: ,,Dat es dr Ahl em Schelee!"

Zwecklos

Dem alten Mausbacher Lumpenhändler Trapp fiel es außerordentlich schwer, die Zweckmäßigkeit von Steuerzahlungen jeglicher Art einzusehen, das Finanzamt ließ aber nicht locker. Als Trapp die dritte Mahnung erhielt, schickte er das Schriftstück mit der Begründung zurück: ,,Nichts zu machen! Karl Trapp, Mausbach."

Prozente

Als der Sohn des hochangesehenen Pastors Wollenweber aus dem Flecken eine Prüfung bestanden hatte, feierte er dieses freudige Ereignis mit seinen Studienkameraden ausgiebig bis in die Morgenstunden des kommenden Sonntags. Soeben war der Gottesdienst beendet, als der Bauer Schneider mit seinem Wagen vor das Kirchentor fuhr und die Überfälligen ablud. Plötzlich entdeckte der Pfarrer unter diesen seinen eigenen Sohn und rief entsetzt aus: ,,Nathanael, Nathanael, du bist in meinen Augen um 99% gesunken!" Da antwortete der hoffnungsvolle Sprößling gelassen: ,,Bliewt mr wienichsdens noch 1%, Vadder."

Vornähme Lii.

Noa d'm Kreeg goabet off eimoal veel Lii, die worn zo Geld komme. Net durch ehrleche Arwet on och net durch en Lotteriegewenn. Dat woarn Schiewer on so Konsoarde. Die Lii hadden da meistens en schärne Villa oarer doch wärnigstens en groeße on diere Wohnung va acht on meh Zemmer gemeed. Geld speelte joa bi so Lii känn Roll. Bloes good, dat die Sorde späärer werer zo däm wurn, wat se freeher gewäse woarn. So en Familie ,,Nejrichche" woar da och loa noa d'r Stadt komme, machte en groeße Offwand, hadde e Auto, Schafför, Denstmädcher onsowierer. Se oaßen on tronken good on veel, on wie se dat machten, doa dra konn m'r seh, wo se herkoamen. Bi dän däffdige Seejener Familie fonnen se kän Ahschluß, nur Schmarotzer fonnen sech enn.

Besonnersch die Frau ,,Neureich" woar wahne offgebloase on woll gern de vornähme Frau speeln. Als Denstmädche hadden se det Minna uß Oawersdorf on dat woar da net off det Mull gefalln. Et hadde glich schaffe, dat die Frau va heim her sech met äm net v'rgliche konn. Usser d'm Minna woar noch en Köchin doa. Die Ahl hadde vam Minna v'rlangt, et sell se met ,,gnädige Frau" ahrede. Dat broachte awer dat Kend net ewer de Zung on derwäje haddet va där Ahl gekennigt kräje. Det Minna wär joa am leebste schoe am seälwe Daag gegange, weilet ewerall en Stell krijje konn, denn et woar dechtig on flissig, wie dat os Seejerlänner Mädcher on Fraue sin, awer et moßte 14 Daag ußhahle.

Eimoal ah 'nem Oawend, so gäje seewe Uhr, scheldet. Det Minna machte off, geng da noa d'r gnädige Frau Schiewer renn on sähde: ,,Ein Herr Lukas wünscht Sie zu sprechen — — — " ,,Lukas? kenn ich nicht" brommelde die Ahl on froagde da det Minna: ,,Ist es ein vornehmer Herr?" — ,,Enä, so einer wie Ähr Mah ohgefähr", goab det Minna zor Antwort.

Hermann Reuter, 1938

Weite Welt

Weltfremd

Die jahrhundertelange Abkapselung des Großteils der Siegerländer von der übrigen Welt führte dazu, daß sie nur mühsam über die Grenzgebirge ihres buckligen Ländchens hinaussehen konnten. Schon die kleinsten Entfernungen von der Heimat kamen ihnen riesig vor.
So brüstete sich der Siegener Sattlermeister Wilhelm Bender, dessen Sohn die Produkte seines Handwerks im größeren Umkreis vertrieb, mit den Worten: „Oos Richard, dä raist en dr ganze Wält rem, bes roff nao Alehonnem."

Als ein junger Mann aus dem südlichen Siegerland zur Musterung in Attendorn erscheinen mußte und spät abends heimkehrte, rief er aus: „ Nä, ihr Li, wat es de Wält so groaß. Läbt da oos Gickel noch?"
Ein Bauer dessen Sohn zur Reichswehr eingezogen worden war, tat voller Staunen kund: „Oos Karl, dä deent e Rastatt, itz schwätze se och noch va nem Hanau. Ihr Li, ihr Li, wat es de Wält so groaß!"
Als schließlich eine Frau aus dem Netpherland den traditionsreichen „Gehannsmaart" in Siegen besuchte und das dortige Gewimmel erblickte, verlieh sie ihrem Erstaunen mit den Worten Ausdruck: „Nä, mr sell garnet main, darret so veel Mänsche off dr Wält gäw."

Der „Blarr-Aewert" aus Wilnsdorf unternahm eines Tages eine Reise nach Köln. Bei seiner Rückkehr umringte man ihn neugierig und wollte wissen, was er in der großen Stadt alles gesehen habe. Da berichtete der Aewert: „En Omasse Li onn e wonnerschea Blasder."

Der Bruder von Stettners Waas war Schneider in Beul geworden. Als sie ihn eines Tages einmal besuchte und auf der anderen Rheinseite die Stadt Bonn erblickte, rief sie bewundernd aus: „Sä maol, Ferdenand, es dat dao döwwern Amerika?"

Fahrtrichtung

Ein Gosenbacher, der lange Jahre Missionsdienste in Sumatra geleistet hatte, kehrte eines Tages zurück und berichtete in einem größeren Kreis über seine dort geleistete Arbeit. Als er geendet hatte, sagte einer der Zuhörer zu ihm: „Johannes, ech sinn alt de ganze Zitt am ewerlä. Wie de nao däm Denge, däm Sumadra machdest, bäsde dao ewer Betzdorf oar ewer Kreuztal gefahrn?"

Die Auswärtigen

Eine Frau aus dem Nachbarort Eisern fuhr in der Weihnachtszeit mit ihrem Sohn nach Siegen, um einzukaufen. Als sie unter Mißachtung des Zebrastreifens und des fließenden Verkehrs die Straße überquerte, brüllte ein Polizist hinter ihr her: „Kommen Sie sofort zurück."
Sie aber rief ihrem Sohn, der auf der anderen Seite stehen geblieben war, unbeirrt zu: „Komm och of he die Sidde, dä hätt oos nix ze sä, mir sinn jao net va he."

Dillenburg

Eines Tages beschlossen einige Freunde, einen anderen an der Nase herumzuführen. Sie gaben an, ihn einmal zu einem Nachtbummel nach Dillenburg mitzunehmen, fuhren statt dessen aber nach Köln. Als der Genasführte den mächtigen Dom und die vielen Geschäftshäuser sah, sprach er voller Staunen „Nä, wat ha se de letzde Zitt en Delleburch gebout."

Bismarck

Als Professor Reusch zu Beginn des Jahrhunderts die auf der Siegbrücke aufgestellten Standbilder des Berg-und des Hüttenmanns schuf, diente Philipp Schmidt aus Seelbach als Modell für den Bergmann. Dies war der kurzsichtigen Lowies aus Trupbach bekannt. Als sie eines Tages nach Dillenburg reiste und am dortigen Bismarckdenkmal vorbeikam, blinzelte sie die Statue an und rief erstaunt aus: „Nä, gucke lao, mr maint, dao schdenn och Schmetts Philipp."

De Noetbremse!

Jedesmaol, wenn ech min aale Freund Poppenheimer besooche on et kemmt de Rede off de Isebah, wird dä waane beäs onn säht: „Bliev mr met dr Isebah vam Liff. Et es alt lang her dat ech reiste, awer wenn ech dra denke, leift mr de Gall ewer." „Ja, wat häste eigentlich emmer met dr Isebah," frogte ech. „Dat well ech dr grad maol verzeälln:

Ech waor nao Alehonnem zom Polderaowend engelare onn zor Hochzitt. Ech packde minn Koffer zesame, naohm och noch en klai Debbe Kwetschekrutt met, womet ech ewerrasche woll, onn begaob mech off de Bahnhof. Dao kaom so e Kerle mett ner Bahnmetsche off mech zo onn frogte, wo ech da hin well. Nao Alehonnem off en Hochzitt säd ech. Da mesde ech minn Koffer exordiern laose, säd hä, on gaow mr en Schinn, wo hä watt droff gekrokselt hadde. Dä sell ech en Alehonnem abgäwe. Hä naom minn Koffer onn moch daomet ab. Wee ech mir det Billjett koof, brellde mech dä Billjettkasper ah, ech sell dechtig laufe, sost käm ech net met. Ech säde dämm awer, grad hädde ech mr e Billjett gekauft, da dirfde doch dr Zug net ohne mech fortfahrn. Doch wee ech off de Perong kaom, peff dr Zug onn flutschte so langsam a mir vorbie. Ech reef hennerem her: Halt, Stopp, ech well met, ech ha doch en Kaarde. Je meh ech reef, desdo schwinner kajuckelde hä a mir vorbie. Onn häsde net geseeh, wäch woar hä. No retschte min Kaoffer no Alehonnem, onn ech stonn met minnem Kwetschekruttspott dao wie Bodder a dr Sonn.

Dä nächsde Zug wär e Schnellzug kräj ech gesäht, daofaor gell dat langsame Billjett net meh. Ech koof mr e annert onn säde mr dao, no soll ob datt langsame awer och kainer meh fahrn. Wenn ech dat da vor nix gekauft ha, risse ech et och faor nix kaputt. Ritsch, ratsch, rutsch, kaputt waor et. Doch wee ech mr de Bescherung rechtig begucke, han ech e minner Vergeisterung det Schnellzugbilljett kaputt geresse on ech mossde mr e nejet kaufe. Endlich kann ech no enstige. Do sehn ech awer, dat ech off dem Perong minn Kwetschekruttspott staoh gelaose ha. Ech reef uß dm Zugfenster russ: Heda, Sie da, reichen Sie mir mal bitte den Kwetschenkruttspott her. Dr Pott bleeb staoh, onn ech fuhr nao Alehonnem. Dao gaob ech minn Schinn aab onn verlangde minn Koffer. Awer die säde mir, off e Telegrafenformular, wodroff schdenn , gut für einen Koffer, gäb et nix. Ech säde awer, en Seeje wär mr doch dä Schinn gegäwe wuern onn ech well sofort min Koffer ha. Dao stallde sech ruß, dat ech nem Spetzbob en de Hänn gefalln waor.

Datt well ech doch maol seeh. Ech koof mr det vierde Billjett onn kajuckelde werrer nao Seeje. Do säde se mr detsälwe. Dä Koffer waor ech loß, awer min Kwetschekruttsdeppe schdonn noch dao. Dao daachde ech, besser wat, wie garnix. Ech koof mr noch e Billjett, stej en det Kuppee on schdallde min Kwetschekruttsdeppe off det Bord.

Dao seh ech off aimaol a dr Decke en Glockezoch hänge. Ech fraogde min Nochber, wo geät dä Glockezoch da hin? Dat wör kenn Glockezoch, dat wör enn Notbrems. Da wür dra gezaoge, wänn dr Zuch off aimaol haale sell. Soo, dankeschön, säde ech.

Ech guckde uß Langeweile uß dm Feßdr ruß, da ress mr dr Wend min nejje Hoot vam Kaobb. No, sähde ech, ech well doch froh sinn, wenn ech en Alehonnem sinn. Do säde min Naochber, dä Zuch führ net nao Alehonnem, da wär ech en dr falsche Zuch engesteje, dä Zuch führ nao Köln. Da wär ech awer bahl off dr Recke gefalln. On ech daochde en minnem Senn, itz erret awer Zitt met dm Glockezoch. Ech ha am Glockezoch gezooge, onn met einem Ruck hool dr Zuch. Met däm Ruck fällt dr da minn Deppe oewe ronner onn minn Kwetschekrutt nr Dame off de Hoot onn ewer det Kleid, onn die drnäwer saoß, kräj och noch en Klatsch met.'

Dao wuer off aimaol de Wagedür obgeresse onn e Kerl brellt dao renn: „Wer hat denn hier die Notbremse gezogen, und was ist das hier für eine Schweinerei?" Kwetschekrutt ess dat, Herr Schnellzugskerl. Wofor es dat Denge da dao, wenn mr net dra zeeh derf.

„Das sollen Sie mal sehen. Reinigen Sie vor allen Dingen sofort den Wagen." Ech hadde en Woot em Liff. Mett baire Hänn naohm ech det Kwetschekrutt on schmess et zom Feßdr nuß. Ech konn doch nett alles obläcke. Da wur werrer de Wagetüer obgeresse onn e Kerl met ner roetgeläckerte Kwetschekruttsmetsche stürzt renn onn brellt:„Wer wirft denn hier mit Wagenschmiere?"

„Kwetschekrutt es dat, du kwetschkruttsschnuttriger Bahnmäckes." Dä ganze Spaß hät mech honnert Mark gekosdet onn drej Dag bromme, weil ech dänn Kerl kwetschekruttschnuttriger Bahnmäckes geschandt ha. No weissde, wie mir de Iseba uß dm Hals hängt.

Dommes verzeält sin Reise-erläbnisse

(Zugleich III. Act von „Jong bliff bi Diner Mame 'or wat d'r Dommes eä Kammerun erläwte.")

Verzealn sall ech va Afrika
va minne Abenteuer,
on wat ech dao geseh all ha
for groeße Ogeheuer.
Verzealn sall ech vam Kongoschdrand,
va Schlange on va Affe
on wie de Gäjend, wie det Land
on wie de Lie beschaffe.

Na got, dat ka m'r mache jao,
ech well det Bild entwerfe,
doch roare ech däm rußzegao,
dä net schdark eß met Nerve.
Wat ech erläbt, dat werd woel nie
ihr je ze seh maol krijje,
so schlemm eß dat, drem well ech, Lie,
vam Schlemmsde leewer schwijje.

Zenächst bedenkt, dat Afrika
(m'r heart et schoe am Name),
noch wierer wie Amerika
on Nätfe eß zesame.
Och Echchelhuse on de Sonn,
d'r Mond on Hermedaiche,
wat Wiede abelangt, die konn
a Afrika net raiche.

Va Hamburch geng et morjes freh
schwinn durch de Behringschdroaße,
on henne konn m'r Ißland seh,
dat m'r lenks lejje laoße.
On etwas sittches rächder Hand,
dao saou m'r Dehcher schwängge,
dao woarn de Lie va Hegoland
schoe freh am Affefängge.

On vor os laou Jerusalem,
m'r kaom net uß d'm Schdaune,
on blaose horde m'r bequäm

va Jericho Posaune.
On Bethlehem laou nao d'rbie
wie Iserfäll bie Sejje,
die drej do nämlich, leewe Lie,
en einem Kirchschbeel lejje.

On wierer, emmer wierer nuß,

en'd Meer, det Scheff dao suse,
on Ditschland saou d'rleätzt bahl uß
net greaßer wie Anzhuse.
On Kräremich, ach du herrjeh,
wor klainer wie e Mißche.
On Seje, dat wor azeseh
wie'd Feschb'r Schbretzehißche.

Fort geng et, on m'r saou kaj Änn,
vorbie a de Chinese,
die noch d'r Mest zärrn met de Hänn,
grad wie de Lie va Meese.
Vorbie a Japan on Madrid,
am Nil met sinne Drache,
de Lie, die worne zo där Zitt
am Gromet grad am machche.

On näwerm Ätna, Schdromboli,
die bie Neuyork rem lejje,
dao kaome dechde m'r vorbie,
dao worn se grad am spejje.
Dao floue Iseklombe ruß,
so glehnich wie de Blitze
on grad so decke wie e Huß.
Herrjeh, watt worn dat Knitze.

Gefalln hät m'r dao och noch schwer,
ech ka wohl sä am meißde,
det schwarze on det roere Meer,
die m'r d'rlätzt bereißde.
Dat ai sitt retzeroet sech a,
wie Dende schwarz dat anner.
Wä Farwe onnerschiere ka,
dä kennt se glich vananner.

Jao, Lie, wat ech geseh all ha,
eß garnett ze beschriewe;
wenn alles ech verzealln sall, da
beß morn ech dra ka bliewe.
Et duhrde woel e Jaohr bienaoh,
bedenkt ou maol die Längde,
beß dat m'r endlich worne dao,
m'r meint, m'r kräj de Kränkde.

Dao endlich, eines Morjens da,
et wor sogar am Schnejje,
dao saowe m'r da Afrika
ganz dechde vor os lejje.
Ech schdeej a'd Land on gong on gong,
beß plötzlich of de Recke
va henne m'r en Weller schbrong,
em mech am Hals ze drecke.

,,Du Donnerwärrer", plärrde ech,
,,watt wellt du mir am Recke,
du Mäckes, ech vergriffe mech,
ech drä d'r remm det Gnecke."
On wuppdich, eh hä daochde dra,
hatt' ech än en de Knubbe
on schlou d'rmet drej anner Ma,
et woar m'r alles schnubbe.

Die annern awwer, wie se dao
die drej Ma saoawe kibbe,
dao bleewe se net langg meh schdao
on leefe wie de Hibbe.
Met Schosseschdaj ech hennerher,
du dao kaj Bärreln fruchde,
on wä m'r kaom grad en de Quer,
dänn wurf ech, darre kruchde.

Ech jähde se de Fäller roff
durch Duffeln, Kabbeskäbbe,
on emmer droff on emmer droff,
sie duhrde mech, die Dräbbe.
He wälzde einer sech em Klee,
dao laow än en de Reewe,
d'r Kaopp kabutt, kum azeseh,
se worn noch schwer am Schneewe.

Bes a de Schdatt ech henner drenn,
dao macht' ech schdracks naom Keenich.
Dat kaom mir grad so en de Senn.
Wat denkt ihr woel, wat seh'n ech:
D'r Keenich saoß, de Kron' om Kaopp,
om Thron on wor am Schdrecke,
sin Mädche met nem lange Zaopp,
dat wor am Botzeflecke.

Hä hadde wollne Lutsche a,
en Säwel a d'r Sidde,
on Botze met Manschädde dra,
dat eß daorem so Sidde.
On uß n'm Hähcht, dä schdammde noch
va sinnem seal'je Varer,

dao rauchde hä wahrhafdich doch,
gedörrde Duffelnblarer.

Det Dienche, wie sin Mädche hooß,
dat dao glich näjer recke,
sin Millche wor ze decke bloeß,
sost wor et zom Entzecke.
Et konn det ,,Jann" soäwe ha,
so alt dao ech et hale,
en Hässeraock, dän hatt'et a
met ningenungzich Fale.

,,Beschur, Herr Könich", feng ech a
,,so flissig noch am schdrecke,
on lao ou Dienche, nä wat ka
dat got de Botze flecke."
,,Jao, weßder, Dommes", säde hä,
,,ech sin am Schdrembe länge,
die well ech ado en de Häh
on ho noch ferdich brenge.

Mir schwadde noch va allerhand,
va Fahrkeh — Läwerwirschde,
va Iseschdaj, vam Sejerland,
va Mäckeser, va Firschde.
On wie ech endlich gao no woll,
heel hä am Rock mech fäßde
on säde: ,,Dommes, sidd net doll,
bliebt he, dat eß det bäßde."

Du bleew ech dao on holf rejiern,
dat konn ech wie en Ahler,
kaj beßche dao ech mech scheniern
on kräj sechshonnert Dahler.
On wann m'r dat Rejiern wor meh,
wur off de Jachd gegange,
doch net off Hase so wie he,
mir machde Jachd off Schlange.

Of Ißbärn on off welle Keh,
off Krokodiller, Affe,
et woar e miserawel Veh
on machde os ze schaffe,
doch hadde die ech em Geschärr,
on saoge se mech komme,
do wur och schaoe met veel Gelärr
em Nu rißuß genaomme.

Nur eimoal bleew en Riesenschlang
fräch schdao bie Hählerschdrichche,
dat Dier wor zwanzich Meder lang

on woll net vor m'r wichche.
Doch wie en Blitz dao ech en Schbrong,
dao woll se schwinn zerecke,
ech packde se ganz eng am Schlongg
on feng schwer a ze drecke.

No balchde mir os off d'r Hahl,
wo ech de Schlang gefonne,
ech onne bahl — sie oewe bahl,
m'r dreckte, wat m'r konne.
Doch plötzlich wur se lichcheblaß
on schdräckde all ehr Gleerer,
ech leeß se laoß, on en det Graß
feel mußdoed se schoe neerer.

Och aimoal, ech wor ganz alaj,
du kaome ageschliddert
där beäse Krokodiller zwaj,
die hadde mech gewiddert,
Bedenkzitt hadde ech net veel,
se kaome ageschaosse,
et ewerleef mech heiß on kehl,
doch wor ech kurz entschlaosse.

Off Hänn on Feeße, ech net full,
dao ech zegä än gruffe,
on feng — de Kabbe en d'm Mull —
hondsmäßig a ze bluffe.
Dat kaom dä Dierer schbanisch vor,
se konne dat net diere,
ob Dier ech, ob e Mensch ech wor,
on sochde schwinn det Wiere.

Och woll en beaser Elefant
mir eimaol a det Lärer,
dat Saudier kaom d'r agerannt
als wie e Donnerwärer.
En Knebbel uß d'm Schanzehauf
wur hurdich rußgeresse
on da däm Dier em volle Lauf
schwinn en de Baj geschmesse.
Hä schdolberte on bums, du laou
hä met kabudde Knochche,
det Gnecke wor, wie ächt m'r saou,
verschiedentlich gebrochche.
Itz met n'm Kaarscht ech emmer droff,
bes hä sin Geist gaow endlich off
on hä sech net meh ruhrde.
Gefährlich, jao, dat moß m'r sä,
eß Kamerun nadierlich,

em Wald, besonnersch en d'm Hä,
doch mir wor dat bläsierlich,
Ech hadde vor 'nem Elefant
met minnem Kaarscht als Waffe
net meh Angst wie och he zu Land
de Lie vor zahme Affe.

Wie mänchem Krokodill han ech
det Kritze engeschmesse,
wie mäncher Schlang wur doch durch mech
d'r Kaobb vam Liff geresse.
Wat äwe mir kaom en de Quer,
ech konn da alles bruchche,
ob et en Leaw wor orer 'n Bär,
hä moßded schwer bekruchche.

Wär ech en Kamerun itz noch,
da glaubt m'r nur, ihr Jonge,
da hädde ech et bässer doch
wie he met Kriddchesdonge.
Denn onner os, ech wellet sä,
ihr konnt doch sechcher schwijje,
d'r Keenich hadde nix d'rgä,
ech konn sin Mädche krijje.

Doch wor die Sache zemlich full,
ech hadde doch Bedenke,
et hadde so e deckes Mull
on dao ganz furchtbar schdenke.
Och schdallde ech m'r heimlich vor —
et wor off mech versässe —,
uß Lost on Leew, met Hutt on Hohr
wier et mech einstmaols frässe.

So gern, wie ech och wär gebleewe,
so moß ech leider doch ou sä,
det Dienche hät mech fortgedreewe,
och konn de Loft ech net verdrä.

Gustav Hartmann 1895

Neckereien

Orts- und Landschaftsneckereien

Im vollen Bewußtsein der eigenen Wertschätzung nahm man im Siegerland nicht nur gerne andere Volksstämme, sondern auch die eigenen Nachbarorte aufs Korn. An die Spitze der einheimischen Ortsverulker setzte sich bereits im vorigen Jahrhundert der Eiserfelder Gustav Hartmann, nach dem Hausnamen „Diewersch Gustav" genannt, der eine beträchtliche Anzahl unserer Heimatorte durch den Kakao zog. Zum Beispiel Kaan-Marienborn:

Marjeborn-Koa

Wenn ech e Marjeborner wär,
da schämte ech mech eä de Ähr.
'n Isebah eäs net moal doa,
On't Schlemmste eäs: et grenzt ah Koa.
On wä ah Koa grenzt, weiß mr no,
Dä deärf sech nur net decke doh.

Wänn ech va Koa gebirtig wär,
da schämte ech mech eä de Ähr,
denn Marjeborn eäs gar ze noah.
Et grenzt, wie jeder weiß, ah Koa.
On doadurch seä die Käner Lii
blamiert wahrhaftig wie noch nie.

Soe mache gägesiddig sie
zom Spott sech vor all annern Lii.
Wä net doadann, net us d'r Näh,
dä kah va Gleck wahrhaftig sää.
Schoe ärgerlich wär mir dat schwer,
Wänn ech nur afgemoalt doa wär.

Als dieses Gedicht die Gemüter der betroffenen Dorfbewohner in Wallung versetzte, nahm Diewersch Gustav wie folgt Stellung: „Et fällt käm Marjeberner meäh eä, 'm Kähner «gon Dag» ze säh onn emgekehrt, kär Kähner greeßt meäh ä Marjeberner onn nur wänn se s'r laij begähn, heißt är d'n anner Driewes oar schrao Schennaos. Et deht m'r wirklich leid, dat soe ä Schdritt durch mech entschdanne eäs, onn ech ka och ho noch net begriffe, darrich beät soe zwaij hebsche Deärfcher, die gewässer Maoße Vorschdädte va Seeje seä, d'r Konsijäkel gedreewe ha, die noch zodeäm eä alle Daile a d'r Schbetzde schdaoh. Eä Doffeln, Kolrawe, Reewe, Sonneblome usw. kan'n neemes d't Wasser raiche; eäm Ploochhaale, Häjj mache, Meästzerre, kurt alles, wat Buurnarwet abelangt, schdaoh se oewe a, onn Zäjje, Fahrkeh, Schruthohner onn dergliche fend m'r dao, wie se noch nerremaol Welnsdorf onn Drubbich offzewiese ha. Noch nöjjlich säde d'r Färndorwer Hirde:

„Warrich ou sä, ihr Li, wat landwirtschaftliches Veeh abelangt, soe marschiern Kao onn Marjeborn a d'r Schbetzde der Zivilisatiao." Awer och wat die annern Dierer wie Hase, Flärermies, Väjjel usw. ageät, ka kai anner Deärfche a se dibbe. Ech ha vor Jaohrn z.B. eä Marjeborn 'n Gälegierschde piffe heern, da mände m'r awer grad, dat dä en Kanarijesvouel, onn d'r ahl Hirde va Kao hadde ä Hond, dä konn de Tonleiter bluffe. Dat kemmt all va deäm gesonne Klima.

Ewrigens mosse Kao onn Marjeborn och schoe eä frehere Ziere berehmt sea gewäst, denn bi de Babiere, die oosem Groeßvadder sinn Padde heännerlaoße hätt, fonn sech folgendes Gedechte:

Ja, Koa on Marjeborn,
Die seä eä allem vorn,
Eä Fahrkeeh, Säjj on Hibbe
Kah nemes ah se dibbe
On ähr Geschäjdigkeit,
Die rehmt m'r witt on breit.

Eäm Ackern on eäm Mäh,
Eäm Meästfahrn on eäm Säh,
Eäm Säsehaarn on -wätze,
Eäm Dräsche, Duffelnsätze
On Scharwe va Suurmoos,
Doa seä se ewer oos.

Ja, Koa on Marjeborn,
Die seä eä allem vorn.
Se seä wahrhaftig beire
Net weänig ze beneire:
Denn eä d'r Buureräjj
Speln sie de erschte Gäjj.

In Hartmanns Fußstapfen trat als junger Bursch vor allem mein leiblicher Vater, als er in seinen Schnadahüpfln einen Großteil der Siegerländer Dörfer dermaßen veralberte, daß er sich in einigen nicht mehr sehen lassen durfte.

Siegerländer Schnadahüpfl

Min Bursch wohnt e Schelde, dä wohnt deep em Dahl,
dao giet ni de Sonn op, so hoch es de Hahl.
holadihi, holadiho....
Min Bursch, dä es Schlosser on wohnt op d'r Sejj,
dä nennt sech stolz Landwirt on hät nur en Zejj.
Min Bursch op d'r Mainert, dä well alles hah,
on well hochdütsch schwäze, wenn hä'd och net kah.
Min Bursch es Boschgörzer on arbt op d'r Hard,
dä hät veel verfresse on gar nix gespart.
Min Bursch wohnt e Klaowend, dä arjert sech schrao,
weil de Klaowender noch net om Poststempel stao.
Min Bursch op d'r Gaiswai, dä wohnt e dem Dreck,
dä roichert vorm Fester sin Schenke on Speck.
Min Bursch wohnt e Ferndorf, dä wohnt e nem Loch,
hä es zwor net riche, awer praoln döre doch.
Min Bursch, dä macht Ässich on wohnt op dem Lo,
ech hale mer ömmer de Nas binem zo.
Min Bursch wohnt e Harem em druzehnte Huß,
kum giet mer e'd Dörfche, da kömmt mer schue ruß.
Min Bursch wohnt om Dahlbruch, dä hat niemoals Zitt,
dä moß veel naom Bahnhof, on dä es so witt.
Min Bursch op d'r Lötzel, dä es zwor en Chrest,
doch hä stengt wie de Haire nao dem Lötzeler Mest.
Min Bursch arbt em Fiskus on wohnt e dem Grond,
dä woll höjer baue on hät net gekonnt.
Min Bursch es va Sielwich, dat es m'r ze nao
bi Aolche, dao ka m'r kän Aowend hin gao.
Min Bursch es vam Fläken, hä schwäzt zwor net schwinn,
awer wenn ech em helfe, brengt hä'd doch noch d'rhinn.
Min Bursch es va Netphe, zwo Kirche sin dao,
on doch süt mer scharnwies nao Dreisbe se gao.
Min Bursch wohnt e Nauholz, dä fihrt nur bem Rad,
ze Foß kaöm hä doch net am Dag nao d'r Stadt.
Min Bursch wohnt e Düze, grad bi der Staziao,
dao süt mer de Woche zwie Züj nur dann gao.
Min Bursch wohnt om Hähnche, dä wohnt op d'r Höh,
dä süt nix wie Fäller on Wese on Köh.
Min Bursch op d'r Lippe, dä kennt noch kenn Wald,
dä kennt nix wie Gester on Hai on Basalt.
Min Bursch wohnt e Lötzeln, dao es et schwer kalt,

daohin rötsche Gletschern vam Houje-Westerwald.
Min Bursch wohn e Gelsbich; wo lejt Gelsbich dah?
Dat lejt e der Wöste, wit ab vah der Bah.
Min Bursch wohnt e Welnsdorf, dao stonn maol e Schloß,
iz eß dao e Amthuß, sost es net veel loß.
Min Bursch wohnt om Räödche on wor fröher Bur,
iz macht hä Geschäfte bet Fröschloft on Kur.
Min Bursch kömt va Fürschbich nur beß e de Kor,
denn wierer nao Kao waoute hä sech net vor.
Min Bursch es va Kao on hät Stolz e d'r Brost,
di ha dao en Bahnhof, dä haißt Siegen-Ost.
Min Bursch es va Delfe, di ha kaj Klosett,
di ha nur en „Ämer" on dröwer e Brett.
Min Bursch wur nao Rorerschdorf nojlich versatt,
en furchtbarern Ort ha se net meh gehatt.

Lothar Irle, 1923

Die Hessen

Der Siegerländer kam in vergangener Zeit traditionsgemäß und geschichtsbedingt selten über die Grenzen seiner Heimat hinaus, während die benachbarten Volksstämme ihre armen Söhne, die bei der Erbteilung schlecht weggekommen waren, häufig in das Siegerland entsandten, wo sie gewöhnlich untergeordnete Arbeiten verrichten mußten. Dies traf vor allem für die Hessen zu, über die man sich besonders gerne lustig machte, zumal sie 1866 gegen Preußen Front gemacht und natürlich auf der Verliererseite gestanden hatten.

So soll der hessische Kriegsminister den Großherzog gefragt haben: „Ei Durchlaucht, wolle mer denn de ganze Artollerie mitnämme, sämtliche zwa Geschitzer?"

Während der Schlacht flog angeblich einem hessischen Streiter ein Mistkäfer gegen den Kopf, woraufhin dieser entsetzt geschrieen habe: „Ei, ich sei getroffe, ei, ich hunn mei Fett, grießt mer mei Fra unn mei Kinner." Schließlich soll ein Hesse nach besiegelter Niederlage ausgerufen haben: „Ei, hawwe mer dann gewunne, daß mer so hawwe laafe misse?", woraufhin er die Antwort erhalten habe: „Ei, gewunne hawwe mer net, awwer laafe misse hawwe mer doch!"

Ein hessisches Mitglied des Weidenauer Posaunenchors blies während einer Probe immer den Fliegendreck mit. Als der Dirigent wutentbrannt fragte, ob er denn überhaupt Noten kenne, rief der Hesse aus: „Ei, gewiß kenn ich Note. Die schwarze Dinger, des sei de Note, des anner is des Babier."

Humor on Uzeraj onner de Berglii.

Wie dä Westerwäller Jong en „Roll" geklaut soll ha.

Mr schdonne en gore Morje, d'r decke Düwern on mech, ahm Blendschächtche on wolle nonner off de 21. Soahl, wue mr „voar Ort" woarn. Wie mr no doah schdonne on off dr Korf wadete, doh hurde mr ähnen sue furchtbar met sinne Hauerkenntnisse proahln. Ah dr Schbroache merkde mr alt, daret e Westerwäller woar. Däh Decke douj mech ah on zouj mech ahm Äme, mr wolle sech dän Kerl emoal rechtig begucke. Wie mrn doh geseh hadde, doh woßde däh Decke och alt direkt en Name foren. Hä sähde blues: „Wurschdekeeche". Wie ejen doadrof emoa grueß ahguckde, doh mähnde hä, sue derr wär dä Kalle. Die annern woarn alt schwer ahnem ahm uze, awer däh Westerwäller merkde ewerhaupt net, dat sen ob de Scheppe noahme, on proahlde emmer mieh, on mr konn merke, daret käh ärig grueße Geisteslechde woar, on minn Decker, hä woar us dem Beäsemsgrond, mähnde, met däm krije mr noch schwer Schpaß. Os Vrmutung, dat dä Westerwäller Jong geistig net ahrig off dr Hieh woar, beschdädigde sich bahl. Hä schdallde sich zohm Berje ah, wie en Zejj zohm Brezelnbacke. Hä woßde net, waren „Roll" woar, kannde känn „Fahring", Ort, Ewerbrochch, on Abbau woarnem sue fremd, wie alles, wat eh dr Grob vorkoahm, on drletzt koahm hä ahd Fördern. En Sonnoawendoawend schdonne mr ahm Hauptschacht on lurde ob de Ußfahrt. Ob eimoa douj mech däh Decke werer ah on zwenkerde met de Ouje. Ech doachde alt, Jong, wenn dä met de Ouje zwenkert, da härre och werer en Ondocht vor, on rechdig, hä gong off sinn Opfer, dänn Westerwäller, zoh, on sähde gäje dänn:

„Wue häst du de Onnern gefördert?" Met dem drieste Gesechde sähde dat Wurschdekeeche: „Ei, ob dr Achzehnde". Siehste, Frieder", sähde doh dä Decke gäje mech, „doa bruche mr alt garnet mieh ze soche, da hät se dä Schenoas och metgenomme. Jong, säh de Woahrheit", bröllde hä dänn ähme Kalle ah, dä ganz verdaddert doa stonn, „säh de Woahrheit, wue de die Roll hiegedoah häst, sost weißde Bescheid!" Doh wur dä Wäller awer kiewig on sähde: „Eich hu kah Roll geklaut, wer waß, wu dau die sellwer rim vrzemmelt host." Awer däh Decke los net noah on sähde: „Wade Birschelsche, de Monigmorje sän ejet gäje dr Oawerstäjer, du best alläh de Onnern ob dr Achzehnde geweäse, on de Roll es fort, also häst du se geschdrebbt on vrschdoache." De annern Gombeln, die dem Disbut met zoh gelusterd hadde, konne sech bahl vor Lache net mieh hahle, losenen awer eh däm gore Glauwe, et wär en Roll geschdrebbt wurn.

De Monigmorje woar dä äme Dejwel schue freh selwer noahm Oawerstäer gange on hadde däm dän Hergang vrzahld, on drof beschdanne, hä hädde die Roll net geklaut. Däh Oawerstäjer hadde sich vor Lache net mieh hahle konn, awer wie hä dänn Kalle eh dat domme Gesechte geguckd hadde, doh hadden däh doch noch leid gedoah, on äm gesähd, et wär net schlemm, et wär jo nur en Berjroll geweäse.

Fritz Böhmer, 1938

Lohe

Zu einer Zeit, als die Erträge der Hauberge noch zu den wichtigen Nebeneinkünften der Siegerländer Bevölkerung gehörten, geschah es häufig, daß die Büschergründer frühzeitig in die Freudenberger Gemarkungen eindrangen und den Fleckern die Lohe von den jungen Eichen schälten. Man war daher allgemein der Überzeugung, daß Kolumbus die Büschergründer schon beim Lohschälen antraf, als er in Amerika landete.

Ferndorfer Riesenwuchs

Den Ferndorfern wird nachgesagt, daß sie ihre Errungenschaften und Erzeugnisse gerne in besonders rosigem Licht erscheinen lassen. Der berechtigte Stolz auf ihren Heimatort und ihre vorbildliche Dorfgemeinschaft treibt gelegentlich sonderbare Blüten, wenn man den kursierenden Geschichten glauben darf.

Eines schönen Herbsttages kam ein Siegener durch Ferndorf und sah, daß vor einem Haus lange, gelbe Stangen abgeladen wurden. „Schdangeholz foar dr Wender?" fragte der Städter. Da erhielt er zur Antwort: „Dat es Koarn onn kai Schdangeholz. Mir mosse dat Jaohr de Halme änzeln nao haim fahrn, so waane si se jewaase."

Bekannt sind auch die Ferndorfer „Duffeln", die dort häufig so gewaltig dick werden, daß man sie mit der Trummsäge zerkleinern muß, um sie einkellern zu können.

Man sprach auch öfters davon, ein Ferndorfer sei „bim Waolwernplöcke va dr Laider gefalln."

Einmal versuchte ein Langholzfuhrwerk vergeblich, an der Kreuztaler Kreuzung in Richtung Ferndorf abzubiegen. Als man sich fragte, warum denn die Stämme so lang sein müßten, antwortete ein Sachkundiger: „Dat sall Muuldenger föar de Färnderwer gä!"

Ein andermal floß plötzlich kein Wasser mehr aus dem Kreuztaler Leitungssystem. Man ging der Ursache nach und förderte schließlich einen Frosch zutage, der die Leitung verstopft hatte. „Wo kömmt dä da dann?" fragte der Wassermeister, woraufhin ein Helfer feststellte: „Däm Muul nao moß hä va Färndorf si!"

An der Grenze Ernsdorf-Ferndorf stellte man erstaunt fest, daß auf einer Ernsdorfer Wiese das Gras noch schneller gewachsen war, als auf der anschließenden Ferndorfer Wiese, ein schier undenkbarer Zustand. Nach kurzem Nachdenken stellte aber der Ferndorfer Wiesenbesitzer fest: „Dat ka net angerschder si, äs dat dee goore Färnderwer Sorrel ob dee Ernsderwer Wees jeschbratzt es!"

Worte und Zahlen

Sejerlänner Spitzname

Mensche sie net ömmer gliche,
on dat moß jo och so sinn,
Schäbbe, Stracke, Arme, Riche,
mänche langsam, annern schwinn.

Jeder, dä sech äxtra dommelt,
krijt en Name, dä äm baßt,
ob hä knöddert, ob hä brommelt,
niemals würd hä loß die Last.

On so loufe durchenanner
Lälles, Plotsch on Gummima,
Knubbel, Wurschdelene, Zanner,
Sorreläwert, Köjalma.

Honnertschnäpser, Dottel, Besser,
Affeheinche, Jiddel, Schdratz,
Schnuckmull, Oesse, Quentebesser,
Bär on Moll on schdolze Katz.

Golo, schockelijer Gläser,
Hamelskopp on Schriff on Watsch,
Quätschegretche, Medermäßer,
Schwartche, Klonder, Mauschel, Latsch.

Schnuff, Profittche, Knutz, Minisder,
Gölbes, Schwiggert, Pascha, Schatz,
On ee keinem Ortsregister
Fäält och net d'r Welle Watz.

Kromme, Stracke, allzesaame,
Lü em Kerrel, Lü em Frack,
So en ogewäschner Name
Hängt au a wee Sejjellack.

Lothar Irle

Heimatklänge

Als Professor Dr. Stutte 1931 an der Sorbonne studierte und gelegentlich bei den Quäkern verkehrte, bemerkte er am Nebentisch eine Dame, die an der Kleidung leicht als Deutsche zu identifizieren war. Als er ihr Französisch hörte, glaubte er ihre Herkunft näher bestimmen zu können und fragte: ,,Mademoiselle, sinn Sie va Truppich or va Aolche." Daraufhin antwortete sie prompt: ,,Enä, vam Fläcke."

Ein Siegerländer, der die USA besuchte, hatte es sich in einer Kneipe zu Cincinnati gemütlich gemacht. Plötzlich stieß er an sein Glas, so daß sich der Inhalt auf Tisch und Stühle ergoß. Als er in alter Gewohnheit rief: ,,Mädche, bräng mr maol e Blätz!", antwortete die Bedienung zu seinem Erstaunen: ,,Sinn Sie va dr Schdatt?" Er aber erwiderte: ,,Nä, va Aolche."

Begriffsverwechslung

Ein junges Mädchen aus Eiserfeld schrieb seinem Siegener Bräutigam einen Liebesbrief. Plötzlich geriet sie ins Stocken und fragte nach längerem Grübeln ihre Mutter: ,,Wie wird da Memm geschreewe?" Die Mutter rief entsetzt: ,,Kend, dat wellde doch geweß net schriewe." Doch, ,,erwiderte die Tochter," ech schriewe grad: wenn ich den Zug nicht mehr kriege, komme ich memm Omnibus."

Zärtlichkeit

Ein Siegener Brautpaar saß sonntags in der guten Stube, als den jungen Mann das Verlangen nach Zärtlichkeit überkam. Einer gewählteren Sprache unkundig, verlieh er seinem Wunsch mit den Worten Ausdruck: ,,Malche, lang mr maol det Mull!"

Hochdeutsch mit Knubbeln

Viele Siegerländer haben ihre liebe Not mit der Aussprache des Hochdeutschen. So beichtete ein Junge sonntags in der Kirche:

,,Ich habe bei Scheffe Dommes ein Huhn unterm Siff dann gelassen."

Die neue Sprache

Vor etwa drei Dutzend Jahren erzählte mir einmal ein Siegerländer Gewerke, einer unserer tüchtigsten und humorvollsten Leute, Erlebnisse und Begebenheiten, die ihm, seiner Tochter und seiner zukünftigen Schwiegertochter auf einer Reise in Nordafrika widerfahren waren und die ich so farbenfroh und unterhaltend fand, daß ich sie anläßlich der Hochzeit der Tochter zu einer Geschichte verarbeitete, die allerhand Beifall fand. Damals aber behauptete der alte Herr, daß ich manches hinzugetan und die Sache stark ins Romantische gezogen hätte. Heute weiß ich nicht mehr recht, was alles von ihm und was von mir gekommen ist; ich erinnerte mich nur der Geschichte selbst noch und will sie hier erzählen zu Nutz und Frommen der Jugend im Siegerland, damit sie weiß, wie man es machen muß, um sich die Zuneigung und die Anhänglichkeit fremder, noch auf minderer Kulturhöhe stehender Völkerstämme zu erwerben. Heute freilich wird die Jugend mit diesem Beispiel eines lebensgewandten Siegerländers nicht viel anfangen können, da ihr ja die Wege nach solch entfernten Ländern verschlossen sind; aber es wird ja auch wieder einmal die Zeit kommen, wo Deutschland wieder über Kolonien verfügt, und dann bietet sich vielleicht doch einmal Gelegenheit, der in meiner Geschichte enthaltenen Vorgänge zu gedenken und sie praktisch zu verwerten. Ich halte deshalb meine Erzählung so, daß sie auch in späteren Jahren — ohne Bezugnahme auf bestimmte Personen — unternehmenden Siegerländer Jungen und Mädchen bei ihren Streifen durch fremde Länder als Leitfaden dienen kann. Und damit beginne ich:

Ganz oben in Nordafrika lebte im Lande der Kabylen ein Scheik, der hieß Ibu Hakim, und sein Volk nannte ihn den „Siegreichen, Weisen und Gerechten". In der Tat hatte der Scheik eine Reihe von Kriegserfolgen errungen und sein Reich erheblich vergrößern können; dann aber sorgte er dafür, daß Zucht und Ordnung in seinem Lande herrschten und daß jedem — auch dem kleinsten Manne — sein Recht wurde. Und darum ward er als Regent vom ganzen Volke geliebt und verehrt. Der Ruf seiner Weisheit gründete sich vor allem auf den Umstand, daß der Scheik ein sehr großer Sprachenkenner war. Seine Untertanen pflegten zu erzählen, daß er alle Sprachen der Welt spreche, was zweifellos ein wenig übertrieben war. Fest stand aber, daß der Scheik mehr Sprachen beherrschte als sein oberster Sekretär und Dolmetsch, und der sprach ihrer an die 30. Bei alledem aber war der Regent trotz seines hohen Alters darauf versessen, noch immer neue Sprachen zu erlernen, und er hatte an den Grenzen seines Reiches Reiter aufgestellt, die ihm Meldung machen mußten, sobald ein Fremdling das Reich betreten wollte, der nach seinem Äußeren vermuten ließ, daß er Träger einer fernab liegenden Kultur sei. — Und eines Tages begab es sich, daß die Wachen in der Ferne zwei Kamele auftauchen sahen, die, wie sich beim Näherkommen zeigte, drei Personen auf ihrem Rücken trugen, und zwar saß auf dem einen Tier ein hochgewachsener, bärtiger Mann mit leichtergrautem Haar, während das andere zwei holde Mädchen trug von 18 bis 20 Jahren, gar lieblich anzuschauen. Den Mann hätte man für eine rauhe Natur halten können, wenn nicht seine muntren Augen verraten hätten, daß ihm der Schalk im Nacken saß. Nun ritt der Führer der Reiter auf die Fremdlinge zu, hob die Hand und sprach, zu dem Bärtigen gewendet, also: ,,Ich grüße euch, Fremdlinge, und Allah sei mit euch! Aber saget mir, woher des Weges Ihr kommt und wo das Land eurer Väter und Urväter liegt?" Diese feierliche Anrede erfolgte natürlich in der Sprache der Kabylen, und es konnte nicht wundernehmen, daß die Fremdlinge sie nicht verstanden. Der Bärtige schaute deshalb mit einem etwas unsicheren Lächeln auf die beiden Mädchen und sagte zu ihnen in der rauhen Sprache seines eignen Landes: ,,Wat well no dä Mäckes eindlech va mir?" Aber die wußten es auch nicht, und als nun der Patrouillenführer wiederum begann und viel auf den Bärtigen einsprach, da wandte sich dieser wiederum zu den Mädchen und sprach: ,,Met däm Krinche wern ech em Läwe net fertig." Und da auch der kabylische Offizier einsah, daß hier eine Verständigungsmöglichkeit nicht gegeben sei, so bedeutete er den Fremden, daß sie ihm zu folgen hätten. Er rief seine im Hintergrunde wartenden Reiter herbei, und nun setzte sich der ganze Zug in Marsch auf die Hauptstadt des Reiches zu, die nicht mehr allzu entfernt lag und die ohnehin das Ziel der drei Fremden gewesen war. Hatten diese nun ein gewisses Gefühl der Bangigkeit inmitten der fremden Soldaten nicht ganz überwinden können, so wurden sie um so angenehmer berührt, als sie zum Palast des Scheiks geführt und nach kurzem Warten von diesem höchstpersönlich aufs Freundlichste begrüßt und willkommen geheißen wurden.

Freilich, weder der Scheik noch sein oberster Sekretär wußten sich mit den Fremden zu verständigen, aber der Scheik war begierig, die Sprache seiner Gäste zu erforschen. Er zeigte auf einen irdenen Topf und gab durch

Zeichen zu erkennen, daß ihm die Fremden sagen möchten, wie man ein solches Gefäß wohl in ihrer Heimat nenne. Und der Bärtige, der zuerst den Sinn der Gebärde verstanden hatte, sagte gutgelaunt: ,,E Krittchesdeppe." Und als der Scheik auf einen großen, zylindrischen Krug aus Steinzeug hindeutete, antwortete der Bärtige frisch drauf los:,,Surpondsklong". Der Scheik lächelte still in sich hinein; dann aber wandte er sich an den Sekretär und bedeutete ihm, daß er eine so knorrige, und dabei doch wieder seltsame und einnehmende Sprache in seinem ganzen Leben noch nicht gehört und darum die Absicht habe, die Fremden als seine Gäste eine Weile um sich zu haben, um ihre Sprache näher zu studieren. Man rief den Haushofmeister herbei, und dieser wies den Fremden die schönsten Gemächer im Palaste zu, ließ ihnen köstlichen Kaffee und allerhand sonstige Erfrischungen reichen und bedeutete ihnen, daß sie alles nach ihren Wünschen haben sollten. Die Fremden fanden sich denn auch bald mit Humor in die merkwürdige Situation, und der Bärtige meinte zu den beiden Mädchen: ,,Kenner, dä Karle es zwar e Bajjas, awer sost gar net so oäwe! Hee es et lang good for oos!" Und die beiden Mädchen waren derselben Ansicht und freuten sich der guten Unterkunft. Dann gingen sie alle drei, geleitet von Dienern, durch die fremde Stadt, sahen sich Straßen, Häuser und Bazare an, überall aufs Freundlichste geehrt, und als sie zurückkehrten, wurde ihnen eröffnet, daß sie nicht nötig hätten, fürderhin zu Fuße zu laufen, da drei prächtige Pferde mit herrlichem Zaumzeug samt Reitknecht und Soldatenwache ihnen zur Verfügung ständen. Des Abends aber bat sie der Sultan, wie man den Scheik auch wohl nannte, zu sich, und er suchte nun immer mehr von den Fremden zu erfahren, wobei der Sekretär alle Worte der Gäste und ihre Bedeutung aufschreiben mußte, auf daß der Sultan sie andern morgens früh gleich auswendig lernen könnte.

Und so ging es von nun an alle Tage, und als drei Wochen ins Land gegangen waren, da vermochte sich der Scheik schon ganz gut mit seinen Freunden — denn das waren sie ihm inzwischen geworden, zu unterhalten, und er sagte zu dem Bärtigen, daß die fremde Sprache für ihn, den Scheik, so viel an Reiz gewonnen habe, daß er sie als Landessprache einzuführen gedenke, aber beileibe nicht für das gewöhnliche Volk, denn dazu sei sie zu lieblich; sie

solle deshalb nur die Sprache der Gebildeten im Kabylenreiche werden.
Dazu sei aber nötig, daß zunächst seine Minister und Großen im Reiche mit Titeln aus der neuen Sprache bedacht würden. Er ließ denn auch gleich den Kriegsminister rufen, sagte ihm, worum es sich handle, und frug den Bärtigen, welchen Titel er für diesen Mann wohl empfehlen könne. Der sah sich den Kriegsminister lange an, und da er fand, daß dieser ein überaus kräftiger Mann sei, dem man schon etwas zutrauen könne, so brachte er als Titel in Vorschlag: ,,Exzellenz Wuschemän". Und der Kriegsminister mußte den neuen Titel wiederholen, und er lachte dabei über das ganze Gesicht und meinte zum Sultan, daß dieses Wort so ungeheuer kraftvoll und gefährlich klinge, daß davor der Feind allein schon den nötigen Respekt bekommen dürfte! Und als Erzellenz Wuschemän gegangen war, kam der Kultusminister an die Reihe und für den schlug der Bärtige den Titel ,,Driewes" vor. Der Kultusminister meinte, das klänge so schön und zart, daß es nur aus einer wirklich fein empfindenden Kultursprache stammen könne, und auch er ging froh und zufrieden ab. Der Justizminister ward zum ,,Kittchesohm" ernannt, der Minister für die Landwirtschaft zum ,,Haamelskopp", während der Hofzeremonienmeister von nun an ,,Aulam" hieß und der Oberhofjägermeister zum ,,Leejebierel" befördert wurde. Und so ging es fort,und alle waren stolz auf ihren neuen Titel. —
Wie das aber so geht, die Sache sprache sich rum im Lande und bald kamen aus der Hauptstadt auch die hohen Offiziere, die höheren Beamten und die besseren Kaufleute, und alle baten den Scheik inständig, ihnen doch auch einen Titel aus der neuen Sprache zu verleihen. Der Sultan zeigte sich willfährig. Die hohen Offiziere erhielten, wie sich das für ihre Würde gehörte, gleich Doppelnamen wie ,,Birwer Oeßche", ,,Boschgäzer Belles", ,,Helzern Holz" und so weiter. Ein hoher Beamter, der besonders viel Kinder sein eigen nannte, hieß von nun an ,,Krinchesvaarer"; ein Kollege von ihm, der unter unzähligen Verbeugungen erschien, durfte sich ,,Stiffer Rickes" nennen. Die Zahl der Reflektanten aber wuchs immer mehr an und der Bärtige mußte seinen ganzen Scharfsinn aufwenden, um jeden bedenken zu können. Wir können deshalb auch nur einen Teil der Titularverleihungen aufführen, als da waren:

Bomah, Groaßhans, Duddereija,
Mäckes, Oolied, Kneppkäs, Krongel,
Scheppebur on Kloasgesechte.
Hondsdavid on Hoohnerbecker,
Schepperich on Ruppehenner,
Wendbierel on Soppeäkel,
Seijerich on Wissequast.

Aber nun kamen auch die Prinzessinnen und Haremsdamen, die sich alle auch nicht mehr so nennen wollten wie bisher. Da aber sagte der Bärtige zum Sultan, daß er diesen allen erst einen Titel verleihen könne, wenn er sie von Angesicht zu Angesicht geschaut habe. Nun war und ist zwar bei den Kabylen strenges Gesetz, daß die Frauen sich unverschleiert nur dem eignen Manne zeigen dürfen, aber der Scheik machte in Anbetracht der Wichtigkeit des Falles eine Ausnahme, und so stolzierten denn die Prinzessinnen und Hofdamen ganz langsam an dem Bärtigen vorbei, lüfteten vor ihm den Schleier und ließen sich eingehend von ihm betrachten, wozu er sich denn auch, so weit sie schön und lieb waren, recht Zeit nahm. Dann nannte er jedesmal den neuen Namen, den der Sekretär gleich zu Papier brachte. Da gab es denn eine sonderbare Auswahl von Titeln, von denen wir bei der Fülle der zu bedenkenden Damen auch nur einige anführen können:

Diddi, Schnuckes'che, Klaij Diddche,
Hisperche on Zuckerklempche,
Zwieback, Eiback, Quetschedaadche,
Sproalnskestche on Gälegiersch,
Husonke on Wurschteleene.

Der alten Stammutter, der Ahnin des Sultans, aber stellte der Bärtige die Wahl frei zwischen zwei Titeln: „Ahl Geij" und „Spiroalamsel". Die alte Dame aber fand beide so entzückend, daß sie den Sultan bat, sich beider bedienen zu dürfen und zwar des ersteren für die Wochentage, des zweiten aber für die Feiertage, was denn der Sultan auch guthieß, um ihr neben der Freude auch eine ganz besondere persönliche Auszeichnung zuteil werden zu lassen. Und als nun alle gegangen waren, frug der Sultan den Bärtigen, wo denn nun er selbst, der Scheik, bleibe; er könne doch unmöglich auf seinen Titel aus der neuen Sprache verzichten, wenn alle Großen des Reiches einen solchen trügen. Der Bärtige bestätigte ihm die unbedingte

Richtigkeit dieser Auffassung und schlug ihm vor, sich fortan ,,Oawerbaijjas" nennen zu lassen, von welchem Vorschlag sich der Sultan über die Maßen erfreut zeigte, so daß er sagte, daß dieser Titel einen so eigenen, milden und doch hoheitsvollen Klang habe, daß er sich gar keinen schöneren auszudenken wisse. Und in der Freude seines Herzens ordnete er gleich an, daß in der kommenden Woche ein großes Fest gefeiert werden solle, dem die Fremden auch beiwohnen müßten. Diese wollten zwar bald abreisen, aber als sie die Freude des Sultans sahen, mochten sie ihm den Gefallen nicht abschlagen und sagten zu. Der Scheik aber hatte noch einen besonderen Wunsch, und damit wandte er sich an die Mädchen, die er bat, ihm doch auch ein schönes Lied als Nationalhymne und eines, zu dessen Worten und Klängen die Kabylenkinder an dem Festtage tanzen sollten, zu dichten und auch die zugehörige Melodie gleich zu komponieren. Die beiden Mädchen befanden sich diesem Wunsche gegenüber in einiger Verlegenheit, weil ihnen die Aufgabe zu schwierig erschien, aber der Bärtige nickte ihnen ermunternd zu und sagte dabei leise: ,,Dat machen ech Au schoa". Und da gaben sie dem Sultan auch dieses Versprechen, das ihn hoch erfreute, nur mußte er ihnen zur Einübung noch acht Tage Zeit lassen, womit sich der Sultan gerne einverstanden erklärte.

Und nun kam der Tag des großen Festes! In strahlender Sonne ritten die Krieger vor den Palast; mit schmetternder Musik zogen die Fußtruppen auf; aus der Ferne ertönten die Salutschüsse der Artillerie. Dann erschien unter den Klängen eines Präsentiermarsches der Sultan, gar köstlich geschmückt, mit allen Prinzen und verschleierten Prinzessinnen des fürstlichen Hauses; dahinter kamen die drei fremden Gäste, geleitet von den Würdenträgern des Reiches, und dann schloß sich unter lautem Jubel die Bevölkerung an, und fort ging es mit Musik und wehenden Fahnen zum zum Festplatz. Dort setzte sich der Sultan auf einen hohen Thron, der gar prächtig ausstaffiert war. Neben ihm standen die Prinzen und Prinzessinnen sowie die drei Fremden, während sich zu seinen Füßen die hohen Offiziere und Beamten aufbauten. Das Volk aber lagerte sich in weitem Kreise ringsum. Und da nun das Fest den Fremden zu Ehren gegeben war, so erhob sich der Minister des Auswärtigen, ,,Bloawonnermah" geheißen, und hielt eine Ansprache, in der er die Verdienste des Bärtigen und seiner beiden anmutigen Begleiterinnen pries und sie der Huld des Sultans und des bleibenden Dankes der ganzen Bevölkerung versicherte. Dann fiel auf ein Zeichen des Sultans die Musik ein und es erklang die neue Nationalhymne, deren Text und Melodie mit unvergleichlichem Eifer vom Regentenhaus wie vom ganzen Volke tagelang vorher mit Musikbegleitung eingeübt worden war, und also lautete sie:

Mosster da, mosster da
Emmer Au beschlabbern?
Wenn et Breechesduffeln gett,
Da gät doch off Au baß!
Mosster da, mosster da usw.

Stürmischer Beifall erscholl, als Musik und Gesang geendet hatten; die Hymne hatte das Herz des Sultans und der ganzen Bevölkerung erfreut und erschüttert zugleich, wozu freilich auch die flotte Marschweise, in der sie gespielt wurde, viel beigetragen haben mochte.
Und nun ging es zum Kinderspiel! In hellen, duftigen Gewändern tummelten sich Knaben und Mädchen in anmutigen Reigen und sangen, zugleich Bälle werfend und auffangend, mit ihren frischen, jugendlichen Stimmen und mit hingebender Begeisterung zu den Klängen der auf hoher Empore sitzenden Kapelle das herrliche Lied aus der neuen Sprache, das also hieß:

Et hädd kän Hänn, et hädd kän Feeß,
Kän Kopp on och kän Po,
On heppt doch durch de greene Wees
On freijt sech emmer so!
On froajt er itz, wat dat sin sall?
Mir sän et Au: En Bickelball!!

Wieder erscholl brausender Beifall, und es war die allgemeine Meinung, daß im ganzen Lande der Kabylen noch nie ein so die Herzen rührendes Lied nach einer so wundervollen Melodie gesungen worden sei!
Schnell, allzu schnell vergingen die Stunden in Freud und Lust. Der Abend drohte herniederzusinken, und da es dann im Lande der Kabylen sehr bald ganz dunkel zu werden pflegt, so machten sich Herrscher und Volk auf den Heimweg, alle des Lobes voll für die Fremden, die ihnen durch die neue Sprache und durch die beiden schö-

nen Lieder solch einen wundervollen Tag geschenkt hatten. Zugleich lobte das Volk, wie immer, seinen guten Sultan über die Maßen, und man ermangelte auch nicht, sich zwischendurch durch Anrede mit den neuen Titeln gegenseitig zu beehren und zu erfreuen. —

Längst sind die drei Fremden wieder in ihre Heimat gezogen, aber immer noch lebt ihr Andenken in den Herzen der Kabylen in froher und dankbarer Erinnerung! Und es dürfte im ganzen Kabylenlande wohl kaum ein Kind geben, das nicht abends vor dem Schlafengehen jenes kleine Gebet zum Himmel emporsendete, das der Bärtige seinerzeit den Kindern durch den Schulmeister — jetzt „Schriff" geheißen — zum Auswendiglernen beim Abschied übermittelt hatte, und das also lautet:

„Allah, mach oos dat Vergneeje:
Scheck oos nochmoal Li us Seeje!"

August Klingspor 1934

Det Jette voarm Gerecht.

Mejjersch Jette hadde en Vorlading kräje on soll vor Gerecht zijje. Obwoahl et sälwer bi där Geschechte gar nix zo firchte hadde, woaret doch wahne offgeräjt, denn et hadde besher noch nix m'm Gerecht on d'r Bollezejj ze doa gehadd. In der Vorlaring stonn, dat et sech da on da, Moarjens em zeh Uhr, off Zemmer so on so enzefenne hädde. Det Jette ewerläde s'r no die ganze Daage genau, waret met goorem Gewesse ussäh konn. Wie noh dä Moarje koam, stonn et schoe freh off, machte sech allerlej ze doa, zog sech de Sonndags Brocke ah, kochte sech en goore exdra starke Kaffi, on em Vierdel vor Achte geng et schoe va heim dann. Sin Mah hadde Späschecht

on loug noch em Bädde ,,Nodda, Mah, ech goah itzend, d'r Kaffi stärd em Backoawe on det Kriddche em Schrank". D'r Frieder brommelte wat onner d'r Däcke russer on drähde sech noa d'r Wand.
Et schlog Achte, wie det Jette ewer det Maard geng, on zeh Minudde noa Achte stonn et schoe vor där Dier va däm Gerechtszemmer on v'rglech die Zemmernommer met där Nommer, die en sinner Vorlaring stonn. Et stemmte. Näwe bi där Dier heng e Zerrel, on doa stonne da die Sache on Parteie droff, die loa v'rhanneld wärn solle. Dä Fall, wo det Jette bi zijje soll, stonn awer zeemlech am Änn, on va dän feindleche Parteie woar noch keiner doah.
Off däm lange Gang leefen de Anwälte, Schriewern on Gerechtsdeenern hin on her. Diern gengen off on zo. Name wurn geroofe, on de Lii stonnen off'm Gang, bi Drabbe on Fenstern binanner on schwadden zesame. Annern werer gengen ganz offgeräjt hin on her. — Ech well doch moal lustern, wat die Lii all ze schwätze ha, doachte det Jette. Ach du lewe Zitt, wat woarn dat vor Sache. Die eine hadden et wäje Gaardezung on Hohner, die annern wäje 'nem Erbdeilerejj, Fäller, Weese on bar Geld. Werer anner hadden sech gäjesiddig Spetzbowe on Halonk geschand; keiner woll awer än sin, on det Gerecht soll no fästeställn, wä einer wär. Doa hannelde et sech em Rusche on Dusche, Fuddel on Kuddel, on doa werer em en Bockel voll Scholde. Deewern die Jonge hadden sech ah 'nem Sonndag arig geschwardet on d'm Wirt Schirweln gemacht, on doa henne die en där Äcke woarn wäje 'ner ahl Koh ze gäng. — Onne bi 'ner Drabbe stonne awer e paar Wieweslii, die woarn schwär ah de gäng. Die zweij moßten bi 'ner Ehescheiring zijje. Die ein woar off däm Mah sinner Sidde, die anner hool bi die Frau. ,,Wä eäß schellig?" brätschte die ein. ,,Hää" goab die annere zor Antwort. ,,Wieso da hä?' Dat schlechte Dier hät doch emmer met annern Kalle gehutschelt, on hä hät se doch drewer kräje, also eäß et d'r schellig Dail", sähde doadroff werer die Frau, die bi dän Mah hehl. ,,Dat ässet joa grad, dä Klonk bruchte joa net so freh noa heim ze komme, on deswäje eäß hä schellig!" sähde die anner.
Er däm Auebleck reef doa heänne off'm Gang en Gerechtsdeener d'm Jette sin Name. ,,Nä, wat v'rgärd einem loa de Zitt", sähde de Jette gäje Wetzes Gollo, dä och offgerofe wur on met d'm Jette en datsälwe Zemmer moßte.

Itzend kräj et det Jette werer met d'r Angst ze do, on et sähde leise gäje d'n Gollo: ,, Et eäß det erschte moal, ech weiß garnet wat ech mache sall. Wie sall m'r da met dänn hohe Herrn schwätze?" Dat wor nämlech d'm Jette sin greäßte Sorje, et v'rhedderte sech emmer bim Hochditschschwätze on da wurn de Lii emmer lacherich. ,,Schwätz nurscht, wie d'r det Mull gewaase eäß, dat eäß d'r bäst", meinde d'r Gollo.

Wie det Jette no en däm Zemmer merkde, dat loa alles rehig on sachlech zogeng, doa wuret rehiger on guckte sech alles genau ah. Itzend moßte et vor d'n Rechderdesch komm. Dä Rechder woar e ällerer Mah, on det Jette hadde glich Vr'draue zo nem, besonnersch weile so en deefe värerleche Stemm hadde. Hä froagde det Jette, wie et sech schreeb, ob et en Berof hädde, on dat wur alles offgeschrewe. Dat gärd joa wie geschmeert, doachte dat Jette. No woll dä Rechder vam Jette noch wesse, wie alt darret wär, on froagde ganz freundlech: ,,Und Ihr Alter?" — Doa sähde det Jette. ,,Min Ahl, dä loug noch em Solber, wie ech va heim geng."

Hermann Reuter. 1938

Gewählte Sprache

Kurz vor dem Abendessen stellt eine Holdinghäuser Familie fest, daß kein Brot mehr im Hause ist. Der kleine Sohn erhält den Auftrag, beim Nachbarn etwas auszuleihen, sich aber höflich zu verhalten. Der Zehnjährige klopft also an die Tür des benachbarten Hauses und wendet sich mit den Worten an die Anwesenden: ,,Ech woll emaol fraoge, ob ihr so goot wölldet sinn onn leandet oos maol e Broad. Et kömmt nix dra!"

D'r Anzhüser öwwer de Jsebah.
(Gehaaländer Spraoche.)

Li, Lowis, wuätt siä deätt foar Sachche!
Bii Sejje laift de Jsebah;
Die hüört m'r alt vuo wierem krachche
On kräje wee 'n Gückelhah.

Deätt siä d'r Wäh wee klaine Hüüser.
Die goh vuo Köln bösch noh Berlin.
On voarn dah, saäht der Oechelhüüser,
Doa zütt 'n gruoße Kaochmaschihn.

Die kömmt beätt Faochche eäht Gewejjel,
On schnüübt on brustert wee e Raoß,
On haätt zwai Ouge wee 'n Oejjel,
On kurwt, on kurwt, on kurwt droff laoß.

Wah äiner eäntz noh weäll v'rraise,
Mintwäje lao naoh der Dürgäj,
Dä bruchcht kä Heämmder naß ze schwaiße;
Deätt eäss eäntz aolles Speelerej:

Dä kaift s'r bloaß e klai Babierche
On giäht 'n kleine Drabbe noff,
Krüfft dur e Loch oar glaäsern Düürche
On dah, parduhs! de Feäller noff.

Hä döht s'r off 'n kleine Mötsche
On schloöft dah iäh beätt veel Bläsir
On hüort neätt off ze röttsche, röttsche
Bösch voar d'm Suldan singer Düür.

Jacob Heinrich Schmick, 1862

Schwieriges Hochdeutsch

Als ein Littfelder zum Vorsitzenden eines örtlichen Vereins gewählt worden war, begann er seine wohlgesetzte Rede mit den Worten: „Es ist nicht einfach, an der Schbitzde eines Vereins zu stehen", was seine Frau in der ersten Reihe der Zuhörerschaft zu der unehrerbietigen Bemerkung veranlaßte: „Wänn dr Lälles doch äwe det Mull heel!"

In Geisweid prägte ein Vereinsvorsitzender gar die glorreichen Worte: ,,Mir müssen zusammenhalten wie ein Pahl, auf daß mir der stärkste Verein werden rümm und dümm!"

Fremdsprache

Als nach Kriegsende die Amerikaner in Hainchen einrückten, gedachte sich der Gemeindevorsteher mit der Besatzungsmacht gut zu stellen. Er baute sich also vor dem Ortsschild auf und begrüßte den diensthabenden Offizier mit den Worten: ,,Good morning, Mister American." ,,Oh, do you speak English?" fragte dieser erfreut, das Gemeindeoberhaupt aber mußte zugeben: ,,Nä, dat woar alles!"

Arbeitslosigkeit

In der Zeit der Arbeitslosigkeit und der Kurzschichten kam ein Arbeiter, der krank gefeiert hatte, zum Pförtnerhäuschen, wo der Pförtner sich gerade einen Teller mit Bohnensuppe einverleibte und rief:
,,Arwese?"[1)] Der Portier antwortete: ,,Nä, wisse Boane."

Die Ehefrau

Als sich zwei Kameraden nach langer Zeit wiedersahen, präsentierte der Arnold seine Frau mit den Worten: ,,Mein lieber Fritz, hiermit stelle ich dir meine gute Frau vor, meine Hanne." Fritz antwortete: ,,Nä, Arnold, wat schwätzesde vornähm", worauf dieser erwiderte: ,,Hanne sage ich nur, wenn ich einen Knust habe, sonst sage ich 'he' zu ihr."

1)Arwese — Erbsen, aber auch die Frage: Arbeiten Sie?

D'r Wissequast.

Wohldärig eäs e Wissequast,
Wänn Mierer, roohig, ohne Hast
On die vam Wisse ha Verstand
De Däcke wisse on de Wand.
Doch furchbar wirre Wissequast,
Wänn Lii, for die hä garnet baßt
On die, womeeglich Sand eäm Stewwel,
Em Dorf rem goah bi Näächt on Newwel
On da eäm Wisse eewe sich,
Ihr Lii, dat eäs ganz firchterlich.
Gefährlich erret, Leäwe wäcke,
E jeder weiß, dat dä net spaßt, —
Jedoch d't Schrecklichste der Schrecke
Foar Kauflii eäs d'r Wissequast.
Weh deän Scheldcher eä de Gasse,
Die m'r good erreiche kah,
Denn die ,,Wissequäster" hasse
Dat Gebild vam Krämerschmah.
Wehe, wänn'se loßgeloaße,
Grad als wie us Rand on Band
Stronze se da durch de Stroaße
Quast on Wisse eä d'r Hand.
On se moaln off all de Scheldcher
Kriddewisse hebsche Beldcher,
Zäjje, Oasse, Kalwer, Keeh,
Alles wiß, grad wie d'r Schnee, —
Elefante, Krokediller,
Dierer bet ohflärije Miller,
Wirklich ganz kurjoses Veeh
Wie m'r t he noch net geseh.
Bärn on Isbärn, zahme Affe
Wern beäm Wissequast geschaffe,
Kroddcher, Elme, Viergebaij,
Alles bontig durchenaij.
Welle Säjj on Reäh on Dachse,
Drosseln, Flärermies on Lachse,
Bodderkrebse, Mehn on Oaln
Doh se of de Scheäldcher moaln,
Nachtigalln on Farkelmocke
Sidd m'r näwernanner hocke,
Äjjeln, Rawe, Elstern, Sproahln
Näwer Zeckelcher on Doahln.

Plischpantoffeln, Brirjamsräcke,
Quätschedadcher, Piffe, Stäcke,
Knäbbe, Krämbcher, Noahle, Zwirn,
Warme Wirschtcher, Äppel, Birn,
Painexpeller, Hoffmannsdroabbe,
Schwarze Seife, Gurkestoabbe,
Lorbeerblarer, Troa on Salz,
Margarine, Kriddche, Schmalz, —
Alles wird eä scheäne Beldcher
Fein gemoalt off all die Scheldcher,
Wie et grad for jeden baßt —
Alles beät d'm Wissequast.

Än Bleck
Noa d'm Scheldche
Beät däm Beldche
Wirft d'r Krämer morgens da. —
Wat Moaler och gemoalt äm ha,
Ä seeßer Troest eäs eäm doch bleewe:
Et eäs noch freeh, noch lang kä seewe, —
Noch eäh de Lii wern monner,
Wäscht hä de Beldcher ronner.

Gustav Hartmann, 1894

Vam Enkaufe on vam Kontobööchelche.

Oos Moorer leeß am leeweste vah dä Mäddcher ehkaufe. Bet dänn konn se am bäste lande. Mänchmoal koam et awer och vör, dat mir Junge medde uß d'm Speel jeroofe wurrn, onn delängte holf et och nix, wann m'r sech wahne schwerhöreg ahstallte. Eindlech eß et oos ömmer e gruöß Rätsel jeblewe, wie all Moorern dä Oagebleck so fein ruß hadde, wo m'r ohmöglech obhörn konn — se soochte äwe afsechtlech Differenze. Berrem Körfche dörch de ganze Ort ze zocke, hehl m'r als klainer Kröffer och net för standesjemäß, onn am Äng stömmte och mänchmoal de Bilangs net ömmer. Nie noahm de Moorer ah, dat se sech em Lare verrächt hädde, ömmer heeß et gleich: ,,Häste nix lejje loaße? Häste nix v'rlorn? Dräj moal de Däsche römm! Ihr Lüh — wat sall oos da d'r Kakao? Onn de Lense häste v'rgässe!"

Enn Lechtbleck woar doch bim Enkaufe: m'r kreej wat zo, onn so woar et lechte, dät m'r gäje ahjemässee Beteilijung bahl Jesellschaft hadde. Jeder woßte uß sojenannter Läwenserfahrung, eh welchem Jeschäft m'r sech am bäste stung, wo det Klömmbesesdüttche am grüößte woar onn wo m'r de meiste Worschteschneppel kreej. Wann m'r awer die Marktlage so jehörig ußnotze woll, duurte d'r Enkauf veel länger, wee se deheim kalkulierte.

Jungs Willäm woar endlech veel bässer drah. Wann m'r morjens eh de Schuöl gunge, goaw'm de Moorer e Säckelche onn det Kontobööchelche em Ranze bet, onn wann da d'r Lehrer endlech Schluß machte, gung m'r uß Freundschaft bet. Hä konn noh sinn Jeschäftsv'rbindunge net öwer de ganze Ort ersträcke, hä woar wäje d'm Kontobööchelche ah sinn Firma jebunge, awer die sojenannte „Achillesverse" hadde mir bahl russer. Bi Jungs koam et net drobb ah, wann m'r 'n orndleche Greff eh de Dutte doah, d'r Willäm woar 'n Siöl vah nem Mänsche. Am leeweste oaße m'r Zucker. E paarmoal hadde m'r schwere Ängste ußzestoah, öb m'r de Zuckerdutte net ze arig jeschneiselt hadde, Jungs Moorer merkte awer nix. Öm noh uß dä äwije seelische Beklämmung rußzekomme, machte einer d'm Willäm d'r Vörschlag, hä söll äxtra e Pond forrern, och wann de Moorer nix jesädd hatte. V'rstiöht sech, m'r hah brüderlech jeteilt ze viert, onn trotz d'm ihlije Ässe hehle mir kleine Kröffer e Kontobööchelche för de bäste Errungenschaft. Bi der nöjje Methode hadde m'r nur noch beß de angern Morje Drock — wie d'r Willäm awer sädde, de Moorer hädde nix jemerkt, woar oos kloar, sie wür nie wat merke, ez hädde m'r rechteg Möhl ob. Mir koame oos wie Lüh vör, die ob d'r Kärmeze det gruöße Luös jewonn hah on sech no det Allerschüönste ußsöche konn. Nie eß eh Deutschland e Liebesmahl ehträchtijer jefiert worn, als wie mir hinger Wellmes Schmedde am zweite Dag e Pond Rosinn v'dröckte. Am drette Dag worn Quätsche fälleg. Zwei goore Freunde hadde m'r noch eh d'r Verein objenomme. D'r Willäm woar wuähl der Meinung, etz wör noh e Bundeszeiche för oos all am Platz, onn hä forrerte am vierte Dag sechs Däschenmässer. Oos wur ald so ohheimliech, wie d'r ahl Stein vör de Hußdör koam onn oos so verdächteg mosterte. Am Nommedag woarn de Bobbe scho am Danze: oos Sechse eß awer em ganze Läwe noah der Schwarderejj nie werrer 'n Zweifel objesteeje, wozoh eindlich e Kontobööchelche doa eß.

Wortkargheit

Die in Weidenau überall bekannten ,,Eisheiligen", drei ältere Gewerken, trafen sich jeden Morgen zum gemeinsamen Spaziergang, den sie allerdings gewöhnlich völlig wortlos vollzogen. Eines Tages schloß sich ihnen ein Bekannter an, der den schüchternen Versuch unternehmen wollte, eine Unterhaltung in Gang zu bringen und deshalb die Worte sprach: ,,Schea Wärer ho!" Als er sich schließlich wieder verkrümelte, öffnete der ,,lange Frieder", einer der Eisheiligen, erstmals den Mund und kommentierte: ,,Dä Lälles!"

Ähnlich erging es einem freundlichen Menschen, der an einem schönen Märztag einer Siegenerin, die im Fenster ihres Hauses lag, zurief: ,,Das Frühjahr naht!" Leicht verblüfft mußte er die trockene Antwort hinnehmen: ,,Da ha mr awer wat!"

Zu den bekanntesten Eigenschaften der älteren Siegerländer Generationen gehörte deren sprichwörtliche Mundfaulheit.

Eines Tages hatte der stadtbekannte Wirt ,,Schnecks Oasse" Baumaterial vor seinem Haus abladen lassen. Ein Bekannter kam des Weges und fragte den ,,Oasse": ,,Wat bouesde da?", woraufhin dieser lediglich erwiderte: ,,Emm".

In Geisweid befand sich ein junges Mädchen unverhofft in anderen Umständen. Als die Mutter davon erfuhr, rief sie schwer geschockt aus: ,,Anner Märercher emmer — nix, oos Frieda aimaol — dä!"

In Niederschelden war ein Wohnzimmerfenster geborsten, weshalb der Hauseigentümer zu seiner Frau sprach: ,,Wänn de nao dr Schdatt kemmst, brängsde en nejje Schieb bet, ech ka se jao sälwer esätze." Als seine Frau einige Tage später zum Einkauf nach Siegen will, entspinnt sich folgender Dialog: ,,Bräng än bet!" ,,Wat da?" ,,Ech sä jao, bräng än bet!!" ,,Da sä doch ändlich, wat de ha wellt." Da reißt sich der Mann den Schuh vom Fuß, wirft ihn durch eine bis dato intakte Scheibe und sagt ruhig: ,,Bräng zwo bet!"

Sitten und Gebräuche

So aifach es dat net!

Zwaij klaine Mädcher uß d'r Stadt,
(Se stamme woal va'm Häāh),
Die sehn ech en d'r Meddaagsstonn,
Wenn se det Esse träh.

M'em ,,Henkelmah" stolziern die zwaij
Zor Häähner Hette renn,
On dusse sää se noch 'ner Frau:
,,He aarbd oos Babbe drenn!"

On frejj — wie klaine Mädcher sinn —
Goah se m'em Esseblech
Schnurstracks noa ährem Babbe hin,
Ganz fröhlich, frank on frech.

Dä setzt bii sinne Kumpeln grad
On se verzeälln sich wat,
Denn kurz vor'm Meddagesse her
Bekoemmt e klainer Schwadd.

On wie de Hettelii da sinn,
Kriejt mäncher än ,,gezimmt",
Nadierlich wird och zweschedurch
Met Leidenschaft gebrimmt.

Noa vorn on henne, lenks on räächts
Spejjt jeder krizz on quer,
Die Mädche gucke ganz verdutzt,
Dat woar än fremd besher.

Enzwesche woar d'r Babbe satt,
Det Esse hätt geschmeckt,
On met 'nem Grooß ah de Mama
Wurn se noa heim gescheckt.

Am Oawend, wie de Schecht woar remm
Koam't klaine Berta ah
On hoalte stolz sinn Babbe aaf,
Dat m'r sinn Spaß konn ha.

Die baire gengen Hand en Hand
D'r Hettewääch entlang,
Det klaine Berta sproach kaij Wort,
Trotzdäm woar't Mull em Gang.

Ätt spoujj bi jedem zweite Schrett,
Mooch Broddeln, Bloase, Schumm,
On treeb dä Spaß so intensiv,
De Spucke reichte kumm.

Gelonge woar, dat jedesmoal
Wenn ätt d'rhin gespuckt,
Det Berta sich ganz hoargenau
Die Sache noch beguckt.

Wat sall dat heiße, beste doll,
Du speijjst dich va'm Verstand.
So säte streng d'r Herr Papa
On drohte met d'r Hand.

,,Joa Vadder, ech prowiern itz ald
Schoa seit d'm Esseträh
Wie ihr dat met däm Spejje macht,
Dat es jo e Gedäh.

Ech ka grad mache, wat ech well,
On mir versät de Lung,
Ech speijje met d'r greäßte Meeh,
Ätt wird on wird net brung!"

Der kleine Vater

Zu Irmgarteichen bewohnte eine sehr kinderreiche Familie ein reichlich kleines Haus, so daß alle in einem Zimmer schlafen mußten. Wenn eines der Kinder nachts einmal ein menschliches Rühren verspürte, ergriff die Mutter, eine große und starke Frau im Gegensatz zu ihrem schmächtigen Mann, den Nachwuchs und hielt ihn aus dem Fenster, bis sich die Blase geleert hatte. Eines nachts erschallte wieder der Schrei in ihrer Nähe: ,,Mamme, ech moß emaol!" Sie griff neben sich und hielt den vermeintlich Notdürftigen aus dem Fenster. Da erschallte von draußen plötzlich die klägliche Stimme ihres Gatten. ,,Mamme, wat mechsde da. Laoß mech schwinn werrer nee, ech sinn doch dr Ädde!"

Die Schminke

Eine Gastwirtschaft hatte eine neue Bediente angestellt, die durch ihr reichliches Make-up auffiel. Spees Arnold sagte daher zu ihr:

„Sä Mäddche, häste de Meddach minn Pard geseh? Dat woar doch en schüanes Pard, worr?" „Ja, das Pferd hat mir sehr gut gefallen."
„Ja, glauweste da, dat Pard wör noch schüaner, wenn et ajeschdreche wör?"

Christtagswunsch

Als Lorsbachs Wilhelm nach seinen Weihnachtswünschen gefragt wurde, gab er nach kurzer Überlegungspause an: „En Läwerwurscht va Färndorf bes naom Loh, e Sorrelfaß voll Wacholler onn e Karbidtrommel voll jeschneerene Schdrangdubbak."

Höflichkeit

Ein Siegener Kraftfahrer hatte seine Möbellieferung bei meiner Schwester in Münster abgeladen und wurde zum Essen eingeladen. Es gab Eisbein mit Sauerkraut. Beim Anblick dieses Gerichtes sagte der höfliche Mensch: „So Zich derf mr min Frau hechstens eimaol em Johr of dr Dresch brenge, dat erennert mech ze arich a de ahrme Zitt em Kreech."
Als ihm anschließend noch ein Steinhäger angeboten wurde, gab er die Worte von sich: „Uß däm eifache Zich mache ech mr nix, ha se da känn Hemberngeist?"

D' erschte Morjekaffie no d'r Hochzitt.

Det Liesje wor geistig net off d'r Höh. Et wor god domm. Awer wie off jedes Debbche e Deckelche baßt, so krijt och so zemlich jedes Mädche en Mah, met Ußnahme va denn, die absolut kenn wonn. Det Liesje woll awer gern en Mah ha. Wie no emmer de demmste Burn de deckste Doffeln ha, so krije och manchmo de demmste Mädcher de beste Männer. Det Liesje hatte da och noch en ganz echte Mah kräje.
Weil nu det Liesje em Hußhalt net so bewannert wor on mer domols och e Kochboch noch net for e paar Grosche kaufe konn, wur det Liesje va sinner Modder vor d'r Hochziit noch off einzelne Kneffe, wie m'r dem Esse en gore Geschmack gett, hingewese. Dä Vortrag, dä det Liesje gehale kräj, schloß met de Worte: „Kend, nu sän

ech d'r, do a alles, wat de kochst, e Zwewelche, denn e Zwewelche verdirbt nix.
,,Joa, dat well ech mache", säte det Liesje.
D' Hochzitt wor gehale. Am annern Morje steät nu det Liesje, wie sich dat for en jonge Frau gehert, off on kocht sinnem Mah d'r Kaffie.
Die beide setze sich zesame a d'r Desch.
Als dem Liesje sin Mah nu d'r erschte Schlock vom Kaffie genomme hatte, säte hä: ,,Frau, ech weiß nett, d'r Kaffie — d'r Kaffie, dä hät so en komischer Geschmack. Hät dat Wasser nett rechtig gekocht, orer wat eß doamet los?"
,,Doch, lewer Mah", säte det Liesje, "det Wasser hät rechtig gekocht, och han ech e Zwewelche dra gedoh, denn min Modder hät m'r vor oser Hochzitt ußdrecklich gesät: ,,Kend, nu do a alles, wat de kochst, e Zwewelche, denn e Zwewelche verdirbt nix."

Knüppelsuppe

Ätt war so em det Joahr 1870, zo ner Zitt, wo d'r Gehannsmaart noch so reächt em Flohr war. Doh gong ech ah so'nem Maartdag als Seejener Jong en d'r Zirkus, däh domoals veel meh besocht wuhr weh hoh, ganz besonnerscht awer vah de Buurnjonge, deh nom Seejener Maart emmer en fuschnäije bloae Kerreln koame. Dat se dah och ähr staatse Märercher metbroachten, verstonn sich vah selwer. Uß Sparsamkeit nohmen se d'r belligste Platz on gongen off de Gallerie, de ganz henne em d'r ganze Zirkus lohf on wo m'r stoah moßte. Dohfoar bezahlte m'r awer dah och nur zwäonhalwe Selwergrosche, oarer, weh m'r domoals sähde, e Kassemännche. Em vohr ähr Geld och watt ze seh, drängten sich de starke Buurnjonge vor on räckten de Hälse, wen so en faine Zirkusprinzessin, deh net ahrig vehl ahhatte, ähr Kunststecker machte. Da wuhrn all annern Lii zerecke gedreckt beß ah de Linnwand, deh em de Zirkus gong.

De Baijasser fräiten sich woahl ewer däh gohre Besoch, awer seh hatten och Angst, ähr good Zeltdach kenn bii dähr Dreckeräij zerresse wärn, denn se moßten woahl dusse geseh hah, weh sich ewerall en dem Doch de Recke on Hennern ahfzeichneten. De Zirkuslii woßten sich awer ze helfe. Hurtig gong so e Karle met 'nem decke Kneppel dusse remm on — baaf, baaf, schloug häh ohbarmherzig off jeder Kubbel, däh am Zeltdoch ze seh war, so datt m'r ainer nom annern plarrn horte. M'r woßte erscht gar net, watt loß war, weil deh Schwarderäij ahrig schwinn gong, domet och jeder watt met kräij. Awer weh m'r sich lechte vorställn kah, war de ganze Sache doch ahrig spassig on et wuhr schleßlich knochehart gelacht, weil et och noch dobii de erschte ,,wirksame" Nommer vahm Programm war.

Weh ech noh nohaim koam, verzahlte ech minnem Broarer, watt ech om Maart all geseh hatte on och deh Geschechte em Zirkus. Däh woll sich kaputt lache on sähde ganz beduhrlich gäge mich: ,,So, da häste also vohr e Kassemännche Schwardes krähje!"

Chresdagsbesoocb

Et woar e hellich do onn driewe
em Chresdag rem en oosem Huß,
dao moßde mr dr Dande schriewe,
dao schbrong gewehnlich wat bi rus.
Dr Ohm, de Gode onn dr Padde,
die kräje och en Breef gescheckt,
de besde Wensche, die mr hadde
wuern da so ardich ußgedreckt.
Schoa dr Gedanke mooch beklomme,
wänn die am Chresdag komme wearn,
dat Schwätze, Schdronze onn Gesomme,
dat wollde neemes gearne heern.
Zwelf klaine Käscher aoß minn Dande
zom erschde Frehschdeck emme Zeh,
doch wänn se ainer Oflaot nannde,
dä sallde mao minn Dande seh.
Dr Ohm, bi oos em goore Zemmer,
waor schlemm of Äbbel onn Konfäckt;
zo jeder Maohlzitt hätt hä emmer
de ganze Debbcher ußgeläckt.
Sechs Daij lang schdonn a ainem Schdecke
bi Dag onn Nacht en Pott omm Fuur,
et wuer geläbt wie Hans em Glecke,
grad so wie bi ner Badekur.
Futsch geng de Wurscht, em Salz det Sejjche
saoß freedlich descher seewe Wänn,

et wuer gegässe sonnergliche,
et kräj baal kainer meh wat renn.
Dao mooch sech jeder off de Labbe,
gesond onn fresch em Schnackefätt;
for't lätzde Gäld noch koof oos Babbe
omm Bahnhof jedem det Billjett.

Moral:
Jong, häsde so en groeß Gehänke,
la Chresdag känn Verwandtschaft enn!
Du sist jao, bi dä paar Geschänke,
dao schdecht doch wirklich gar nix drenn!

Ahm Stammdesch bii Kochs om Maard.

Ja, dat war noch en scheäne Zitt, weh noch dä groaße Stammdesch bii Kochs om Maard em Schwong war, wo der ahl Doktor Bellebaum präsedierte, datt de Lii uß dem Lache net erußkoamen! Et warn awer och Mannslii, deh wirklich zesahme baßten, on Spaß hadden se, datt m'r de Barschläch noch nachts em zwelle knochehart ehwer der Maardplatz schalln hoarte! Meist wuhr schoa morgens vah halwer zwelle a en orndliche Freehschoppe gemacht, awer der Hauptbetrieb fong oawends so emme halwer seewe a on doa fählte wirklich kainer gärn, wenne ähwe komme konn. Hermannse Schorsch, der Oowerlehrer vah der ladinsche Schoal, krotschte vah der Eintracht uß de ganze Stadt noff on moach sech onnerwägs schoa werer sin Witzcher zesahme, vah däh häh emmer en groaße Portioa off Lager hadde. On dechte konn häh, darret en Art hatte: for de Ziering em groaße Format on for de Stammdesch kurz, on em Handemdräh, on emmer monder on wetzig on garnet drij, wee sost de Lehrern so lechte wern. Wenn der Sartorius, der Apotheker, vah der Jagd koam, on Hesse Karl, on der Luyken, on wä sost noch met war, da wuhr der erscht rächt gehettet, on et goab meh wee aimoal besoffene Lii, obzwaar so zemlich all off en goore Eimer geaicht woarn!

Leeje konn der ahl Doktor Bellebaum, datt sech de Balke boagen, besonnersch uß sinner Praxis, on wenn da af on zo vah dä fremde Reisende, deh bi Kochs logierten, moal ainer am Stammdesch setze durfte, da kräj dä „fremde Karle" en orndliche Lahring vah medizinische Erläbnisse offgedescht. So verzählte häh ainem, datt häh am sälwe Morge en Geburt gehatt hädde, wo e Jong met zwär lenke Feeße off de Welt koam! On nem annern, dä sech erkonnige woll, watt eigentlich däh ahl Rhodius, däh emmer doa war on schoa e besselche klapprig scheen, vor en äh-jeartige Bleck hädde, sähte häh, dat wär kaij Wonner, wänn ainer elf Joahr hennerenanner Scharfrechter gewäse wär!! Däm Reisende sall et kalt ehwer der Bockel gelaufe sin, weh häh hoarte, met wat for Lii hä loa am Desch soaß!

Der ahl Ax vam Häh koam och jeden Oawend, dä Gott wärn los, noam Stammdesch bii Kochs, on onnerwägs troag häh der Hoot en der Hand, weil 'em emmer so waarm wuhr. On wee häh eimoal so em Herbst renkemmt, war dusse alles voll Näwel, wee dat so der Fall ze sinn fläjt, wenn em ganze Land de Braase gebrannt wern. On wee hä sin Hoot a der Nähl hängt, säht häh so näwebii: „Däh verdammte Höhenrauch!" „Ja", reeft der ahl Rhodius, „dat deht weh!" „Nä", säht der ahl Ax, „weh deht dat net, awer et stenkt!" „Ja," säht der ahl Rhodius werrer, „ wenn et stenkt, da hah'se sech de Feeße net gewäsche!" Doa wuhr awer der ahl Ax bessig, on et hädde net veel gefählt, da wärn sech de ahle Herr a der Krage gange, wenn der Dokter Bellebaum de Situation net glich erkannt on dehenn entscheere hädde, dat e Meßverständnis vorläj, endämm dat der aine „Höhenrauch" gemaint on der annere „Höhneraug" verstanne hädde! On weh dat offgeklärt war, goab et wat zom Lache, on Hermannse Schorsch moach glich en rechtige Versch off de Geschechte on deklamierte en so, datt se all det Lache kräjen!

Ja, Jong, dat woarn der noch Zire, wo sech de Lii noch freije konnen on e good Deil Zitt droff verwandt wuhr, sech on annern Spaß ze mache!

August Klingspor, 1926

Vam Fuddeln.

„Jong", säd de Modder, „lährn mer moal äwe dinn Messer." — „Dat han ech net meh." — „Wat? Dat häste net meh? Itz härd awer da alles off! Dat scheäne Messer, wat d'r oos Vadder erscht vor sechs Woche metgebroacht häd! Wat häste da doamet gemacht? „Geweß verfuddelt?" — ,,Nä, doch dat net!" — ,,Ja, da sä emoa, watte dermet gemacht häst!' — ,,Dat han ech verduscht." — ,,So verduscht, wat häste da derfor kräje?" — ,,Ningonachzig Gleckkerner." — ,,Wat, ningongachzig Gleckkerner! On dat sall net verfuddelt sin? Jong, dir drä se nochemoa e Paar Schnierbänneln for e ganz Paar Scho ah, ohne datte merkst, datte befuddelt worn best! ,, Ningonachzig Gleckkerner! Werderwäge häste da net honnerd kräje orrer doch zom mendste nungzig voll?" — ,,Weil hä net meh hadde." — ,,Hä? Wä?" — ,,Beckersch Emil." — So, dä verdorwene Jong! Dä wird dech Debbe-Eijel schoa rechdeg hochgenomme ha! Datte däm och en de Knubbe geroare moßtest! Awer du best joa so domm wee Grafs Kätzche, dat sin volle Melchschoddel gä en Heijer verduschde on hennerher nix ze suffe hadde!" — ,,Dat sinn ech gar net." — ,,So, wellde villechts och noch gescheijt sinn, wenn de dech so drakrieje läßt!" — ,,Ho, dat ahl Messer! Dat hadde joa nur noch ain Kleng." — ,,So, doa weiß ech joa noch gar nix va! Wee es dat da komme?" — ,,Mir machten e Kuddebaavches-Loch, on wee ech doa met minnem Messer en der Eär porrte, doa koam ech offen Staij on doa broach ain Kleng aaf." — ,Itz sän ech raij nix meh! Häd mer so wat moa gehoard? So e scheär, dier Messer for e Loch zom Kuddebaavches ze nämme! Nä, Jong, du verdeendest, datt mer d'r der Hennern bloa on gäl heejt! Wat wird nur oos Vadder sä, wenn dä dat härd!" — ,,Dat bruche mer däm doch net ze sä!" — ,,Sech, och dat noch! Itz sall ech woahl noch leeje wäje dir?" — ,,Dat bruchste gar net." — ,,Weeso da net? Wenn dä no fräjt?" — ,,Ho, dä frait joa gar net. On ewerhaupt: moarn kriejen ech doch e annert." — ,,So, woher krieste dat da?" — ,,Va Mellersch Hein." — ,,Va Mellersch Hein? Häd dä da soveel Messern, darre se verschenke ka?" — ,,So veel bruch dä där gar net ze ha: ech well joa doch bloaß aij." — ,,Wat es dat da for e Messer?" — ,,Met zwoa Klenge on nem Gurkezeejer." — ,,Sech a, mennem Gurkezeejer? Där moßt du nadierlich än ha!" — ,,Ja, ech ka doch nix derfoar, datt ainer dra es." — ,,Nä, du kast ewerhaupt for nix! Wat well da dä Mellersch Hein daofoar ha?" — ,,Nix." — ,,Nix. Weeso da nix?" — ,,Dä es mer dat schellig." — ,,Itz wirret awer ganz bondig! Wofor es dä d'r dat da schellig?" — ,,For min Greffelnkaste." — ,,Nä, Jong, itz schwätz emo rechdeg!

For din Greffelnkaste? Häste dä da och verfuddelt?" — ,,Nä". — ,,Net? Wo es dä da?" — ,,Dä han ech verduscht." — ,,So, och verduscht! Wat häste da derfoor kräje??" — ,,Noch nix, awer moarn sall ech doch dat Messer ha!" — ,,So, moarn erscht; werem da net glich?" — ,,Weil dä doch erscht met Stählersch Karl dusche moß!" — ,,Dä och? Wogä da?" — ,,Gä Schmedts Ernst sin Geißel." — ,,Nä, Jong, här off; ech wern ganz werr em Kopp! Ihr sid da doch en rechdeje Fuddelgesellschaft! Kriej mer doch emoa e Messer uß der Deschschubla, darrech endlech zom Schniere komme! On etz här off mech, on loaß dech va däm Mellersch Hein net och noch befuddeln! Wenn de dat Messer moarn häst, da wieseste et mir emoa! On da well ech d'r och glich de Wacht asä: Wenn dat so en ahl Häpe es, dee wee kalt Wasser schniet, da sallde moa seh, wee ech dech off de Drabb bränge, datte d'r din Greffelnkaste werrer hälst! Nä, wat häd mer doch sin Last met au Jonge! Ihr konnt ainem doch ganz stawelier geck mache met auem Fuddelkroam!" —

August Klingspor, 1927

De Kermeze.

Wat för Seje det Jehannsmart eß, dat eß för Helchebach on Ömgäjend de Kermeze. Alljöhrlech gä de 20. September fingt se statt, on alt on jung fröjt sech scho wochelang drob. Fröher stunge meddages Gerwereje on Fawrike stell, dobet der Vadder bet der ganze Familie det Fäest besöche konn. Der ganze Kermezetruwel well ech hie net beschriewe, dä eß jo hö och noch ojefähr so wie vör drißig Joahr. Awwer watt de Boarsche uß dä ömlejende Ortschafte fröher a däm Dag astallte, doava well ech zwei Stöckelcher verzahln. Die Sache lejje jo och got on gern 30 Joahr zerröcke, awwer vellechts läwt hie on doa noch en Bedeiligter, on de Stöckelcher kommenem werrer e't Jedächnes.

1. Bi Quittersch om Broch doa fierde en Trupp junger Boarsche uß 'nem Nochberort on woarne gäje Oawend recht lostig, so dät Quittersch Gustav sin lewe Nuet berren hatte. Äet woar en Schawernak jeplant, awwer äet fähldе noch einer, dä en ußfuhrde. Doa koam Schmedts Decker vörbi, dä hatte och scho etwas jelare. ,,Heh Richard! Komm moal re, hie sall en Uewe ömjeschmesse

wärn, keiner brängt'n öm!" Der Richard, va Nadur en baumstarker Mensch, statzt de Trappe nob on frougt: ,,Wat för en Uewe? Hidä?" Baf! Doa loug der Uewe em Saal a ludder Brocke! Der Saal woar em Augebleck leer, ech weiß deswäje och net, ob dä Uewe jemoals werrer objestallt eß wurn.

2. Om Martplatz wur der Lukas ömmer döchtig geschwartet, wobi meistens — nadürlich uß Verseh — der Kaste knidderkaputt ging. Eimoal woar en ußjestoppte Koh bet rechdije Jelenke obgestallt. För än Groesche konn mer die dreimoal vör de Kopp bafe, on wenn mer se rechdig troaf, da fel se ob det Hingerviertel zesame. Zo doamoalijer Zit woar em Grond en Oherte, dä hatte, wie mer so sät, einer bet 'ner föchte Hänsch kreje. Dä wur etz scharb jemacht, die Koh moal ze hogge. Hä besoug ser dat Dier va all Sidde, föhlde och noa der Meschoarer. D'r Besetzer schmunzelte on frougte: ,,Wohl Fachmann, was?" ,,Njo!" säte der Hannes, dräjte sech bletzartig röm on schloug däm Dier der Holzklöpper bet aller Kraft e de Reppe. Erschdens goaw dat e grueß Loch e de Sidde — mindestens vier Reppe woarn kaput — on zweitens fel det ganze Köhdier glatt öm. Em Nu hatte der Besetzer den Hannes am Hals, awwer äwesoschwing befrejde die Grünger Junge den Hannes. Hernoa woar de Koh werrer en Betreb. Der Hannes hatte awwer meh Orden ob der Brost, wie en aler Jeneral!
Wann mer hö so Streiche machte, da heß äet jeweß: ,,Ja die Jugend va hö!"

Ernst Wolfram 1930

D'r Fullbaum.

Freher woar ät bi os emm Dorf eblich, dat d' Jonge dä Märercher, die amm erschte Mai d'r Gaarte noch net emm'g'grawe hatte, enn Fullbaum enn det Land satte. D' meiste Märercher noahme dat voar Spaß ob, aigerte sech woahl e beßche onn wurrn och roat emm G'sechte, wann änn d' Jonge b'gähnte onn anen stichelte, awwer enn e paar Daj woar dat all vergässe onn Jong onn Märercher werrer d' deckste Lii. Net so oschellig doachte Schrumms Adele ewwer die Sache. Die woar enn Pansijon g'wäst, konn falsche Fleischsoppe koche onn Marmeladeblätzcher backe, onn gäh Riewekläese sähde se Kartoffelknödeln. Zwoar hatte Schrumms och noch Bureräj, Sejj onn Keeh, onn en Meste onn e Sorrelloch, awwer Schrumms Vatter woar e Zehdouwsenddalermah. Oawens gonge emm Rock onn memm Stiewetche noa Reutersch Fritz enn d'r „Weise Rat", emm mit sinne Stammdeschbrerer ewwer det Woahl vamm Dorf ze verhanneln onn doa drewwer noa'z'denke, wie merr die ahle Zäppe, onn b'sonnersch det Fullbaumsetze, ob Sitte kenn arwe.

Wie noa d'r erschte Mai koam, du hatte och wirklich Schrumms Adele ewwer all dämm feine Gedäh vergässe, d'r Gaarte ze grawe. De Jonge soachte serr emm Broach enn decke Fullbaum uß. Doch wie d'r Kurts Karl dä Oawend a Schrumms Hecke voarbi geng, emm ußfennig ze mache, va welcher Äcke merr amm bäste enn de Gaarte komme kenn, du souw hä zo sinnem gräeste Schräcke, dat mette emm Gaarte, anem decke Poahl, demm Hirte sinn bäeser Hond ahgebonne woar. Schrumms lähden sech och dä Oawend ganz beruhigt et Bätte. Doch wie de Adele dä annern Morje obstonn onn en de Gaarte guckte, du doa se enn heller Kresch: doa stonn mette emm Gaarteland enn decker Fullbaum, a sinne Äste flatterte Dabetebänn onn bii demm Fullbaum stonn enn Desch onn sechs Stehl, die hatten de Jonge uß Rothgärwersch Losthuß gehoallt. A demm Fullbaum awwer woar Hirte Moahr a'gebonne onn gouw achte, darren keiner hoallte. Schrumms Vatter woll zwoar schwinn d'r Fullbaum ußmache, awwer d'r Moahr loas dat net zo. Doa holf kaj Gotschwätze onn känn Gewallt. Wie awwer det Adele va Wot memm Bäsem noa emm wuschte, du bluffte d'r Moahr onn machte enn Schandal, dat det ganze Dorf zesame loof. Ät blew nix ewwerich, sie moßte d'r Hirte hoalln, dat dä d'r Moahr loaß machte. Wie et meglich woar, dat de Jonge bii demm bäese Hond dä Fullbaum sätze konn, eß e Geheimnis geblewe. Vielleicht kaan'et auw awwer dem Hirte sinn Mädche, det Jättche säh. Dat eß itz Groaßmotter va nemm Schelling Enkel onn woahnt enn d'r Stadt.

Das Haferfritzchen

Zu einer Zeit, als die Geschäftsleute noch mit Pferdegespannen ausfuhren, hatte der Kaufmann Bettendorf aus Freudenberg die Haferkiste für seine Pferde im Keller stehen. Durch die Kellertür pflegte sich auch der Verlobte des Hausmädchens einzuschleichen, wenn er seine Braut besuchen wollte. Die beiden hielten sich eines abends wieder in den unteren Gemächern auf, als sie Schritte auf der Kellertreppe hörten. Schnell verschwand der junge Mann in der Kiste. Herr Bettendorf wollte aber ausgerechnet in derselben nach dem Futterstand sehen. Als er den Jüngling in seinem Versteck entdeckte, rief er aus: ,,Nee, sech aan, det Fritzche en dr Hawerkesde, det Hawerfritzche!' Noch heute heißt die Familie ,,Hawerfritzches."

Haubergs Geburtstag

In Weidenau fand eine Versammlung der Haubergsgenossen statt, zu der es traditionsgemäß Kaffee und Kuchen gab. Der Haushaltungsvorstand verabschiedete sich daher von seiner Familie mit den Worten:" Ech gao itz naom Hauberch", und kehrte Stunden später mit einem großen Stück Streuselkuchen für die Zurückgebliebenen heim. Da fragte der kleine Enkel: ,,Obba, wä hadde da bi Hauberchs Geburdsdaach?"

Die Schanze-Matratze

Gesond oar krank — e jeder Mah
Weäll gern e goores Bädde ha.
On doazo kahn ech sehr empfähln,
Ganz weiche Schanze uszewähln,
Weil Schanzebädder, glauwt mr, Lii,
Seä weich wie Sammet on wie Sii
On läjje deht m'r wirklich droff
So mell, doa heärt sech alles off,
So mell, ech sää doa net zeveel,
Wie binoah off'm färern Pehl.
Nur leirer häd m'r morgens decke
On denne Stremmeln off d'm Recke.
Drem ha besonnersch Lii beät Schwern
De Schanzebädder garnet gern.
Doch sost, so sääde mir n Mah,
Dä wirklich wat verstonn d'rvah,
Sost wärn die Bädder garnet äge,
Hä hädde joahrnlang droff geläge.
Besonnersch wänn mr Geäster nähm,
Wärn die Matratze sehr bequäm.
Drem, leewe Lii, loaßt Ou et sää:
Hoalt Ou Matratze nur eäm Häh.

Gustav Hartmann, 1893

Eßgewohnheiten

Grünzeug

Siebels ,,Moll'' brachte eines Tages die Gartenwege bei Schneiders Kaspar hinter dem Siegener Bahnhof in Ordnung. Zur Mittagszeit erschien der Kaspar mit einem kompletten Menü: guter Fleischsuppe, einem großen Bratenstück, Sauce, Kartoffeln und einem ordentlichen Haufen schön angemachten Kopfsalats. Der Moll aß alles auf, nur den Salat rührte er nicht an. Als der Kaspar ihn erstaunt fragte, warum er denn das Grünzeug nicht essen wolle, meinte der Moll: ,,Mir woarn jao alt aarich aarm drheim, awer det Gemees hätt oos Mamme emmer noch gekocht — dat ha mr noch net roh ze frässe bruchche!''

Ähnlich erging es einem Ferndorfer Bauern, der einem Erntehelfer eine Schüssel Salat kredenzen ließ, von dessen Frau aber hören mußte: '' Oos Babbe ka net aarwe bi bläcker Salaot!''

Der Streffeler Frieder, der seinen Sätzen die Worte ''wie ech so sädde'' voranzustellen pflegte, hatte einer Littfelder Familie bei der Heuernte geholfen und wurde daraufhin zum Mittagessen eingeladen. Als die Frau des Hauses aber eine große Salatschüssel auf den Tisch stellte, rief der Frieder: ''Wie ech so sädde, wänn ech Gras frässe soll, konn ech och ob dr Wees bliewe.''

Unappetitlich

In Kreuztal sollte ein Junge Brot aus dem Keller holen, da er die Oma aber im Unterhaus wußte, wo sich der Lokus befand, gedachte er den Weg zu sparen und brüllte in die Tiefe: ''Oma, wänn de ferdich jeschesse häst, kaasde en Bruet bet nob bränge!''

Das Lebkuchenkerz

Auf dem Siegener ,,Gehannsmaart'' lustwandelt ein Vater mit seinem Sohn. Der Kleine, ein großes Lebkuchenkerz um den Hals tragend, ruft plötzlich: ,,Babbe, ech moß emaol!'' ,,Da schdäll dech lao henne en de Äcke.'' Auf einmal erschallt ein fürchterliches Gebrüll: ,,Babbe, itz ha ech mr gäje det Herze gesickelt. Wat da itzend?'' Da antwortet der Vater ungerührt: ,,Macht nix, dat krijjt de Oma, die schdibbt sowieso!''

En gore Kaffee.

Aet woar noch vör dem grueße Kreg, wie et noch net so scharp e de Fawrike zoging, wie hözedag. Wie mer am beste zesamebaßte, so soaß mer bim Fröhstöck on Vesper binanger on tronk Kaffee. So och bi os e der Dräjerei. Bedd os tronk ömmer der Hänner, on zwaor hadde hä en Zwiemannskäessel för sech, weil hä dem Kaffee arig godd woar.

Eines Dags hadde mer da en schlechde Streich jeplant, on broachde ,nen da och zoar Ußführung. Wie der Lehrjung bedd ose Käesseln ging, öm Kaffeewasser obzeschöre, stobbde mir schwing en urale, schmerije Kappe e de Käessel. So en al Kappe, die jeden Dag hungertmol bedd schmerije, schwoarze Finger ajepackt würd, moß mer kenn. Die eß va ludder Üel on Dräeck äweso schwer wie schwarz, jedenfalls awwer fäett, zemoal wann se ojefähr 20 Joahr gore Denste jedoah hät.

Mir tronke also Kaffee. Bi de erschde 2 Köppchr leße mir ser nix merke, on der Hänner merkde och nix. Dem Karl duerte die Sach awwer ze lang, on hä frougde: „Hänner, trenkest du eigentlich Fleischbröh? Oarer eß dä Kaffee so fäett?" Em sälwe Oagebleck koam det schwaorze Kappescheld uewe uß dem Kaffeekäessel ruß, weil de Kappe em Kaffe jequolln woar. En Greff, de Kappe uß dem Käessel jeresse, dät der Käessel ömfehl, on da en döchtije Standrede, dat woar dem Hänner sin Werk. E paar Dag ginge muckesig ömher, ob eimoa woare werrer ganz monter, dä starke Kaffee hadde äm also nix jeschadd. Ech moß jestoah, a däm Dag schmäeckde mir der Kaffee net besongersch, awwer ech ahnde nix Büeses. Mer hadde jeder alt äng oarer zwei Köppcher jestölpt, do sädde der Willem: „Wat schwemmt da do?" Ja, der Hänner hadde sech jerächt on en Roll Prümdubak zerschnere on för os Kaffeekäessel jestefdet!

Mir sinem awwer net bües wuern on hanem döchtig hälfe lache.

Ernst Wolfram, 1927.

Mählbabb.

Mir woarne em Weltkreg bedd ojefähr 20 Seejerlänger en einer Kompanie zesame. E besongeres Vergnöje woaret vör jeden va oos, wann der Willem e Erlebnis uß sinner Jogend verzahlde. Hä schwadde nur platt, ganz einerlei, ob hoch oarer nererig vör äm stung. So woarne mer och eines Dag's versammelt, der Willem ging uß sinner Reserve ruß on verzahlde oos allerlei Schnoarrijes. Öm nix ze verderwe, loaße mer äm am beste och hie det Wort:

Ech sin va Berof Mierer. Sonnoawends machde mer en der Regel en klaine Spratzdur, die fast emmer bim „Schwarze Hemd" en der Löhrstroaße ze Aenn ging. Mer versähde bim Drenke kän Zog, vergoaße awwer dobi emmer det Aesse. Kai Wonner, dät mer da hongerich we en Wolf noa haim koame. Os Grueßmodder kannte awwer min Vorlewe vor de Kecheschrank bi solche Jeläjehaide, on rumde alles of Sidde, wat nur ze ässe woar. Ech koam och aimol werrer, meh schwer alt we em Trett, glecklich en de Keche on begoab mech glich of de Soche noa wat Aeßbarem. Alles wat ech uß dem Schrank kroamde, bleb nadierlech of dem Burrem stoah. Nix woar doa, ganz henne en der Ecke fonn ech endlich e grueß Deppe, hochgefellt. Ech stippde met dem Finger ren on schmeckde: „Aha, Soabbe!" En Läffel woar schwinn fonne, det Deppe och schwinn geleert, on ech ging schloafe. Bim Schloafe hadde ech mech geweß gedommelt. Va ludder Krach wuer ech en aller Freh wach, mir woar net ganz kloar, wat do loaß kenn sinn. Of aimol kemmt os Grueßer de Treppe roff gestirmt, on kresch scho en der Dier:

„Ahler Sejpelz, häst de gestern Oawend noch wat gässe?"
„Dat waiß ech net. Awwer warde, ech glauw, e Deppche Soabbe."

„Wat? E Deppche nennst du dat? Dat woar e grueß Deppe va drej bes vier Liter. Waißt du och, wat doa drenn woar? Net? Awwer dat ech ho de morje de Keche dapeziern woll, dat wirscht de wuehl noch wesse? Etz marsch uß dem Bädde, on koch en nejje Mählbabb. Du häst nämlich gestern Oawend dr Mählbabb frässe!"

Ernst Wolfram, 1928

Vam „Schnuck".

Wemmer hoozedag en e Schoggeladsgeschäft kemmt on dee Ußwahl sitt, dee sich doa offtirmt, on wemmer da wierer zoguckt, wat en so nem Geschäft all gekauft wird, da denkt m'r so owellkierlich zorecke a dee Ziere, wo mer selwer noch e klainer Jong war on wee dat doamols en Seeje met so Sache bestallt war. Geweß goab et doamoals och schoa Schoggelade, awer — mer kräj se net; dat war wat for de ganz vornähme Lii! Wenn min Schwestern Geburdsdag hadden, da konn et sinn, dat aij va dä engelaarene Mährercher en Dafel Schoggelade medbrochde; awer dee wur net alt, sonnern, weil et doch ganz wat Besonnerschtes war, off dat se all schnuckig warn, glich en ludder klaine Steckelcher gedeild, on da kräjen all dee Kenner, dee am Kaffeedesch soaßen, ehr Steckelche, on det Geburdsdagskend villechts zwaij. On wenn ech, dä ech als Jong doch net am Märerchesgeburdsdagsdesch setze durfte on och gar net woll, weil mer dee all ze frickelig warn, oawends noa där Schoggeladsdafel froaj, dee ech om Geburdsdagsdesch hadde leije seh, da goab mer dat da doch en Stech, wenn ech heern moßte, datt dee schoa all offgefresse war. — Schoggeladssoppe häd min Modder oft gemacht, awer ech meßte leeje, wen ech sä wier, darrech doa hoo noch Säehnsucht noa hädde. Min Modder kochde wirklich good, awer ehr Rezept for de Schoggeladssoppe hädde mer rohig och en der Koahlreewezitt em Kreeg awenne konn, ohne dat mer en der Verdacht komme wär, datt mer ze kosber kochde. Dat war nämlich so: Dererscht moßte ech emoal bi Kippenbergersch en d'r Lehrstroaße de Schoggelade hoaln. Kippenbergersch verkoofen iserne Oawe, Blechrährn, Woage on Gewechder, on dernäwer och noch Kaffi, Thee, Schoggelade on Zigarrn. Min Modder behaupdede emmer, datt Kippenbergersch de beste Schoggelade en ganz Seeje hädden. Dat moog so gewäse sinn, awer da mosse se doch woahl noch en anner Sorde gefuhrd ha als wee dee, dee mir bezoogen. Min Offdrag gong nämlich doahin, datt ech zwaij Däfelcher ze kaufe hadde, dee det Stecke fenf Pänning kosteten. Ech hädde och nie geglaubt, dat mer uß so zwaij Däfelcher en staarke Soppe for acht orrer zeh Persone mache konn, on ech stonn da och ganz noadenklich vor där groaße iserne Pann ahm

Herd, en där e ganzer Haufe Schoggelade ganz brung gebrannt war. On wee min Modder emoal en Augebleck uß der Keche rußgong, doa ratschde ech mer schwinn met nem groaße Läffel en dechdeje Porzioa uß der Pann on stoach se en't Mull. Awer nur aimoal han ech dat gedoah on nie werrer! Ech hadde dat Zig em Mull on konn et net schwinn genoog werrer rußbränge. Kaij Wonner, dat war nämlich gar kän Schoggelade, sonnern Mähl; on wat va Schoggelade dren war, dat war so e ganz klaij Fierzelche, darret sech gä dat veele, veele Mähl gar net durchsetze konn.

Appelsiene goab et, doamoals nadierlech, och schoa, awer dee koof mer bim Kondidder, on see kosteten drissig Pänning det Stecke. On wemmer dee decke Schaal ronner geschneere hadde, da bleeb net veel ewrig. Wenn noa wirklech emoal en goore Dande en Appelsien medgebroacht hadde, da goab dat en Verdailereij, bi där so aij Denge en achte orrer zeh Stecker geschneere wur, wo da orndlech Zucker droff geschodd wur, dä am Enn de Hauptsache bleeb. Datt mir derheim, wee ech noch Jong war, jemoals en Appelsien gekauft hädden, deß kahn ech mech wirklich net entsenn; dat wär joa och en Verschwenning gewäse, dee sech gar kaij Mensch hädde ußdenke konn! Awer de Schaln wurn offgehoawe on Hoarwasser druß gemacht, dat mer noch lang en goore Geroch derva hadde.—

Wat sost der eindleche „Schnuck" agong, doa war de Ußwahl och wirklech net aarig groaß. Bi Siewels am Maard stonn emmer e ahl Mohr em Laarefenster; dä droaj e Deppe, doa loagen Furschtaincher dren orrer brungner Glaszucker. Em der Hals hadde dä schwarze Karle emmer ganze Reihe va Zuckerperle. Dat war och so en Aard Furschtaincher, awer ennem owale Format, on all off en wisse Schnur gereijt. So än Schnur kostete fenf Pänning. Awer wä hadde als Jong fenf Pänning? Siewels Modder noahm da och Recksecht off ehr Konnschaft on goab och for än orrer zwä Pänning aaf. Da wur aifach e Stecke va där Fenfpänningschnur aafgeschneere. Erscht stoach mer bedächdig so aij Perlche ent Mull, hennerher och zwaij orrer dreij on schleeßlech d'r ganze Rest off aimoal. On da suggelte mer zom Schloß noch dä ganze Bendfaare uß, als wenn dat en Herrlichkeit gewäse wär! Datt mer dä ganze Rest ent Mull stoach, dat hadde schoa meist en besonnere Grond, on dat war dä, datt anner Jonge orrer Märercher derzoo koamen on wat aafha wollen. Da konn mer da sä: ,,Ech ha nur noch dat, watt ech em Mull ha." Besonnersch äje war mer doamoals och net, on derwäge koam et oft vor, datt mer de Andword kräj orrer selwer goab: ,,Da geff mer e besselche uß dem Mull". On däm konn mer sech net good werrersetze, wemmer net grad als groaßer Gizzhals verschree wern woll.

August Klingspor, 1927

Negerbodder.

Jedesmoal wänn ech am Siewerig ronner komme on da en dä schäbbe Wäg noam Mehlegrawe zo enbeeje, wo mr onne bi Krämersch Schrinnerej bi däm kleine Breckelche russer kemmt, da fällt min Bleck emmer off zwo Reklameschelder, die doa ah Achebachs Holzschoabbe hänge. Off däm eine Scheld steäht, ,,Dally" on bedrefft Seifepolwer, on off deäm anner Scheld steäht geschreewe ,,Solo-Margarine ist die beste". On jedesmoal, wänn ech dat Wort Solo läse, da moß ech ah dä Dag denke, wo ech zom erschtemoal en minem Läwe en Neger geseh on bi där Geläjeheid zom erschtemoal Margarine gesse ha.

Et woar lange Joahrn vorm Kreeg. Wie mir Jonge doa eines Dages em Zwelle uß dr Nordschoal koamen, doa stonn en dr Friedrichstroaße voar Petrys Laare en ganzer Klobb Mensche. ,,Doa moß wat loaß sin" sähde Schmedds Ottche on loof drhin. Mir annern nix wie drhenner her. Voar deäm Laare doa stonnen Fraue, Männer on Kenner, on off där Drabbe voar där Laaredier stonn e Neger wie m 'rn schoa off d'm Bild em Struwwelpeterbooch geseh hadden; doa, wo et heißt: ,,Die Sonne schien ihm auf's Gehirn, da nahm er sich einen Regenschirm." Dä schwarze Kalle loa off Petrys Drabbe hatte awer net bloaß en roare Schwemmbotze ah wie sin Landmah en däm Booch, sonnern loadä Neger hatte en schärne bloae Uniform mit gähle blanke Knäbbe dra. Ah de Jackeärmel hatte hä Goldstreife wie e Scheffskapitän on off d'm Kobb en Kabbe wie d'r Friederich vam Hotel ,,Deutscher Kaiser" en d'r Bahnhofstroaße än hatte, nur stonn ah däm Neger sinner Kabbe net dä Name va deäm

Hotel dra, sonnern Solo. Och hatte dä Neger net so en roere Nas wie dä Hoteldiener vam Ditsche Kaiser — dä, näwebi gesähd, schwär riche woar on als Aktionär jeden Morge de Börsezeidung loos — awer doafoar hadde dä schwarze Kalle e ahrig deck Mull. „He eäß en schwarzer Neger" reef Weigands Decker on wenkde de Wellerschberger Schwidde herbi. Doa lachden all Lie, nur dä Decke woßte net wärem. Mir dreckten oos no durch die veele Mensche ganz noa vorne. Doa konn ech da seh, dat dä Neger off sinne Schoh schärne Lackkabbe hadde, on ah sinne Botzebaim woarn gähle Streife.

Dä schwarze Kalle stonn off d'r Drabbe on grinste. Doabi konn m'r seh, darre groaße schneewisse Zärrn em Mull hadde. Off eimoal geng da de Laaredier off on so e kleiner decker Mah, dä e Stiwettche off hadde, reichde deäm Neger en groaße Babbschachdel ruß, doa stonn och weerer Solo droff geschrewe. Dä Neger heißt geweß„Solo", meinde en ahle Frau. Dä schwarze Kalle machde no die Schachtel off. Et woarn ludder kleine Paketcher drenn, sowie die kleine Bauklötzcher, wo die Kleine met speeln. Itzend feng dä Neger ah ze schwätze on alles woar off eimoal mieschesstell:

„Leute, Leute, hörren Sie gutt zu. Kennen Sie Solo? — Nein Sie kennen nicht. Solo ist Butter. Solo ist Margarinebutter aus Palm von meine Heimat. Solo ist rein, sind keine Fliegen drin! Solo ist frisch, schmeckt gutt und ist serr billig, Solo ist besser wie Butter von Kuh! Hier nemmen Sie Probe und kauf sie morgen in disse Geschäft eine große Paket Solo!" Doabi reichde hä die kleine Paketcher rem on em Nu woar die Schachdel leer. Doa klobbde dä Neger ah de Laaredier on dä kleine decke Kalle reichde noch emoal en volle Schachdel russer. Ech kräj och so e kleij Prowierpaketche. D'r Mellersch Fretz, dä Stobbe, feng bahl ah ze suddern, weile nix kräje hadde on hä reef, „He, Herr Solo, mir och eij, mir och e Paketche". Doa kräj dä Kleij va 'nem ahle Mah, dä zweij Paketcher hadde, eij gegäwe. „He häste die Negerbodder, no hahl awer och det Mull," sähde dä Ahl gäje det Fretzche.
Mänche machden die Paketcher off on leckten ah där nejje Bodder. Einer meinde, sie schmackde good, e anner weerer sähde, et wär Sauzich. Bennersch Modder sähde gäje det Waisehuß-Anna, sie well leewer bi Landbodder bliewe, wänn doa och als moal en Fleej oarer e Hoar

drenn wär, dat wär net schlemm, wat awer die Neger ähre Keeh ze fresse gäwe, dat weßte mr' net. Et genger da nix voar Westerwäller Landbodder. Doa meinde det Anna: ,,Enjoa, em Hurra kriet m'r och so en schwarze Hutt, wänn m'r die Negerbodder eßt."

Wie ech no noaheim koam, goab ech ooser Modder dat Paketche met der Solo-Margarine on v'rzärlde ähr die Sache mit däm Neger. Glich droff koam oos Decker on hadde och so e Prowierpaketche. Dat Paketche woar awer en däm Kleij sinne Hänn arig dräckelich wurn on oos Modder sähde: ,,Nä Jong, wat häst du awer dat Paketche bemoartscht,, wäsch d'r moa schwinn de Hänn, ehender kemmst de m'r net ah de Desch". Doa goab dä Stobbe zor Antwort: ,,Dat kemmd va däm Neger, dä woar joa ganz schwarz". Die nejje Bodder wuur da d'rheim off d'r Dong prowierd, awer ech moaß säh, so rechdig woll se keinem va oos schmecke. Em no ze sparn, doa no oos Modder onner die Landbodder de Hälfde Margarine. Awer dat woar och nix, et wurn va ooser Modder lange net meh soveel Ranke verlangt wie sost, on och oos Vadder kaute länger ahner Schneh Broet wie sost. Dat merkde oos Modder woahl, on en d'r anner Woche konn de Frau Frettlöh, dat woar die ,,Wittgenstäner Buddafraa aus Erndtebrick" bi oos d'rheim weerer det ahle Quantum goare Landbodder v'rkaufe. Doa woar ähr on oos gehoalfe.

Spärer geng oos Vadder met mir on minnem kleinere Broorer moal en de Zirkus Blumenfeld, dä en frehere Joahrn emmer noa Seeje koam on off d'm Platz bi d'r Turnhalle en d'r Friederich-Stroaße gäjenewer va Bertrams Fabrik gastierte. Wie doa no e Neger als Fuurfresser offdro, doa beendruckde dat oosen Decker garnet. Em Gäjedail, hä pungde oos Vadder ah on sähde: ,,Doa kast'n seh, Vadder, dat eäß däsälwe schwarze Kalle, dä oos doamoals die schleechte Negerbodder offgeschwatt hätt, warre Dier — itz freßde sogar Fuur." Doa lachte oos Vadder knochehart on sähde: ,,Dat eß e anner Neger, Jong, gucke moal, warre Fuur späijt". Et woar nix ze mache, dä Kleij konn seit där Margarinegeschechde eifach kän Neger meh liere, on gäje Männer met Stiwettcher hadde hä och en Abneigung.

Hermann Reuter, 1938

Eigensinn

Auf der Sieghütte wohnte ein alter Mann, der sich in seinem Hause nicht gerne Vorschriften machen ließ. Als er eines Tages mit weißer Weste am Mittagstisch erschien, ermahnten seine Angehörigen ihn mehrfach, dieses vornehme Kleidungsstück nicht zu bekleckern. Da nahm er sein Kotelett, bestrich damit die Weste von oben bis unten und stellte lauthals klar: „Ech ka met minner wisse Wäsde mache, wat **ech** well!"

Der gefräßige Vater

Das Oberhaupt einer Alt-Weidenauer Familie konnte bei den Mahlzeiten tüchtig zulangen. Als er wieder einmal alle Reste vertilgte, mit denen Frau und Kinder nicht fertig wurden, sagte der jüngste Sohn, det Willämche:
„Wenn mer oos Babbe net hädde, da hädde mer oos e Säjjche hale konn."

Süßholz

Zu einer Zeit, als das Geld noch sehr viel wert war, hatte ein Siegener Dienstmädchen seiner Herrschaft einige Taler gestohlen und gedachte sie in Süßigkeiten umzusetzen. Schon bald erschien sie in der Drogerie Veilchenhauer am Markt und verlangte für einen Taler Süßholz. Der Drogist betrachtete sie erstaunt und sprach: „Nä Kend, dat wierd doch woel net schdemme. Dao krijjesde jao en ganze Schanze foar!"

Gute Butter

Ende des vorigen Jahrhunderts kam im Siegerland die erste Margarine auf den Markt und wurde interessehalber von einigen Haushaltungen erstanden. In Eisern aber betrachtete ein Junge mißtrauisch das gelbliche Streichfett auf dem Frühstückstisch und fragte eindringlich: „Modder, es dat och leibhaftijje Bodder?"

Heiße Butter

In einem sparsamen Netpher Haushalt achtete die Frau des Hauses sehr darauf, daß die teuren Nahrungsmittel nicht in verschwenderischer Weise vertilgt wurden. An einem heißen Sommertag kam ihr Mann von der Arbeit nach Hause und fing sofort an, in der Küche zu rumoren, um sich einige Brote zu schmieren. Sogleich rief die Frau: ,,Henner, äß Schmearkäs, dat köhlt!" Da gab der Angesprochene barsch zurück: ,,Ech ässe Bodder onn wänn ech verbröh!"

Alkoholisches

Enn besoffene Begäweheid.

D'r Hänner, wohnhaft onner'm Häh,
koam va d'r Dur us Halle.
Hä woar em suffe arig zäh,
doch soßd e' ächder Kalle.

Gefällig woare jedem ain,
och emmer goarer Denge,
onn stonne kumm noch off de Bain,
hä woßdet schoa ze zwenge.

Ho hatte hä des Oawends späh
enn främde Maa gedroffe,
dä woar noch zeehmoal meh wie hä
sternhagelvoll besoffe.

On doa sech a d'e Schossebaim
bal reck-, bal vorwärds deeje,
doa sähd d'r Hänner: ,,Komm noa haim,
wo wohnste da en Seeje?"

Em zwaide Stock, lallt häh dodroff.
Eß goohd, sähd doa d'r Hänner.
Onn irjend wo doa krodsche roff
off Hänn on Feeß zwäa Männer.

On irjend henner ainer Dier
hätt hä dä Maa verstaweld,
on eß redur off alle vier
noa onne hinn gekraweld.

Doa stonn schoa weerer off d'm Ärn
e' Kalle schwär besoffe,
och doamed eß d'r Hänner gärn
de Drappe noff gekroffe.

Grad koam hä weerer onne a,
noch half kabudd vam schläppe,
doa durmelde d'r dredde Maa
sech off d'r helzern Dräppe.

Doa noahm d'r Hänner all sinn Mood
onn wollen robber däjje,
dä awer sähde: ,, Sidd so goad
onn loaßd mech onne läjje".

D'r Däjwel hoal dat aal Gebäj,
ech well va nix meh wesse.
Ihr hadd mech zwaimol noa d'r Räj
zomm Loffdschachd renn geschmesse.

Karl Blecher, 1927

Der letzte Trost

Der alte Hannjost hatte sein Leben lang Korn und Wachholder geliebt, aber jetzt ging es dem Ende zu. Als sich bereits der Pastor einfand, sah er leicht schockiert die Schnapsflasche auf dem Nachttisch stehen und fragte: „Ist das etwa Ihr einziger Trost?" Da antwortete der Hannjost treuherzig: „Enä, dat es net dr ainzijje Droast, onne em Käller han ech noch meh."

Feiner Unterschied

Die beiden Ferndorfer Hermann und Karl hatten kräftig über den Durst getrunken und traten schwankend den Heimweg an. Als es eine beträchtliche Steigung zu bewältigen galt, sank der Hermann am Fuß der Böschung in die Knie, während Karl sie gerade noch schaffte und dann umfiel. Ein Passant, der ihm aufhelfen wollte, erhielt die Antwort: „Dat ka ech alläng mache, awer dao unge lejjt noch ainer." Da ertönte es aus der Tiefe: „Hä lejjt net, hä hüchcht!"

Zur Nacht

Der alte Siegener Nachtwächter Müller war alkoholischen Getränken keineswegs abhold. Als er eines abends beim Wirt Geffert in der Löhrstraße wieder einmal kräftig über den Durst getrunken hatte und nach Hause gewankt war, merkte er plötzlich, daß er 10.00 Uhr blasen mußte. Schnell holte er sein Horn, blies 21 mal aus dem Fenster und rief lauthals hinterher: „Dailt se au!"

Spätheimkehrer

Ein junger Mann kommt mitten in der Nacht mit leichter Schlagseite nach Hause, wo ihn seine Frau mit den vorwurfsvollen Worten empfängt: „Nä Henner, et sinn alt werer dräj Uhr." Da erhält sie die Antwort: „Jao, Malche, die wöarn et och, wänn ech hee bliewe wöar".

Ein gutes Mittel

Die Haushälterin des Pastors zu Irmgarteichen war dafür bekannt, daß sie einen guten Tropfen nicht verachtete. Als sie eines Tages eine einheimische Familie besuchte, gedachte man ihre Trinkfestigkeit auf die Probe zu stellen und füllte ihr Glas mit einem besonders starken Schnaps. Sie kippte das Gemäß mit sichtlichem Wohlbehagen und sprach: ,,Aarich schaarb, bekömmt mich ächt!"

Der edle Duft

Der Ferndorfer Henner wurde stets von großem Durst geplagt. So lenkte er seine Schritte noch in tiefer Nacht zum Gasthaus des Oswald Finke, der gerade wegen der Polizeistunde geschlossen hatte und klopfte an die Tür. ,,Et gött nix meh," rief der Wirt von innen. Da antwortete der Heinrich voller Verzweiflung: ,,Wänn de mr nix meh gäwe wett, da loaß mech weanichsdens noch aimoal en de Werdsschduew rüchche!" In Geisweid soll ein Blaukreuzler bei der Heimkehr seines besoffenen Sohnes ausgerufen haben: ,,Jong, häch emaol, ech well so gern nochemaol ruchche!"

Schlaflose Nächte

Der Ferndorfer Albert litt häufig unter beträchtlichen Durstgefühlen, die er stets erfolgreich zu bekämpfen suchte. Als er wieder einmal nach durchzechter Nacht morgens durch die Haustür schwankte, empfing ihn die verängstigte Mutter auf der Treppe mit den Worten: ,,Nä, Jung, wo bliewesde da? Ech ha de ganze Nacht käng Au zojedao." Der Albert aber antwortete ungerührt: ,,Mainsde da, ech?"

E Steckelche vam ahle Wächter Meller.

D'r ahl Wächter Meller woar sost e ganz ordentlecher on goarer Mah. Hä hatte awer en beäse Eigenschaft: hä hät en goar ze gern gedronke. Da koam et da manchmoal voar, dat hä oawends, wenn hä bloase moßte, em Kopp net me ganz kloar woar, on da blos hä entwerrer goarnet, oarer hä mog alles verkoahrt. Foar de Zeh blos hä de Drej, foar de Zwoe de Elle und foar de Zwelle de Eij. Dat goaw em Dorf en schreckleche Verworrenheit. De Lii schlefe net meh, all Uhrn em Dorf gonge verkoahrt, de Berglii gonge ze späh noa d'r Schecht, kurzem, et konn net meh soe wierer goa.

D'r Hauptstreich awer moach d'r ahl Wächter Meller ah 'nem Herbstdag. Hä woar en d'r Stadt om Maart gewäse, hatte bim Geffert en d'r Lehrstroaße schwer gedronke on koam beschwibbst noa heim. Wie et zeh Uhr woarn, du nohm hä sing Horn, hehl et zom Fester nus, bloos 21 moal on sähde: ,,Deilt se au!" Du lähde hä sech eät Bätte.

Dat woar no foar de Gemeindslii en schwere Offgoawe. D'r Bennersch Äwert leef noam ahle Lehrer, sinem Noachber, on troug däm die Sache voar. D'r ahl Lehrer woar sin Lebdag e Schalk gewäse, on wie d'r Äwert äm alles verzahlt hatte, du kratzte sech d'r Lehrer am Kopp on sähde: ,,Das ist eine böse Geschichte, die kann zu schweren Komplikationen führen." — ,,Zu Konfessionen?" fragte d'r Äwert. ,,Nein, zu Komplikationen, das sind Verwicklungen", sähde d'r Lehrer, ,,aber Nachbar, wievielmal geht denn der Wächter nachts durch's Dorf und wieviel Hornstöße tut er?" D'r Äwert sähde: ,,Em zeh Uhr bläst hä viermoal, em elf fenfmoal, em zwelf sechsmoal, em aij eimoal, em zwo zweimoal on em drej drejmoal." Das sind zusammen 21 Hornstöße", sähde d'r Lehrer, ,,das macht auf die Stunde 3 1/2 Hornstöße, wie ist das aber auszuführen?" ,,Dat weiß ech och net", sähde lïtz d'r Äwert, on d'r Lehrer sähde: ,,Wir müssen die Lösung dieser schweren Aufgabe der Einsicht einer hochlöblichen Behörde überlassen." ,,Dat eäs och ming Ahsecht", sähde d'r Äwert, ,,on nu Adje Herr Lehrer!"

De Beherde awer hatte doch durch de Dorflii die Geschechte erfahrn, on et duerte net lang, du wur d'r ahl Wächter Meller moal noam Voarsteher gerofe. D'r Voarsteher sähde: ,,Meller, lo harrer au wat Schienes gemacht. D'r Amtmah hät geschrewe, on Ihr sit aafgesatt." Du fool d'r ahl Meller wie suen Pletz bim Voarsteher off de Bank on sähde: ,,Ach Gott!" ,,N'jo, sähde d'r Voarsteher, ,,he en d'm Breef steäht, ech sell mech noa 'nem annern Wächter emseh." ,,Steäht dat drenn?" sähde d'r ahl Meller. Wie hä sue bedrebbelt off d'r Bank soaß, du hatte doch d'r Voarsteher Metleid berrem. Derwäge sähde hä: ,,Meller, et eäß d'rbäst, Ihr goht moarnde Moarge moal sälwer noam Amtmah." D'r ahl Meller sähde: ,, Dat doh ech nett!" D'r Voarsteher mänte: ,,Ech roare ou zom Goare, goaht Ihr moal d'rhin." D'r ahl Meller hatte sech doch de Nacht bedoacht on gong de annern Moarge noam Amtmah.

Hä woar noch witt va d'r Husdier, du noam hä alt de Kappe af, stonn lang voar d'r Storwedier on draute net ahzekloppe. Endlech kloppte hä. ,,Herein!" Doa stonn d'r ahl Meller en d'r Dier on konn kaij Wort säh. ,,Nun, Mann, was wollen Sie?" fuhr d'r Amtmah va sinem Stohl rem. ,,Ech — ech si d'r Wächter Meller", koam et sachte ruß. ,,So, Sie sind der Müller, schämen Sie sich, eine Gemeinde in solche Unordnung zu bringen. Einen solchen Mann kann ich nicht gebrauchen. Sie sind abgesetzt und nun gehen Sie raus!" D'r ahl Meller woßte goarnet, wie hä rußkomme woar, hä stonn voar d'r Husdier, hehl de Kappe en d'r Hand en sähde: ,,Ach Gott!" Du gong hä fort, on onnerm Dorf begänte äm en Frau, die sähde: ,,Mah, doht doch de Kappe off, et eäs kalt!" D'r ahl Meller hatte de Kappe ganz vergässe, die troug hä noch en d'r Hand.

Ah d'm Oawend koam d'r ahl Meller noam Voarsteher. ,,Na, Meller, wat harret da gegäwe?" froute d'r Voarsteher. Doa sähde d'r ahl Meller: ,,Ach Gott, bi oosem Herrgott eäs Gnade, awer net bi oosem Herr Amtmah!" ,,Meller", sähde noa d'r Voarsteher, ,,ech han et alt soe mänchmoal gesähd, moßt Ihr da emmer suffe?" ,,Voarsteher, Ihr weßt joa och, wie dat eäs, sähde d'r Meller, ,,Enjoa, dat weiß ech", sähde noa d'r Voarsteher, ,,awer ech well d'm Amtmah en Breef schriewe, on deän trät Ihr da moarn noam Amtmah." D'r ahl Meller sähde: ,,Dat dohn ech nett"! De Nacht besonn hä sech awer werrer on gong dä annern Morge doch met d'm Breef noam Amtmah. Wie hä noa de Dier offmachte, du reef alt d'r Amtmah: ,,Sind Sie schon wieder da, Sie frecher Mensch, was — !" ,,Ech — ech ha he en Breef vam Voarsteher", sähde d'r ahl Meller. D'r Amtmah noam de Breef, los en, schuwde de Brell off de Stirn, guckte d'r ahl Meller ah on sähde: ,,Müller, wollen Sie nicht wieder saufen?" ,,Nä", sähde dä. „Ist das sicher?" froute d'r Amtmah. „Ganz secher, Herr Amtmah", sähde d'r ahl Meller. „ Wahrhaftig?" froagte d'r Amtmah. „Wahrhaftiges Gott!" reef d'r ahl Meller. „So", sähde itz d'r Amtmah, „Müller, Ihr könnt nun gehen und seid wieder in Euer Amt eingesetzt. Aber das sage ich Euch, wenn der Vorsteher keinen solchen Brief geschrieben hätte, dann hätte ich Euch nicht wieder angenommen."

D'r ahl Meller hät wierer gebloase on wierer gedronke, awer voar en Divisionsoffgoawe hät hä de Lii net werrer gestallt.

D'r bloae Schnierer.

Hä woar b'kand en Stadt on Land. De aine sähden „d'r bloae Schnierer", on annern werer sähden nur „d'r Bloae". En baide Fälle woaßte awer jederman, wä doamed g'maind woar. Am bäste woaßte hä et sälwer on noahm dänn Spetzname ewerhaubd net ewel. M'r ka säh, et woar en goarer Mensch on doah kainem wat. Dänn Spetzname hadde hä no net allei wäje sinner roatbloae Nas, sonnern en d'r Hauptsache deswäje, weil hä va jong a beß en det gesadde Ahler renn noch a kainem Mondag g'arbd, sonner emmer bloa g'machd hadde. Doabii woar hä noa durchuß keänn Fullänzer, enä, hä läde sech äwe nur det Biwelword ewer d'n Sonndag als Rouhdag off sinn äjene Ard uß on hong noch emmer d'n Mondag heänne dra. Det ganz besonnere Merkmoal bim bloae Schnierer woar d'r Durschd, — hä hadde emmer on eäwig en ariger Durschd on gäje det kloare Wasser en oewerwendliche Abneigung. Hä woar nur vor de „geistige", nämlich hochbrozendijje G'dränke, als doa sin Oechelhiisersch Wacholler, Irle Dobbelkorn, Kirsch- on Quätscheschnabbs. Manche Lii nanden dat en schlemme Fähler, hä sälwer awer sähde emmer, kloar Wasser wär nur wat vor Fesche. Hä konn so veel drenke, wie hä woll, awer kaij Mensch hädd d'n bloae Schnierer moal wackeln g'seh. Kreegerfeste, Versammlunge on Ußfleege met d'm seewenungziger Verein, wo hä dreij Joahr bii g'deend hadde, dat woarn en sinnem Läwe Höhepunkde. Doadrenn leäß hä sech och noam Kreeg net err mache, on hä woar ewerall good g'leäre. Aijmoal, doa moaßte d'r bloae Schnierer moal vor d'm Gerechd als Zijje offträre. Dat woar so g'komme: Hä woar moal a n'm Oawend met 'd'm Äwerd, dat woar sinn Arwedskameroad, off d'm Heimweg b'greffe, als d'r Äwerd da enfolge reichlech g'nossenem Alkohol fäste a z'seänge feng. Doa woar da en Schutzmah g'komme on hadde d'm Äwerd det seänge barsch v'rboare. Dä Äwerd hadde noa en sinner Schbirriduslaune dänn Bollezißd e Schonkelpärd g'nand on wierer g'ißerd, m'r keänn noch net wesse, wä va änn baide, d'm schonkelijje Gang noa z'urdailn, am maißde g'troanke hädde. Dat faßte noa dä Hüter des Gesetzes als Belaidigung off on zaide d'n Äwerd ah. Dä koam noa vor det Gerechd on d'r bloae Schnierer woar als Zijje vorg'laare. Hä wuur, als hä sinn Name, Beroaf on Ahler zoa Brodogoll g'gäwe hadde, vam Rechder offg'foarrerd, moal dänn Tatbestand z'schildern. Hä noahm noa erschd moal emständlech sinn groaß, bondig karierd Sackdoach uß d'r Botzedäsche on schniebde sech sin Nas. Eän däm Raum roached schoa merklech noa Alkohol on de Zuhörer fenge ald a z'kichern.

,,Nun erzählen Sie mal'', sähde d'r Rechder gäje d'n Zijje. ,,Ja, Herr Rechder, wesse Se, d'r Äwerd on ech, mir ha en arig stenkige Arwed, mir moasse jeden Dag v'rstobbde Kanal- on Abdreddsroahrn raijjmache'', sähde d'r Schnierer gäje d'n Rechder. ,,So so, allerdings ziemlich anrüchige Beschäftigung, muß aber auch sein, und ehrliche Arbeit schändet nicht, — aber nun kommen sie zur Sache'', sähde d'r Rechder. ,,Enjoa, Herr Rechder, doa ha Se rächd, awer Se konn m'rd glauwe, et wird ainem als moal schleechd doabii, on da helfd nix bessersch als en orndliche Schluck Wacholler uß d'm Kleänkelche'', erzärlde d'r Zijje Schnierer. ,,Zur Sache, Mann!'' sähde d' Rechder ogedellig. ,,Joa joa, no fend m'r en dä Senkkaste va dänn Kanaler allerleijj Sache, zom Baischbeel: Kraiseln, Blejjsoldade, Knäbbe, Gleckern, Borzzellanbebcher onsowierer, die gä m'r da dänn klaine Kennercher on die frejje sech arig doadrewer. A däm froagleche Nommedag, doa fonnen d'r Äwerd on ech en dämSchlammkaste e Zwoomarksteäcke, on weil oos baide schleechd woarn war, doa ha m'r oos vor de zwoo Mark Oechelhiisersch Wacholler g'hoald on g'troanke. Wie m'r noa ferdig woarn, do sinn m'r noa heim g'gange, on doa hädd d'r Äwerd e beßsche z'senge ag'fange. Darre noa gäje dänn Schutzmah Schonkelpärd g'säd hädd, dat woar net so schlemm g'maind, dat sä och annern Lii. Dä Mah, dä hädd joa och wirklech en arig schonkelige Gang, awer doa kahne joa nix zo. D'r Äwerd, dat eß en goarer Kalle on ded kainer doarer Flej nix, awer et eß schaa: hä kah fast nix v'rdrä", sähde d'r bloae Schnierer gäje d'n Amtsrechder. Dä froagde noa d'n Schnierer: ,,Ja, mein lieber Mann, wieviel hatten Sie und der Angeklagte denn nun an dem Nachmittag getrunken?" ,,Och, Herr Rechder, — nurschd annerdhalwe Lidder!" antwortete d'r bloae Schnierer met n'r wegwerfenden Handbewägung. Doa fengen de Zuhörer knochehart a z'lache on d'r Rechder konn sälwer det Lache kumm v'rbisse. Hä sähde noch: ,,Na, wenn Sie das wenig nennen, dann möchte ich mal wissen, was bei Ihnen viel ist." — ,,Dat kemmd so droff a", erweärerde d'r Zijje, geng off de Gerechtskasse on hoalde sech drejj Mark Zijjegeld. Wie hä noa z'recke koam on d'n enzwesche verurdailde Äwert troaf, froagte hä d'n Äwert: ,,Wat häste da kräje?" — ,,Fenf Mark Stroaf", goab dä mer'm b'dribbelde G'sechte zoar Antwort. Doa sähde d'r bloae Schnierer: ,,Jong, warre Glecke, ech ha grad drejj Mark Zijjegeld kräje, — doh m'r noa de zwoo Mark, die m'r doamoals em Schlammpodd g'fonne ha, d'rbii, da ha m'r joa die fenf Mark Stroaf werer russer, on wänn m'r de halwe Dag, wo m'r nix z'arwe bruchche, noch meträche, da ha m'r wahrhaftig noch wat broffedierd." — — D'r Äwert lachde suer on sähde: ,,Die Rechnung stemmd net ganz." — — Doa zog en d'r bloae Schnierer am Arm de Drabbe ronner on sähde: ,,Komm, Jong, jetzend wonn m'r erschd moal e paar dränke, ech ha ho de Morje erschd fenf Wacholler g'hadd on ha itzend wahne Brand." — Domed gengen se noa Schnecks August renn on machden dä Dahler klaij.

Hermann Reuter, 1938

Das Leid

Bau Walter kommt spät und mit erheblicher Schlagseite auf sein Haus zu geschwankt, wo ihn seine Frau bereits ungehalten erwartet. Walter aber kommt ihr zuvor, ehe die Schimpfkanoade losbricht und ruft: ,,Martha, nun schweige jeder von seinem Leid".

Quälende Ungewißheit

Der Frieder zechte mit seinen Freunden bis in die späte Nacht. Schließlich fragte ihn einer der Kameraden: „Wirsde da va dinner Frou net waane geschannt, wänn de so spä nao heim kemmst?" Da antwortete der Frieder nachdenklich: „Jao, weßd'r, dao ewerläde ech och alt de ganze Zitt dra!"

Die Kuckucksuhr

Der Kreuztaler Henner hatte versprochen, um Mitternacht aus der Wirtschaft zurückzukehren, daraus wurde jedoch nichts. Als er zur Tür hineinschlich, rief die Schwarzwälder Uhr in der Diele gerade dreimal Kuckuck. Um nicht unangenehm aufzufallen, setzte Henner das Kuckucksrufen noch neunmal fort und kroch leise unter die Decke.
Beim Früstück sprach die treue Gattin: „Henner, du moßt de Uhr noam Kill brenge onn reberieren loaße, dä Gugguk hät dr Schleck."

Das verschobene Häuschen

Ein Wilnsdorfer, den häufig der Durst plagte, hatte in Helgersdorf ein winziges Häuschen erworben. Wenn er die Behausung verließ, um seinen Brand zu bekämpfen, pflegte er den Schlüssel an einer bestimmten Stelle des Türrahmens zu deponieren. Als er eines nachts wieder mit erheblicher Schlagseite heimwärts steuerte und schwankend den Schlüssel suchte, verschob er das Öffnungsgerät um ein gutes Stück, ohne dies zu bemerken. Als sein Suchen schließlich Erfolg hatte, rief er voller Staunen aus: „Donnerjao, hätt mr doch emes det Haische verreckt!"

Der Traum

Als die Kirchgänger zum Frühschoppen in der Wirtschaft eintrafen, lag der Henner bereits stark angetrunken mit dem Kopf auf dem Tisch und schlief. Als ihn die anderen weckten und fragten, wie man denn am frühen Morgen schon so besoffen sein könne, antwortete er: „Ech hadde grad gedraimd, et hädde ludder Wacholler geränt onn de Breßbiddern loue ob dr Ear onn suggelde a de Braase."

Durst

Der alte Haardt hinter dem Freudenberger Schloßberg trank gerne über den Durst, was seiner Familie nicht gerade zuträglich war, zumal sie sich finanziell nicht sonderlich gut stand. Wenn er wieder einmal mit Schlagseite nach Hause kam und von seiner Frau lautstark empfangen wurde, stellte er sich draußen vor die Tür. Kam dann jemand vorbei und wunderte sich über den Spektakel im Haus, dann wies er mit dem Daumen hinter sich und kommentierte: „Hüerschde de Schlang, wie se zischt?"

Die schlimme Krankheit

Jakob war ein biederer Landwirt, der nach althergebrachter Siegerländer Art Bratkartoffeln, dicke Milch, viel Fleisch und hausgebackenes Brot mit dicker Butter liebte. Von alkoholischen Getränken verstand er hingegen nicht viel. Als nun im Anschluß an eine Sitzung der Haubergsgenossenschaft tüchtig dem Wein zugsprochen wurde, prostete man dem Jakob eifrig zu, der alsbald unter den Tisch sackte. So legte man ihn auf ein Lohleiterchen und schleppte ihn nach Hause zu seiner Kathrin, die der Verzweiflung ob seines Zustands nahe war. Die Träger rieten ihr, sich an ihre Nachbarin Lisbeth zu wenden, die Erfahrungen mit derartigen Krankheiten habe. Kathrin holte also angsterfüllt die Lisbeth herbei und rief:

„Lisbeth, hä schdirbt mer, ech well sograd dr Dogder hoaln."

Die Nachbarin aber erwiderte in aller Ruhe: „Dat eß doch nix schlemmes; laoß dr Dogder uß dem Huß. Wenn ech bi minnem Henner emmer dr Dogder hoaln wöll, da könn ech betonner am Dach zwaimoal noa em laufe."

D'r Henner bedd d'r Krippe – Grippe.

Wann d'r Henner bedd Holz öhrer Duffeln noh d'r Stadt fuhr, da wor dadd ömmer so'n klejn Fästdag för enn. Hä konn sich dah mool e paar Viertelcher drenke. D'heim woöjde hä dadd nett, denn sin Karline woor 'n Schaarbe. D'r Henner kehrte ömmer eh bim Wärrd ,,Zum Hammerschmied". Vor d'r Wärrdschaft stung 'n Krippe, de d'm Henner alld lang godd gefeel. Hä hädde s'r jo ääng kaufe konn, awwer ed ging'm knapp drömm. Onn d'e Wieweslüh d'heim ooße leewer Bodderwägge äß Groffbruet onn hadde veel B'sooch, onn jeder weiß, dädd dadd Gäld kostet.

Eines Tages schmeß d'r Henner ob d'r Heimfahrt em Donkeln d' Krippe ob sinn Waa onn naohm se bedd. Ed wohr kalt onn rähnde onn schnejde dörrjenanger. D'r Henner wohr stiff gefroorn, we hä noh heim koom, onn am angern Daag konn'e schleecht. Weil ed nedd bässer wuhr, ging hä am dredde Daag nomm Dokd'r.

Emm Sprächzemmer goow'et noo e Zwiegesprääch:
Doktor: ,,Sie brauchen zwar nicht bange zu sein; aber Sie haben die Grippe."
Henner: ,,Wää?"
Doktor: ,,Na, Sie!"
Henner: ,,Wä hädd dadd gesädd!"
Doktor: ,,Das hat niemand gesagt; das habe ich durch meine Untersuchung festgestellt, daß Sie die Grippe haben."

Henner: ,,Nä, dadd konn Se gar nedd fästställn, dädd ech d' Krippe haa; dadd härr'n emes gesädd. Awwer, Herr Dokd'r, sää Se joo neemand wadd d'rvah, dädd ech d' Krippe haa; därr'ed nedd unger d' Lüh kömmt; ech bränge se werrer weg."

Am angern Morge fuhr d'r Henner alld emm Donkeln onn stallde d' Krippe werrer a sinn Platz. So kreej dä Wärrd sinn Krippe weerer.

Gustav Kleb, 1930

Sparsamkeit

Gefährdetes Sofa

Schdänghüewersch Abba aus Ferndorf, der als prachtvolles Exemplar Siegerländer Originale das Titelbild ziert, erreichte ein gesegnetes Alter. Als er die Achtzig bereits überschritten hatte, erhielt er den Besuch zweier Mädchen aus der Nachbarschaft, von denen eines den Namen Grimm trug. Als sich die junge Dame in seinem alten Sofa niederließ, rief der Abba entsetzt: „Gremmche bet däm schbetze Ärsch, giesde uß minnem Kanabee, dao well ech noch dree sätze, wänn ech alt si!"

Billige Post

Der alte Friedrich Irle aus Weidenau war äußerst sparsam. Eines Tages führte ihn eine Geschäftsreise nach England. Zu jener Zeit kostete eine Postkarte mit maximal fünf Worten etwas weniger Porto als eine stärker beschriebene. Er postkartete daher aus London an seinen Mitarbeiter Willi Wied, zu dem er ein großväterliches Verhältnis hatte: „Lieber Willi. Gruß. Dein Opa." Wieder nach Weidenau zurückgekehrt, fragte er: „Willi, häsde de Bosdkaarde noch?" „Njao." „Da lang se mr äwe maol. Ech schriewe se grad noch voll."

Viel gespart

In einem Eiserfelder Metzgerladen erschien eines nachmittags ein Junge und verlangte: „E half Pond Wuerschdegebröckel for oos Katz, awer kän Läwerwuerscht drbi, die eßt oos Babbe net!"

Als ein Krombacher sich eines guten Tages auf den Weg nach Siegen machte, mahnte seine Frau: „Gie awer net ze veel öwert Plaßder; am bäsde giesde öwer de Braase, dat de dinn Schohnäln schuenst!"

Das liebe Geld

Lange Zeit hatte das „Dillmännche" aus Gosenbach gespart, um sich eine neue Kuh anschaffen zu können. Der Monetenhügel unter seinem Kopfkissen wuchs und wuchs. Schließlich nahte der Tag des Kuhhandels, und es kam zum Abschluß. Als das Dillmännche aber sein Eutertier heimwärts führte, rief es dem Rindviehlieferanten zu: „Ech bezahln dr moarrn dat veele Gäld, laoß mech noch aimaol drobb schlaofe!"

Gastfreundschaft

Anläßlich eines Pastorbesuchs schritt man zum Mittagessen. Da sprach die Hausfrau zu ihrem Gast: ,,Herr Basdoar, nemme se sech noch e Schwaardche, de Kenner mache sech sowieso nix druß."

Zu teuer

Der Briefträger Albert tat stets gewissenhaft seine Pflicht in Würgendorf, wo sich die Bewohner durch besondere Sparsamkeit auszeichnen. Zufällig stellte er die Post stets um die Mittagszeit einem wohlhabenden Landwirt zu. Da dieser nun gelegentlich sagte: ,,Jao, Albert, wänn dau en Läffel häddest, kinnste bet äesse," zog der Postmann eines Tages verschmitzt ein solches Werkzeug aus der Tasche. Von Stund an wurde er nicht mehr aufgefordert, mitzuessen.

Schlechte Luft

Der Lehrer wunderte sich darüber, daß der kleine Frieder immer das Gesicht gen Himmel wendete, wenn die Sonne auf den Schulhof schien und wollte die Ursache wissen. Der Knabe berichtete daraufhin: ,,Oos Mamme notzt emmer alles uß onn hätt mr desdrwäje en Wesde uß dr Botze vam Babbe gemacht, awer wänn de Sonn daodroff schinnt, da krijje ech kän Loft meh."

Die Fleischwurst

Flenders Wilhelm aß so gerne Fleischwurst, konnte sich den Kauf in der schlechten Zeit aber nicht erlauben. Um nicht ständig in Versuchung zu geraten, wenn er linker Hand die Metzgerei liegen sah, kommandierte er sich selbst: ,, Onn itz, Willäm, Aue rächts."

Dünne Suppe

Im nördlichen Siegerland rang sich eine übermäßig sparsame Hausfrau dazu durch, eine Nachbarin, die ihr beim Waschen geholfen hatte, zum Mittagessen einzuladen. Es gab aber eine dünne Kartoffelsuppe mit sehr vereinzelten Wurststückchen. Als der Gast leicht unwirsch bemerkte: ,,Dao häsde awer weanich Woarscht dre", erwiderte die Herrin des Hauses ungerührt: ,,Da schdobb se e de Backe onn schleng dra langs!"

Schelme und Narren

Dr verhängnisvolle Woalwernkooche.

En Bilstein woar Gesangwettstreit,
Se koamen ah va witt on breit,
Vam Suur- on och vam Seejerland
Vereine, dee jo, wee bekannt,
All wonnerscheä doh wollen senge,
Em Preise met nohaim ze brenge.
Vah Oaweralbaum e Verein
Hatte geehbt besonnersch fein
Dat Leed: ,,Auf Bergen und auf Höh'n,
Wie ist die Welt so skön, so skön!"
Doch eh se doa dat Leedche songe,
Doa stärkten sech de Sängerjonge
Moal erscht ahm gore Meddagsässe,
Droff wur noch Woalwernkooche gässe —
Dä soll de Stemm noch rechtig schmeärn,
De Lih, deh sollen schoa wat heärn,
On wenn dr Wettgesang gong ah,
Da wollen se schoa stelln ähr Mah. —
No stonnen se om Podium,
Et goab dat ehbliche Gesumm,
Beß dat se dah gepackt de Tön,
Noh loaß: ,,Auf Bergen und auf Höh'n" — —
Kumm resse se da off de Rache,
Fong alles furchtbar ah ze lache,
Det Lache wur zo nem Gebrell,
Dr Chor hä woar off eimoal stell —
De Sänger guckten all sech ah:
Wä woar da eigentlich schold doa drah,
Dat alles so ohmenschlich lachte
On bahl det ganze Festzelt krachte?
De Lih dee fohlen fast vam Spiller,
Se soaugen ludder schwarze Miller:
,,Dee ha jo Woalwernkooche gässe!"
So blarrten se, als wee besesse.
On trampelten vor ludder Fraij
Sech Hehnerauge va de Baij. —
Dr Dirigent om Podium,
Däh reef ald noch: ,,Silentium!"
De Sänger wuuret kalt on heiß:
,,Goaht heim, ihr had dr erschte Preis",—
So roofte einer onerdässe,—
,,Em Woalwernkoocheässe!"

Heinrich Plitsch, 1925

Sammelaktion

In Kreuztal wurde eine Sammelaktion für das Rote Kreuz durchgeführt. Als eine Frau den Gemeindevorsteher Adolf Hirsch fragte: ,,Wofor sammelt ihr da?" erwiderte dieser schalkhaft: ,,For Flecks Fretz!" (Der bekannte Großindustrielle Friedrich Flick stammte aus Kreuztal-Ernsdorf) ,,Watt? Dä hätt Gäld jenooch", meinte die Frau. ,,Jawuell, dä hätt awer net jekläbt", erwiderte Hirsch.

Rationell

Der Robert war pensionierter Eisenbahner, da seine Rente aber nicht ausreichte, handelte er mit Solinger Stahlwaren. Eines abends begegnete er dem Hermann außerhalb des Dorfes mit seinem schweren Musterkoffer in der Hand. ,,Wo wellt du da noch hin?" fragte der Hermann. ,,Och", antwortete da der Robert, ,,ech well mr noch schwinn dr Koffer nao dr Welde drä, da han ech'n moarn de Moarje alt dao!"

Zum Narren gehalten

Mein Opa Albert aus Niedersetzen hatte häufig den Schalk im Nacken. Einmal begegnete er Hellmanns Willäm im Dorf und sagte zu diesem: ,,Willäm, schdäll dr voar, gesdern aowend ha se bi Birwersch det Sorrelloch schdrebbe wonn". ,,Wat", erwiderte der Wilhelm, ,,ech hädde gedaocht, et gäw wat Geschejderes ze schdrebbe wie e Sorrelloch".

Auch mein Vater Lothar trieb gern seinen Jux mit anderen. Als einmal ein Frankfurter Studienfreund zu Besuch im Siegerland weilte und von meiner Oma zum Kaffeetrinken eingeladen wurde, impfte mein Vater ihm ein: ,,Du mußt wissen, daß im Siegerland das Wort Kaffee völlig ungebräuchlich ist. Man sagt hier stets ,,Sorrel" dazu. Als der Ahnungslose die erste Tasse geleert hatte, lobte er denn auch erwartungsgemäß: ,,Frau Rath, da haben Sie aber einen sehr guten Sorrel gekocht."

Geduld

Der Otto übte sich in Geduld, was bei seiner manchmal etwas ungeschickten Frau auch nötig schien. Eines mittags fiel ihr wieder eine Tasse aus der Hand, wobei der Henkel abbrach. „Es net schlemm", sagte der Otto, „dao es jao nur dr Hänkel va". Am nächsten Tag fiel ihr die gleiche Tasse erneut zu Boden und ging endgültig in die Brüche. Da sprach der Otto ungerührt: „Es net schlemm, dr Hänkel woar jao sowieso alt af".

Die Astronauten

Als bekannt wurde, daß die ersten Menschen den Mond betreten hatten, wunderten sich viele über diese enorme Leistung, am meisten aber die Maria, als sie sich am gleichen Abend den Halbmond betrachtete. Da sagte sie:
„Wie sinn die Karle nur of dä Mond komme, dä woar doch sogar nur half dao".

Dumme Fragen

In Geisweid läuft ein Mann über den Bürgersteig, der ein Seil hinter sich herzieht. Ein Bekannter, der dies staunend beobachtet, fragt ihn: „Wearem zisde da e Sailche henner dr her?" Da erhält er die Antwort: „Jao, ech ha alt browiert, et ze däjje, awer dat geng net".

In Weidenau begegnen sich zwei Rentner. Der eine ist mit Reithose und -stiefeln bekleidet, der andere balanciert ein Jägerhütchen mit Eichelhäherfedern auf dem Kopf. Frozzelt der eine: „Du häst jao Schdewweln a, kaasde da riere!" Da kontert der andere: „Du häst jao Färern om Hoot, kaasde da fleeje?"

Det Solo.

Ihr Lii wat woar dat nungzehoannerdelle e heiß Joahr. Wat hat mr en däm Sommer en Hezde ußgestanne. Wie moaßde mr schnuffe, kruchche on noa Lofd schnabbe. En dr Stadt on allerwäje woar det Wasser so knabb, dat nur zo besteämmde Stoanne vam Wasserwerk dr große Schiewer offgemachd on Wasser abgegäwe wuur. Usser där Zidd koann mr dr'heim det Kränche offdräh wie mr woll, — et koam känn Drobbe russer. Baare durfde sech dr'heim en dr Wann kaij Mensche meh, weil jeder Drobbe Wasser joa koaßbar woar on geschbaard wärn moaßde. Jonge, Jonge, wat ha doa de Lii geschwaißd on Durschd geleäre. Mr mainde, mr lädbe en Afrika am Aequador. Nur durfde kai Mensche so zibbelnackig remlaufe, wie doa oanne de Neger, obwohl et ah derardige Vorschläj net gefähld häd. En där heiße Zidd moag noa ah'nem Sonndag en groaße Seejener Verein, däm sin Name jao lao nix zoar Sache det, — en Ußfloag noa dr Sigambria bii Kirche ah dr Sejj. Met Keänd oan Keäjjel geng et dr Feschberberg roffer am Sandheäbbel längs, ewer dr schärne Geäwwelwald on Schälde onsowierer noa Kirche ah dr Sejj. Dr Verein hadde och en 26 Mah starke Musikkapell, dä vorneweg geng on Märsche on Leärer schbeelde. Die arme Kalle moaßden noa en där Deijjwelshezde och noch ähr Horner schläbbe, on wo mr sowiso schoa noa Lofd schnabbde, moaßden de Musiker dat beßche Lofd noa en de Instrumende pußde. Die Kalle woarn wahrhafdig zoa beduurn, on ech glauwe, va dän hadde ah däm Daag jeder e paar Pond Gewechde verlorn. En dr Sigambria ahgekoamme, wuur erschd moal en goare Boahnekaffii gedroanke on ganze Heäbbeln von Schstreässelskooche gegeässe. Dä schmoak noa ludder goarer Boadder on woar so decke, dat mr de Mullschberre krijje koann. Et bleb känn Kreämmel dr'va ewerig. Dr Saal on dr Gaarde va dr Sigambria woar gerabbeld voll Lii; dänn et woar bekannd gemachd woarn, dat de Seejener Kapell bii freijjem Endrett e Konzert gäwe well, on doa woarn nadirlech de Lii uß där ganze Gäjend herbii gekomme, em sech moal de schärne Musik ahzohärn. Dr Kapellmeister, dat woar en ahl Lehrer uß dr Stadt, dä sin Kolonne schwär em Schwonk on Zoag hadde. Hä noahm de Sache arig ernst und konn sech ganz barbarisch aijjern, wänn wat net klabbde oarer soasd verhobbassd wur. Hä leäs dän Jonge nix durchgoah on hadde doamed de Kapell off en ganz beachdleche Höh gebroachd. Noa woar bii dä Musiker ainer, dä bloß de Posaune on woar e ferchderliches Groaßmull.

Dä woll alles am bäßde konn, ägelde sech emmer, proahlde met sinner Bloasereijj on behaupdete emmer, wänn hä met sinner Posaune net wär, da känn de ganze Kapell enpacke. Dä Mah woar uß Berlin on noa Seeje zoagezoage, hadde sech da dem Verein on dr Kapell ahgeschlosse. Mr moaßdet joa noa däm Kalle loaße, hä konn good bloase on ganz besoannersch good Solo schbeeln. Awer em ewerijje woar hä e rechdiger groaßer Ohliid on kaijner koannen liire. Off däm Marsch noa Kirche hadde sech dä Kalle da werer ganz wahne geägeld on de Seejener Lii hadden en schweäre Wut off dat Schinoas, — dä en all Schbaß verdurb. Det Konzert wuur met nr flodde Owerdiire eröffned, de en goarer Endruck machde on schweär bekladdschd wuur. Als zweites Stecke folgde e Konzertstecke, merrem Posaunesolo, — dat dr Ohliid bloase moaßde. Hä hadde da och noch dat Amt als Noardeward on moaßde voar jedem nejje Stecke, wat geschbelld wärn soll, de betreffende Noarde ah de Musiker verdailn. Kumm woar hä noa offgestanne on hadde sin Posaune ah sin Stoahl gestalld on geng zwescher dänn Musiker remhär, em de Noarde ah de einzelne Steämme ußzogäwe, — doa schnabbde sech so ganz häälig dr Schniererersch Karl dm Ohliid sin Posaune — on stobbde oawe en dat Mundstecke e safdig Brimmche renn on dreckded mit sinnem klaine Fenger so deef doarenn, darred va dusse net meh zoa seh woar. Da stallde hä dm Ohliid sin Posaune werer ah sin Ort als wänn garnix bassierd wär. Nur e paar Mah va dän Musiker hadden geseh, wat dä Ohdoachd doa gemachd hadde, awer sie zweänkerden sech met dr Aujje zoa on lachden filuich on freijjden sechd ganz wahne off dat, wat noa komme moaßde. Wie noa dr Ohliid vam Noardeverdailn zoarecke ah sin Blatz koam, sadde hä sech furchdbar wechdigdoaerrig en Posidur on sähde gäje Schniererersch Karl: „Jetzt jeb man jut achte wie ick det Solo hinlegen werde. Du jloobst vielleicht, du kennst Musike machen, — ne Kleener, det iß man nur Inbildung von dir, uff Ehre, du kannst noch jarnischt und mußt noch ville lern" — — Doa sähde dr Karl gäje dat ohliidleche Groaßmull: „Joa Herr Schulze, sie sin Meister off dr Posaune, on ech well good achde gäwe, wie sie itzend dat schärne Solo schbeeln" — — „Det tu man" sähde dä on fehlde sech arig geschmeicheld. Wie dr Schniererersch Karl et ferdig broachde, so e harmloas Gesechde doabii zoa mache, woar arig verwoannerlech.

Dr Kapellmeister klobbde met sinnem Dirijendestäbche ah sin Noardestänner, on de Musiker hoawen de Instrumende, leckten met dr Zung noch moal am Mund-, stecke, em glich en goarer Ahsatz zoa ha. Dr Ahl goab det Zaiche zoam Begeänn, on fein piano wuur det schärne Musikstecke engeleidet, schwoall ah zoam Forto on geng da werer wie deänn Schmalz zoam Piano ewer. Dr Ohliid hadde beß itzend noch nix zoa doah bruche, — awer jetzend koam hä ah de Rejj. Et woar em Saal on Gaarde mischesteäll, denn jeder woaßde, — jetzend keämmd dat berihmde Solo für Posaune. Leise kloangen nur noch de annern Instrumende. Noa sadde dr Ohliid sin Posaune ah det Mull, — dr Kapellmeister goab dm Posaunist det Zeiche zoam Ensatz. — — Dä bloas, — moag Backe so decke wie en Posauneengel off em Aldarbild, — kräj en ganz fuurroarer Kobb, — on blatzte baal va ludder Ahstrengung, — awer et koam känn Ton russer. Dä ahl Kapellmeister feng off sinnem Podestche ah zoa danze, stallte sech off de Foußschbetzde on wurf däm Solist e paar ganz firchderlech bärse Blecke zoa, als wänn hä en freässe well.

Ech glauwe, hä hadde grad so en roarer Kobb wie dr Ohliid. Hä stazzde met dem Baijj off on woll sech grad en voller Wut off dä ohgleckleche Posaunist stürze, — — doa, — — ach du lewer Gott, — — doa koam uß dr Posaune en Ton, — so jämmerlech on ferchderlech, — als wänn en Koah am Kalwe eß oarer de Kolik hädd on am verrecke eß. — — On doa, et woar och zoa schbassig, doa fengen de Lii ah zoa kichern on zoa lache, on et schwoll ah zoa n'em einzige Lachorkan. Det ganze Stecke woar nadierlech geschmeässe. De Musiker, usser dm Kapellmeister on däm Solist, lachden zoaletzt knochehart met, on dat woar en däm Fall och det beäßde wat se doah koannen. Dr Kapellmeister woar am roase, sproang off dn Ohliid loaß, fauchden on zischden en ohnmächdiger Wut ah, on zougen am Ärmel russer en e klaij Steärbche.

Doa wuur de Berliner Ohliid da ganz firchderlech va däm Ahl zoasamegestuchd. Wie hä noa enzwesche de Ursache va däm Versäh där Posaune russergefoanne hadde on merrem Bleijjstefd dat safdige schwarze Brimmche uß dm Posaunemundstecke russergearbd hadde on dm ahl Kappellmeister als ,,Corpus delicti" vorzeigde, doa wuur dä Ahl noa noch gleeniger on breällde dn Solist ah: ,,So, also, das ist es, sie kauen also, und werfen mir damit das ganze Stück um, blamieren mich und sich bis auf die Knochen! — Herr! Priemen sie wann sie wollen, aber nicht, wenn musiziert wird" — —

Als noa dr Ohlidd sech rechdferdige woll on sähde, et häddem einer en bärse Streich geschbelld, — on wiirer sähde, hä hädde em ganze Läwe noch kaij Brimmche em Mull gehadd, — doa hadde hä verschbeeld. Dr Ahl nannden en Legener on sähde, hä sellen net meh oanner de Aujje koamme. Doamed geng dr Kapellmeister russer on knallde de Dier zoa. Dusse off dm Podium schbroach hä e paar Worte zoa dän Lii, — et wuur gekladdschd, on det Konzert geng wiirer on woar beß zoam Schluß noch schäa on bläsiirlech. Dr Ohliid awer, dä geng met sinner Posaune oanner dm Arm ganz bedribbeld noahm Bahnhof on fuhr alleij noa Heim. Off de Wiis woarnse dat ohliidleche Groaßmull loaß woarn, dänn dä leäs sech noa net mehr seh. Dr Schnierersch Karl, dat Boachd, sähde schbärer noch mänchmoal: Mr ka da doch moal seh, wozoa e safdig Brimmche net all good eäß" — — On de annern sähden „et gärd doch nix ewer de Gemedlechkeid, itzend sin mer doch wärnigstens werer oanner oas". — Dr Kreeg dä reäß noa Verein on Kapell ußenanner, on et häd lang geduurd, beäß dat de Lii noajjemoal so schäa zoasame koamen wie doamoals en däm gleenig heiße Sommer nungzehoannerdelle, wo et däm fremde Ohliid allerdengs bii däm verohgleckde Posaunensolo noch heißer wuur.

Hermann Reuter, 1938

En Sprong en't Ohgewesse.

Ah' nem Sonndag morge schlenderten e paar Hammerhedder Jonge durch de Kirchwäg noh d'r Stadt zo. Se knauelten ah 'nem Stecke Seeßholz. Wänn einer en Zittlang dra gekaut hatte, wardete schoae werrer e anner. So gong dat Seeßholz va Mull zo Mull; alle dräj hatte se dra gebesse, geknauelt on geschnuckelt. Dat eine Änn wor so zerfaselt, dat m'r hätte en Rasierbensel sparn konn.

Dat Seeßholz hatte Äwerts Willem fortgeschmesse. Bim Surrampesoche ahm Dichhefche woll hä einem vah dä Jonge e Steckelche affschniere, det Messer gletschte awer us, wobie hä s'r de Muß onner dem lenke Dumme so ahrig offschneh, dat det Fleisch witt ussenanner sparrte. Sin klai Brorer, det Friederche, hatte sogar gemaint, de Därme wärn och noch met ruß komme. D'r Willem doa en

Blarr, schmeß Messer on Seeßholz en det Gras on loof noaheim, so schwinn e konn. Det Friederche hennerem drenn.

Wat d'r Willem fortgeworfe hatte, ha s'r de Jonge werer ofgehawe. Dat Seeßholz wollde se dailn. Dat gong awer net, ät woar ze feste on decke; weil awer keiner of dä Hochgenuß verzechde woll, wurn se drewer einig, dat jeder maol dra sell komme. So bommelten de dräj: Mäjersch Hein, Spese Kall on Stählersch Edewad. Wänn einer lang genog gekaut hatte, koam en anner werer drah, on so gong dat wierer.

D'r Hein hatte en ganz näje Ahzog ah, dä woll hä anner Sonndag ahdo, wenn Schetzefest woar. De Jacke stonn henne e besche aaf, vah der Sidde souj dä Jong e besche äge us. Dat woär awer net schlemm, hatte dr Firschber Schnierer gesäht, de Klärer meßte e besche vellig sin, sost wöarne se ze schwinn verwaase. D'r Schnierer us Firschbe hatte of d'r Hamerhedde en groaße Nommer on veel Konne; wat dä sähte, dat woar obedengt rechtig. Hä moßte dat jo och wesse.

We os Helde no bes noam Küthe koame, kräje se Lost of Suurbroare. Ät roch em det Hus rem so abeditlich, dat se gern ren wärn gange, em s'r en Porzioa Suurbroare gäwe ze loasse, se broachte awer net so veel Gäld zesame. E Stecke Pärtswurscht däet awer och, schloj Mäjersch Hein vor, do wolle awer de annern net drah, vahwäge Haame on so, m'r kenn alles net wesse. We dat met däm Freehsteck nix goab, schlenderten se ewer de Sejsbrücke on de Herrnplatz noa Axes Walzwerk zo, gewöhnlich sähte m'r dogäge: Axes Denge.

He satten se sech of en Muur on schwadde vahm Schetzefest. ,,Ech goa d'rhin on wänn e ganz Kassemännche d'rbie droff geäht", proahlte d'r Hein. ,,Dommkopp" goab d'r Kall zerecke, sost sähte hä nix.

,,Mainste mech", blarrte d'r Hein, ,,wänn ech well, kah ech au alle beide met ren nämme, ganz emesost, nä doch net ganz, e paar Grosche moß jeder ewrig ha, sost gäret net." On do v'rzeälte der Hein, dat ah däm Gereckse bie d'r Eintracht en Appelfrau säß met Birn. Wenn m'r der wat abkaufte, machte se henner ährem Recke so en Gerecksestange loaß, on — drenn wär m'r! ,,Ech goa awer selwer ahm Mondag morge, wenn d'r Vouwel geschosse wird, dat es ahm allerscheänste" woar dem Kall sin Ahsecht. ,,Ech ha m'r och schoae Lompe on Knoche zesame gesocht, de wärn verkauft, on da krijjen ech och wat en de Däsche". D'r Hein woll no d'r Onnerhaling en anner Rechtung gäwe on sähte, hä kenn e scheä Rimmche vahm Schetzefest, dat selle mr moal noahsäh, on fong ah:

Dat Schetze Schetzeläwe schätze,
Es och ganz ahm Platz.
Se schatze awer och d'rnäwe
Noch ähr goore Schetzeschatz
Schatze Schetze noh ähr Schätze,
Jeder Schetz sin Schatz beschetzt,
Hoch dä Schatz vah Schetzeschätze,
En Schetzeschatz dä schätzt sin Schetz!

Ganz verwonnert froute d'r Edewad, wä em dat da vorgesäht hätte, dat wär jo e wonnerscheä Verschelche. D'r Hein woar awer ehrlich genoch on verzeälte, dat dat Gedechtche en d'r Segener Ziering gestanne hätte, sowat kenn hä sälwer net mache.

Grad schlou de Kircheuhr zwelle, we sech os Gesellschaft so langsam ofmachte, em noheim ze goa, loofe awer erscht noch e Stecke ewer de Muur on bleewe ah 'ner Stell stoah, wo wat ewer de Wees gesträjjt woar, Torf orer sowat. ,,Do kenn m'r ächt weich droff sprenge", woar dem Kall sin Meining, awer d'r Hein koam em zevor on sprong d'rerscht. Hä sprong so och scheä weich, awer och zemlich deef, bes fast ah de Buch. Itz fonge ah ze roofe on ze blarrn, hä kenn net meh ruß. So schwinn we et gong, sochten de annern beide en Boahnestang, de se dem Hein hinreichte. Dä packte sech feste drah on da zogen de beide rus. D'r Hein stonk ganz fürchterlich. Hä woar met däm näje Ahzog en e Latrineloch gespronge. Net witt aaf vah däm Loch stonn det Renthiesche vor de Arwetslie vah Axes Denge merrem Faß drenn. Wänn dat Faß voll woar, wur et en dat Loch geschott on mett Loh oarrer sowat zogedeckt, dat mer de Nas vah däm, wat do dronner woar, net ze voll kräj. Met dem bäste Welln konn awer keiner ahnämme, dat onner däm Zich noch wat Äkeliges dronner wär.

D'r Hein stonn doa on jammerte, strampelte on schlackerte, we wänn e dat Zich afschleudern kenn. De Jacke stonn henne net meh aaf, se kläbte schoa meh feste. No dä näje Ahzog, det Schetzefest, de Krach d'rheim, wänn doch alles schoa vorbie wär, nä! nä!

So en Sprong, on da noch en det Ohgewesse, we got hätte hä en d'r Sorrel versuffe konn, nä! nä! Sowat woar jo noch gar net doa gewäse, so en Saueräj, wat woar ech doch e Oasse, soen Sprong ze mache — woarn sin Gedanke, bes dat de beide merem ah de Sej gonge. De Botze on wat sost noch voll woar, wur geherig afgeschwenkt, ah d'r Sonn so got we et gong gedrijt, on da gonget durch de Schofeswäg ewer de Dich, dä net ewerloof, noaheim.

Em Heddegarde begähnt'n Schmetds Friedche. Schmetds on Mäjersch stonne got zesame, ät woar schoae meh so halwe Verwandtschaft, weil Mäjersch Schmedts voar Johrn emoal e Kend gehawe hatte. Awer och d'r Hein on det Friedche stonne sech got, hatten och schoae mänchmoal em Heddegarde zesame Rubbe geläse. Det Friedche noahm dä stenkige Jong met en ähr Hus, wo e da werer soveel ofgebeijjelt wur, darre ohne ofzefalln ewer de Stroaße konn goa. Wat met däm Jong d'rheim bassiert es, ka sech jeder denke. Vahm Hein on Friedche es m'r noch gewahre wurn, dat se sech zesame hätte bestare wonn, awer d'r Hein hät sech hernoa doch werer zerecke gezoage.

H.Stark, 1938

Dat Hähkesselche.

Gehannpietersch Willem wor en Jong, wie annern Jonge och, nett schläächter on nett besser, awer voller Schelmstecker. Et wor so secher wie dat Amen en der Kirche, dat d'r Willem bi all Dommheite, die et em Dorf goof, staark beteiligt wor. Hä selwer awer hät nemols wat verrohre. D'r Lehrer konn och neemols wat va em gewahr wern, als wenn hä d'r Stock en der Hand hatte. On och de Lii em Dorf kannten d'n Willem va der Sidde her sehr got, on och va de Dorflii hät der Willem manche Knuff und Poff kräje. Jo, die Sache wor endlech sowitt komme, dat d'r Willem va sinnem Varer on va sinner Moorer manchmol en Trachtel em Vorruß kräij, wenn se meinten, ehr Jong wür werrer Dommheite mache. Wie awer d'r Willem a einem Dag viermol det Kamisol verkloppt kräj on dova zweimol zom Vor- on Nachdesch, dat kom soe:

D'r Varer wor en de Häh gange, em Stange ze haue, on d'r Willem soll em de Onnern det Kesselche voll Kaffi brenge. Derwege soll hä gege drei Uhr em die Zitt deheim bi sinner Moorer si. Awer d'r Willem kom erscht em 4 Uhr noheim on do gow em de Moorer de erschte Tracht ob Abschlagszahleng. Dat Kesselche stonn lang fertig. Wie em dat de Moorer en de Hand gäwe woll, da sähde se: „Wellt du och dat Kesselche net falle loße?" „Nä", sähde d'r Willem. „Wellde dat och wirklich net do?" frogte de Moorer, „Ganz wahrhaftig net", sähde d'r Willem. „Jo, dir ohgezogener Jong ka mer net traue!" reef de Moorer, on dobet sech d'r Willem die Sache besser ze Herze nohm, kräj hä va sinner Moorer en zweite Tracht, on se sähde: „Wenn du no dat Kesselche doch falln lässest, da weißde, wat d'r va dinnem Varer passiert". Domet goof se dem Willem dat Kesselche en de Hand, on d'r Willem gong. De Träh stonne em noch en de Age, awer die weschte hä bal af, on wie hä uß dem Dorf wor, do peff und song hä alt werer.

Off dem Weg en de Häh stellte hä dat Kesselche mänchmol nerer. Einmol moßte hä no nem Spatz werfe, da no nem Has, du soch hä en Muß, on derletzt wurf hä met nem Steij no nem Eichhernche. Endlech kom hä im Häh a, sin Varer hatte alt lang geluert on dochte: „Wat wird dä Schwalges werer ahstelln". Wie hä d'r Willem va wierem soch, du reef hä alt: „Loß dat Kesselche net falln." „Näh", sähde d'r Willem, „ech dohnet net." Geff achte off dat Kesselche!" reef d'r Varer werrer. D'r Willem sähde: „Ech hahlen et feste." Hä wor kaj fenf Schree meh va sinnem Varer, du sähde dä nochmol: „Loß dat Kesselche net falln, sost get et wat!"

En demselbe Ogebleck stolperte awer d'r Willem ewer en Wurzel, die hä net geseh hatte, on boms! do log det Kesselche en veel Schirweln zerbroche. „Du Ohdocht!" reef d'r Varer, „schmißt m'r lo dat Kesselche vor d'r Nas kaput — warte." Hä nohm en Eichekneppel on d'r Willem kräj em Häh die drette Tracht, die zweite wege dem Kesselche. D'r Varer wor so beas, dat hä d'r Willem noh heim jähte. „Mach dech no dinner Moorer," sähde hä, „wenn ech de Owend no heim komme, kriegst du er noch emol." Dobet gong d'r Willem no heim, awer net direkt. Hä sochte noch erscht Voggelnester on du bade hä sech noch bet annern Jonge em Pardspoul. Wie d'r sewe Uhr Zug kom, du gong hä no heim, hä woßte, dat sin Moorer off en luerte, hä mußte dat Holz ronnerholn. Sin Moorer stonn off d'r Dier on reef em entgege: ,,Kemmste itz, du Ohdocht, häst du och det Kesselche net zerbroche?" D'r Willem gof kä Antwort. ,,Wu häst du dat Kesselche?" reef de Moorer. D'r Willem schweg. ,,Nä, du ohgezogener Jong, no hät hä doch dat Kesselche falln lose. Ech hatte d'r dat doch em Vorruß gesät, sellst achte gäh. No zerbrecht hä dat Kesselche doch. M'r meint, m'r mößte." — On domet nohm se en Stock uß d'r Holzecke, onn d'r Willem kräj sin Tracht Nommer vier. So hät d'r Willem viermol a einem Dag d'r Bockel verschwartet kräje, dreimol em dat Kesselche. De Owend kom sin Varer us dem Häh bet dem Drohthenkelche va d'm Kesselche en d'r Hand. Hä sähde gäh de Moorer: ,,Eigentlich sell ech en noch einmol verschwarte." Dat gowet awer no doch net. D'r Willem hät spärer noch manchmol a dat Hähkesselche gedocht on ah die Kläbbes, die hä kräje hatte. Awer Dommheite zo mache, leeß hä doch net.

R. Jung, 1926

Birkesaft.

Wee dat alt en der Welt so es: der aine schmert sech Bommad off der Kopp, der anner nemmt Hoareel, on de vornähme Lii kaufe sech Birkewasser, weil dat det Feinste sinn sall. Awer wee der Urstoff zom Birkewasser, der Birkesaft, gewonn wird, dat wesse de oodogende Jonge em Seejerland besser als wee de vornähme Lii zo Berlin on sostwo. Freijlich, wemmer äller wird, da weiß mer, datt Gäwe säliger es als wee Nemme; on derwäge han ech och zwae Jonge, dee veel spärer emoal en oosem Wäldche en Birkebaum agezappt hadden, e paar gleenige Ohrfijj gegä; on dat han ech gärn gedoah, weil ech mer säde, darret oos vier Maarder Jonge och besser gewäse wär, wemmer doamoals, wee min Geschechte speelte, e paar oorndleche drem kräje hädden!

Also: Kochs Roarer war bi oos Maarder Jonge emmer der Haupthächt. On aimoal — mir hadden grad Ferije — doa säde hä, mir wellen a der Hiesling goah on Birkesaft hoaln. En groaße Fläsche on en Gurkezeejer hadde hä schoa bi ser, on so zougen mer da zo vier Jonge noam Hiesling.

On bahl fonne mer da och en Birke, dee net so ganz am Wäg stonn. Kochs Roarer kneete sech on fong a ze bohrn, on da wur met ner aafgebrochene Stoahlfärer en klaine Renn gemacht on de Fläsche dronner gestallt; da fein werrer Moos on Blärer drewer gedoah on aafgesproche, datt gomer dr annern Morje emme zeh werer derhin wellen goah. — Mir stonnen da och am annern Morje penktlech vorm Hodell Koch, awer Kochs Roarer säde, hä kenn itz net, on mir wellen de Noameddag emme dreij loßzeeh. Mir säden njoa, et wär good, awer hennedren mainte Harrsch Nochber, mir kennen joa schoa emoal derhin goah on seh, ob Birkesaft komme wär. Also loß off der Hiesling noa ooser Birke, on wee mer det Moos on de Blärer wegrummten, doa fonnen mer, dat de Fläsche ganz voll gelaufe war. On Deiwels Willi säde, mer kennen joa emoal en Schlock prowiern. Dat doaen mer da och; de Fläsche gong va Mull zo Mull on da noachemoal on noachemoal, on schleeßlech war se leerig. —

Wä noo maint, dat Birkesaft e groaßer Genoß wär, dä moß grad net der beste Geschmack ha; awer Jonge suffe joa alles, wenn et nur verboare eß, on se main da noch wonnerschter, wat se hädden! Wenn ech mer hoo so vorstelln, wonoa eindlech Birkesaft schmackt, da moß ech sä, dat dä Geschmack, wemmer kän Zucker en dat Zig deeht, so oogefähr de Medde hält zwescher Hoareel on Essigzuckerwasser!

Also die Fläsche war leerig on itz koam oos dä Gedanke, wat woahl Kochs Roarer sä wier, wemmer de Noameddag vor där ußgedronkene Buddel stennen. Dat konnen mer net off oos nemme, on derwäje hoalen mer Rat, on der Schluß war, datt mer en de Fläsche wat rendoaen, wat mer bi oos hadden; on da läden mer se werrer en der Boorem, deckten Moos on Blärer drewer on gongen noaheim. On noameddags säde Kochs Roarer, itz hädde hä Zidd, on mir schäbberten da zoo vier werrer noam Hiesling. On wee Kochs Roarer da de Buddel rußhoalte on gä't Lecht hoal, doa säde hä: „Schwiggevoll, awer noch ganz waarm!" On mir säden, datt dat doch kaij Wonner wär, wo doch dä Baum der ganze Daag en der Sonn stönn. On da satte Kochs Roarer de Fläsche at Mull on doa en rechdeje Zog, dä och ganz glatt ronner gong. Awer off aimoal verzoojg hä dt Gesechte, spau uß und brellte: „Zom Donnerwerer, dat schmeck joa noa......!"

— Ja, itz, wo ech dat neereschriewe well, doa fällt mer dat Wort net meh en, wat hä säde; ech weiß bloß noch, darret nix Scheänes war. On itz guckte hä oos ganz weetend a on froaj, ob mir dat gedoah hädden. Doa konnen mer oos vor Lache net meh haale on loofen fort, on hä henner oos drenn. — Ja, ihr Lii, dat es wirklech en domme Sache, wemmer schwinn laufe sall on derbi so lacherig eß! Awer mir hadden Glecke: Kochs Roarer bleeb off aimoal stoah, on et scheen, als ob äm wat der Hals roffsteej. Hä spau on spau; mir guckten va wierem zoo on lachten, on da machden mir oos fort. Awer for de nächste acht Daag gongen mer emmer em Boage em Kochs Roarer rem, bes sech sin Wood off oos geläd hadde. Awer wenn ech spärer hee on doa ald emoal engelaare wur, Birkesaft metzedrenke, da han ech emmer aafgeleähnt, weil ech mer säde, mer weiß doch net so rächt, ob.....

August Klingspor, 1928

Gewußt wie

Als 1913 in Burbach das elektrische Licht eingeführt wurde, warf der Wechsel vom Petroleumzeitalter zur neuen Ära für einige Einwohner erhebliche Probleme auf. Försters Wilhelm, ein Original und Junggeselle, bat daher eine Hausgenossin: ,,Alwinche, dräh dat Lecht doch e beßche klaaner." Als diese antwortete: " Willäm, dat giet net", gab er zurück: ,,Dumm Scheit, da laoß mech emaol. Dä, nu es et uß".

Verschwendung

Zahns Wilhelm von Altenseelbach meinte nach der Beendigung des ersten Weltkriegs: ,,Jao, dr Kaiser mußde wäch, wie ech gehiert hoa, hat dä sech voa drei Pund Oassefleisch en Deller Sobbe koche laose. Dat woar ze vill".

Die halbe Sau

Zwei Weidenauer begegnen sich in Boschgotthardshütten. Erzählt der eine:
,,Weißte wat? Ech ha mr ho e half Söjjche gekouft".
Darauf erwidert der andere trocken:
,,Wat wet de dao da bet, dat fällt dr doch emmer emm".

Räuber

Von Kirchen aus erschienen auf den Dörfern des Freudenberger Landes von Zeit zu Zeit drei Viehhändler, die sich nebenbei als Casanovas betätigten und den jungen Bauernfrauen gefährlich wurden. Als ein kleiner Junge die drei Herzensbrecher von Weitem herankommen sah, rannte er schnell ins Haus und rief: „Babba, verschdech de Mamme, de Räuber kommen".

Maulwürfe

Eines Tages beschwerte sich beim alten Klaas aus Fellinghausen ein Nachbar über die Maulwurfsplage mit den Worten: „Mir ha dat Joar de ganze Wees voll Mollnshöbbeln. Wat sall mr dao da mache?" „Ech ha se wäch kräje", antwortete der Klaas in aller Ruhe. „So, wie da?" „Ech ha de Wees jeplaßdert!"

Verfolgungswahn

Angeblich kommen aus Büschergrund die besten und fleißigsten Straßenarbeiter. Zwei von ihnen arbeiteten eines Tages auf der Wilhelmshöhe, als der eine plötzlich die Schaufel hob, um eine Schnecke zu erschlagen. Der Kollege rief: „Dat ka mr doch net maache. Die hätt dr doch nix gedao!" Da antwortete der Schneckentöter: „Doch, se hätt mech alt de ganze Zitt verfolcht!"

Abtritte

Im alten Flecken Freudenberg gab es früher weder eine ausreichende Straßenbeleuchtung noch Toiletten innerhalb der Häuser, weshalb man sich den Weg zum stillen Örtchen nachts gewöhnlich mühsam ertasten mußte. Diese Situation nutzten eines abends schalkhafte Knaben aus, indem sie einen großen Hauklotz auf das gelochte Brett im Herzhäuschen eines Flecker Bürgers namens Karl stellten. Als dieser sich wie allabendlich vor dem Schlafengehen dorthin tastete, um sich Erleichterung für die Nacht zu verschaffen, bemerkte er den Klotz, glaubte, der Lokus sei besetzt und wartete vor der Tür. Als ihm schließlich aber die Zeit zu lang wurde, rief der Karl ungehalten: „Schiß dech uß, ech gaon nao Bosch ob dr Abdrett".

Ein altes Ehepaar in der Freudenberger Mittelstraße ersparte sich den nächtlichen Suchweg, indem man das Töpfchen benutzte, das dann tagsüber zum Lüften an einem Nagel vor dem Schlafzimmerfenster hing. Eines Tages machten sich aber flegelhafte Burschen an die blecherne Nachtigall heran, bohrten ein Loch in deren Boden und harrten im Dunkeln vor dem Fenster der Dinge, die da kommen sollten. Tatsächlich nahte bald die Stunde, da die alte Boschtante das Gefäß der Nacht heimsuchen mußte. Da entspann sich folgender Dialog: ,,Leenche, du maachst denerwer". ,,Ech maachen net denerwer". ,,Du maachest doch denerwer, et flüüßt jao en dr Schduef". Lachend machen sich die Bengel aus dem Staub.

Der Neckermann

An einem großartig aufgezogenen Reitturnier zu Niederndorf nahm seiner Zeit auch der erfolgreiche Dressurreiter Josef Neckermann teil. Als dieser mit seinem prachtvollen Pferd auf dem Turnierplatz erschien, entspann sich folgender Dialog zwischen zwei Zuschauern: ,,Es dat dr Neckermann?" ,,Njao." ,,Met däm schwätze ech kän Wort meh, dä hätt mr vor Jaohrn en Wäschmaschien verkouft, die laift itz noch net rechdich."

Platzregen

In Setzen pinkelte ,,Herwichs Rauer" eines nachts mit Macht gegen das Schlafzimmer eines Ehepaares, das bereits zu Bett gegangen war. Da hörte man, wie der Mann zu seiner Frau sprach: ,,U Mamme, hür emaol, wat ränt et".

,,Merkwürdich, schdernklaorer Hemmel onn so waane am rän," sagte der Frieder, als eine Frau während seines Abendspaziergangs den Nachttopf versehentlich über seinem Haupte ausleerte.

Tierisches

Det Satansveeh.

Minn Frau war krank, ech fuhrte Huß
On soll de Hetz och melke,
Gong en de Stall, doh rochet net
Noa Roase on noa Nelke.
De Hippe glotzte domm mich ah
On doachte sich em Stelle:
Wat well dä Driewes he em Stall,
Däh deht doch gar nix gelle!

Ech goaf er erscht e Mull voll Häij,
Woll mich da neerersätze,
Doh drähte sich dat Beest schoa rem
On loaß net met ser schwätze.
En Handvoll Hawer krähjet itz,
Dä froaß'et ganz manierlich,
Wee ech mich werrer sätze woll,
Doa et erscht reächt schenierlich.

Ech hoalte en geschmärte Dong,
Dee schnaweliert det Luhrer
On loaß, wee ech no melke woll,
Mich doch noch net ah't Uhrer.
Gemolke moßt' dat Beest doch weärn,
Dat konn noh nix meh nozze:
Det Dier scheniert sich, doachte ech,
Vor Lih, dee dräh en Bozze.

Ech noahm en Rock va minner Frau,
E Koappdoch on en Bluse
On woll dat Dier itz krijje dra
Met ludder Fonklefuse.
Ech gong als Wiebsmensch en de Stall —
Ob sich de Hetz läßt hänseln?
Wahrhaftig! Wee ech bii se koam,
Doh fong se ah ze schwänzeln.

Se guckte mich so treijlich ah
On leckte ser de Schnutte:
Itz gellt'et, sääde ech mer doa,
Ze nozze de Minutte.
Ech schirzte mer de Räcke hoch —
Se moch alt noch e Pehlche —
Därbenn doa satte ech mich schwinn
Hin off det Melkestehlche.

On itzend gong'et stripp on strapp,
De Melch stratzte en't Deppe,
On ech, ech fong vor ludder Fraij
Om Stehlche ah ze heppe.
Do drähte — va mir ohgeseh —
Sinn Kopp heremm det Hetzche
On soaug dr onnerm Koappdoch he
Minn reächtes Schnurrbartsspetzche.

No weiß ech net meh wee et koam,
Ech fong da ah ze riere,
Om Bockel hatte mich det Beest,
On ech, ech moßt'et liere.
Det Schennoas gong itz henne hoch,
On en dem scheänste Boage
Sinn ech — et krachte hart durch't Huß —
Beäs gä de Diir gefloge.

En Boms. Doa loaug ech en dem Stall,
Mir krachten all de Reppe,
Et wur m'r gähl on greeh on schwarz —
Kaputt det Melkedeppe. —
Ech woll schwinn off, em erscht emoal
De Schmerze mr ze lennern,
Boms! Krähj ech dr alt noch en Stoaß,
Loaug werrer off dem Hennern!

Itz krähj ech dr da doch de Woot
On statzte met dee Feeße:
Dat sallt du krommes Hetzedier
Loa off dr Stell noch beeße. —
On wee et werrer stoaß noa mir,
Doa sprong ech uß dr Ecke
On woll dr da dat Satansveeh
Hart ah de Wand noch drecke.

Ech loaug alt noch emoal em Stall,
So darret nur so klatschte,
On naß war ech va henneher,
Dat alles ah mr quatschte.
Ech stonn schwinn off on koam och noch
Beß henne ah de Raufe,
Schoa werrer koam det Beest gerannt — —
Doa sinn ech nuß gelaufe.

Ech sinn doch och em Kreeg gewähst
On ha net schleecht gehaue,
On mäncher Franzmah hatte ech
Schoa sälwer en dr Klaue.
Och sost han ech Kurasch gehatt,
Doa eß net dra ze dippe,
On trotzdem moßt' ech laufe goah
Vor ooser kromme Hippe!

Heinrich Plitsch 1926

Kalbsgeburt

Eine der Kühe des Ferndorfer Irlenhofs hatte gekalbt. Am nächsten Tag traf Irle Jettche den Bauern Schäfer und rief ihm zu: ,,Ech ha de Nacht e Kalf kräje!" Schäfer aber kommentierte gelassen: ,,Ho, Jettche, da well ech dech beduern."

Der verständige Hund

Der Henner war stocksauer und fühlte sich bemüßigt, seinem Nachbarn Bescheid zu stoßen. So stürzte er aus dem Haus und sagte:
,,Sä, Willäm, Dinn Hond schißt mr emmer en dr Hoff hennerm Huß, dat well ech net meh ha". Willäm sagte zunächst:
,,Njao, et eß good", und nach einigen Tagen: ,,Henner, ech ha oosem Hond Bescheid gesät."

Die Quittung

Die Kuh des Krombacher Lohmüllers war dem Dorflehrer schon mehrmals in den Garten geraten und hatte dort tüchtig unter Blumen und Gemüse aufgeräumt. Als der Lehrer sie einmal auf frischer Tat ertappte, band er ihr einen Zettel an den Schwanz, auf dem geschrieben stand: ,,Letzte Warnung! Ihre Kuh ist schon wieder in meinem Garten gewesen. Der Schullehrer". Da die Kuh aber unterwegs blätterte, sah der Zettel entsprechend aus. Der Lohmüller ließ den besudelten Wisch zurückgehen und bestellte: ,,Ech ha jeläse, onn oos Bläss hätt gwiddiert!"

Der Deckakt

In Siegen-Bürbach äußerte eine ältere Frau die Meinung, ihre Kuh müsse zum Stier geleitet werden. Ihre Tochter klärte sie dahingehend auf, daß die Befruchtung heutzutage nicht mehr durch den Stier, sondern durch den Tierarzt vollzogen werde und informierte diesen entsprechend. Als der brave Veterinär im Stall erschien, teilte ihm die resolute, alte Dame mit:
,,Henne e dr Äcke schdeat de Koh on a dr Wand es e Haoch. Dao konn Se de Botze dra offhänke".

Maulkörbe

,,Schrinnersch Frieder" aus Weidenau, ein etwas wunderlicher Junggeselle, liebte sein Hündlein über alles. Nun war aber irgendwo im Amt Weidenau die Tollwut ausgebrochen, woraufhin die Verordnung erging, jeder Hund habe einen Maulkorb zu tragen. Der Frieder scherte sich nicht darum. Als er wieder einmal mit seinem freischnäuzigen Hund spazierenging, begegnete ihm ein Bekannter und rief: ,,Frieder, gä achde, dat dech de Bollezäj net erwescht, dinn Hond moß e Mullkorf drä!" Da gab ihm der Frieder zurück: ,,Weremm dat da? Du häst jao och känn!"

Darmverschlingung

Die Kuh war erkrankt, und man mußte den Tierarzt rufen. Als sich eine Frau erkundigte, was der Kuh denn gefehlt habe, antwortete der Eigentümer, sie habe an Darmverschlingung gelitten. Wie man das denn habe feststellen können, bohrte die Frau weiter. Da erhielt sie die Antwort: ,,Mr bruchde zwea Dogdern. Der eine guggde forn nee onn dr anner guggde henne nee onn wie se sech net seh konne, woar et kloar, dat de Koh Darmverschlengung hätt."

Det Flöhpolwer.

D'm Henner on d'm Frieder woret gegange, wie et itz so manchem Arweter gegange eß: sie worn arwetslos worn. Arwetslos eß bekanntlich e hartes Gescheck, dat hätt schoa mancher erfahrn. So Lii soche da off alle Art on Wies Beschäftigung ze krijje on sich de Onnerhalt ze verdehn. D'm Henner on d'm Frieder geng et och so. Sie beroatschlogten, wat ze do wär. D'r Frieder meinte, met d'm Hausiern wär noch wat ze mache.

Ja, dat wor nu got gesät, awer womet hausiern? Et laufe ho ze Dag zo vel Hausierer remher. Sie moßden also wat ha, womet wernig Hausierer hannelten, wenn meglich wat, waret ewerhaupt noch net gob; wat noch erscht erfonne moßde wern.

D'r Frieder dochte endlich de rechtige Spur ze ha. Hä meinte Föhpolwer, so e Mettelche gäwet noch net.

Sie mochen also Flöhpolwer. D'm Henner sin Frau hatte noch e Herdpotzmettel stoh, wo d'r Herd off kenn Fall va blank wur. Et wur noch e beßje Brikettsäsche onn wat Ziggarnsäsche do dronner gemengt, on det Flöhpolwer wor fertig. Det Polwer wur en kleine Dittcher gedoh, on de Hausiererei konn losgoh.

Die beide gonge da och los. D'r Henner bearwte de rächte Sitte va d'r Stroße, on d'r Frieder de lenke Sitte.

D'r Frieder geng da en det erschte Huß renn. Hä schellte onne a d'r Dihr on froute die Frau, die rußkoam: ,,Ha Sie Flöh?"

,,Was fällt Ihnen ein, Sie Unverschämter. Machen Sie, daß Sie rauskommen".

D'r Frieder sähte zo ser selwer: ,,Joa, so darf ech secher die Sache net ahfänge. Ech moß wat annerschder säh".

Hä geng die Trappe roff, schellte, on weh die Frau rußkoam, sähte hä: ,,Ha Sie Ungeziefer?" ,,Machen Sie, daß sie rauskommen!"

D'm Frieder wuret schoa beßje oheimlich. Hä moßte noch annerschder froge.

Hä geng noch en Trappe roff on sähte gäje die Frau, die oawe wohnte: ,,Haben Sie Insekten?"

,,Ja, die so beißen".

,,Flöh", sähte der Frieder. ,,Ewor, Sie ha Flöh. Do ha ech e got Mettelche for. Flöhpolwer, det Dittche 20 Penning".

Die Frau kof e Dittche voll Polwer on d'r Frieder geng de Trappe ronner. Hä wor schoa em Hußflur. Do rofte die Frau oawe ronner: ,,Hören Sie mal, da liegt ja gar keine Gebrauchsanweisung bei".

„Dat eß ganz eijfach", sähde d'r Frieder, „Sie fänge dä Floh, sparrn'm det Mull off on schere e beßje va dem Polwer renn".

„Ja, wenn man die Flöhe soweit hat, dann kann man Sie aber auch direkt totknacken".

„Dat konn se och", sähte d'r Frieder, drähte sich om Absatz rem on gong.

Menschliche Züge

Ärdersch Hannche in Wilden hatte ihren treuen Hund nach Weidenau verkauft. Dieser brannte aber durch und machte sich auf den Heimweg. Als er über die heimatliche Schwelle kroch, rief das Hannchen voller Staunen aus: „Ach du, ach du, itz kemmt dr Mänsch va Wejrenau".

Eine ähnliche Vermenschlichung der Tierwelt führte Baldes Decker aus Dornseifen durch, als er ausrief: „Mamme, gugge maol schwinn uß dem Feßder, Naochbersch Hohner sinn alt werrer bet acht Ma bi oos em Gaarde!"

Durchlauf

Einmal hatte die Linawaas aus Niederschelden ihren Waschtag absolviert und die Wäschestücke zum Trocknen über den Gartenzaun gehängt. Als ein Bauer seine Kühe auf die Weide trieb, machte sich ein Rindvieh an das Grundstück der Waas heran und begann, eine grüne Unterhose zu verspeisen. Als die Lina ein großes Wehgeschrei anstimmte, meinte der Bauer gelassen: „Wat wedde mache? Wänn de de Botze weerer ha wett, da mossde ho dr Aowend vorbikomme, wänn de Koh gebläddert hätt!"

Die Flöhe

In der Nachkriegszeit kam es häufig vor, daß die Menschen nicht gerade hygienisch einwandfrei leben mußten. Jegliches Ungeziefer bekam seine Chance. So erging es auch einer Kreuztaler Familie, die zudem einen Hund hielt. Als andere Kinder diesen streicheln wollten, rief die Tochter des Hauses aus: „Oos Hond salld'r net apacke, dä hätt Flöh, awer dao ka hä nix for, die härre va oos!"

Der Ziegenbock

Zu Anfang dieses Jahrhunderts wurden im Siegener Gebiet noch viele Ziegen gehalten. Kinder, die sich vor allem mit dem männlichen Hornvieh beschäftigt hatten, dufteten entsprechend, wenn sie in die Schule kamen. So geschah es auch einigen Kindern, die sich im Stall des Ziegenbocks Fritz herumgetrieben hatten. Der Lehrer schnupperte, rümpfte angewidert die Nase und rief schließlich:
,,Zum Donnerwetter, was stinkt denn hier so entsetzlich?"
Da machte sich eins der Kinder zum Sprecher und antwortete:
,,Doets Fritz, dä rucht aueblecklich so."

Ein andermal leitete eine Ziegenbesitzerin ihr Tier zur Bockstation, um es decken zu lassen. Bald darauf kam der Bockhalter stolz aus dem Stall und übergab der Besitzerin ihre Ziege mit den Worten:
"Et eß gemacht."

Dicke Brocken

In Netphen hatte eine Familie den Morgen zur Zeit der Heuernte auf den Wiesen verbracht. Gegen Mittag erschien die Hausfrau mit einem großen Topf voller Grießsuppe. Unbemerkt hüpfte ein großer Frosch in die Terrine. Als man begann, die Suppe zu löffeln, streckte der Lurch plötzlich seinen Kopf empor. Da schlug der älteste Sohn ihn mit dem Löffel auf das Haupt und sprach: ,,Dr decke Brocke drlätzt."

Vertraute Stimmen

Honebabbe hatte erheblich über den Durst getrunken und fühlte sich nicht wohl. So rannte er bei seiner Heimkehr in den Stall, um sich zu erbrechen. Als die röhrenden Laute erklangen, rief die Schwiegertochter im Hause ihrem Mann zu: ,,Gao schwinn mao en dr Schdall, mr krijje Hibbcher, bim lätzde Lamme machde de ahl Hibbe de sälwe Schdemme."

Gewohnheitssache

Eines Tages führte der Henner eine Ziege durch das Dorf. Ein Nachbar fragte erstaunt: ,,Henner, wat wellde dao da bet, du häst jao gar kän Forer onn kän Schdall for dat Dier." ,,Jao, ech daochde, daachs ka se em Weesegrond remlaufe, onn nachts lejjt se onnerm Bädde", gab der Henner zurück. ,,Awer wie es et da bet däm Geschdank?" wollte der Nachbar wissen. Da meinte der Henner: ,,Jao, dao ka mr nix dra mache, dao moß se sech dra gewean."

Hasenbraten

In Obersetzen hatte eine Familie für die Osterfeiertage einen kräftigen Hasen erstanden und über Nacht an das Fensterkreuz gehängt. Zu später Stunde vernahm man seltsame Geräusche, die sich aber zunächst nicht erklären ließen. Als man am nächsten Morgen das Löffeltier hereinholen wollte, war der Braten verschwunden. Der Hausherr, der seine Sätze mit den Worten ,,wie gesät" zu beginnen pflegte, versank in tiefes Nachdenken,und alsbald fiel sein Verdacht auf einen Nachbarn, der ein großes Sortiment Kaninchen unterhielt. Da verlieh er seinen Gedanken der Ehefrau gegenüber wie folgt Ausdruck: ,,Wie gesät, Sophie, dat woar dä Bommch, dä mr de Nacht hoorde, wie gesät, wä Krinncher freßt, dä freßt och Hase."

Viechereien

Der Johannes zog mit seinem Klepper, dem die Rippen aus dem Fell ragten, durch die Gemeinde. Plötzlich rief ihm ein Bekannter zu: ,,Nä Hannes, wat es dinn Paard schrao." Der Angeredete erwiderte: ,,Njao, ech ha alt alles browiert, et freßt aifach net." Da folgte die hinterhältige Frage: ,,Hannes, häsdet da och alt maol met Hawer browiert?"

Ein anderer hatte sich furchtbar über seine Kuh geärgert, die sich standhaft weigerte, das ihr angebotene Futter zu akzeptieren. Da warf er ihr den Trog voller alter Schuhe und Pantoffeln und brüllte: ,,Mainst du domme Koh da, ech gäw dr Brätzeln onn Zuckerschdai? Lutsche satt de frässe, wat satt de? Lutsche satt de frässe!"

Ein Hilchenbacher wollte einen Bekannten mit seiner dürren Kuh ärgern und fragte scheinheilig: „Gött dinn Koh da och Melch?" Da erhielt er als passende Antwort: „Kä Dende!"

Die alte Kuh

Im nördlichen Siegerland hatte sich ein Großstädter aus dem Ruhrgebiet niedergelassen und beschloß eines Tages, selbst für Milch und Butter zu sorgen. Er machte sich also auf und erwarb in Kredenbach eine Kuh. Kaum stand sie im Stall, als ein Nachbar auftauchte, der stets zu allerlei Schabernack aufgelegt war. Er besah sich das Eutertier, schaute ins Maul und rief entsetzt: „Ach du leewer Zitt, dao ha se ou awer e ahl Dier verklobbt, dat hätt jao uewe em Muul öwerhaupt kääng Zah meh!" Der Städter überzeugte sich von diesem traurigen Tatbestand, glaubte, er sei betrogen worden und machte sich am folgenden Tag wutentbrannt mit seiner Kuh auf den Weg nach Kredenbach. Zum Glück begegnete er kurz vor der Ortschaft dem Hirten, der ihn darüber aufklärte, „dat de Koh em hingere üewerschte Muul va Nadur uß kääng Schdöcke Zah hätt".

Zauberei

Hucke Hannes und Stöckers Karl hatten eines Tages ihre Ochsen getauscht. Der Hannes hatte dem Karl sein graues Hornvieh übergeben und dafür dessen schwarzes erhalten. Außerdem sollte er noch einige Thaler bekommen, die aber im Laufe des Jahres in Wirtschaften verflüssigt wurden.

Eines Tages hatte der Karl Haferstroh geladen, der Hans hingegen Kornstroh, als sie sich in der Schenke trafen. Sie tranken wohl etwas zu viel, jedenfalls verwechselten sie ihre Ochsen in der Nacht und wankten nach Hause. Als die Frau des Hannes das graue Rindvieh mit der Kornstrohladung im Stall entdeckte, rief sie aus: „Nä, ihr Lii, et bassiern noch Zaiche onn Wonner. Schwarze Oasse wearn grao onn uß Hawerschdröh wird Koarnschdröh. Hannes, du kaasdet noch witt bränge!"

Der ahl Kässeler us Netphe

Wor va Berof Klempner on hatte sech e Netphe nerergeloase. Weil awer fröher noch die meiste Hüser bet Ströh gedeckt warn on hölzerne Dachrenne hatte, wo et jo bekanntlich nix a ze löre get, hatte och dr Kässelersch Hänner ömmer net veel Arwet, hä bruchte der awer och net veel. Näwebi machte hä Uhrn, wor Trächinebeschauer, prophezäijte det Wärer on wor dr erschte Gesangvereinsdirjent, dä de Netpher det Senge loarte e Zambonis Wirtschaft. Usserdeäm wor hä noch Jäger. Am allerbäste verstonn sech dr Hänner awer ob det Verzälln, on hä hät mänchmoal obgedöscht, dat de Lü Mull und Nas obsparrte.

Gern verzällte dr ahl Kässeler, dä schoa lang gestorwe eß, wie hä det Hotel Goldener Leäw e Seeje bet Fäldhohner belewerte. Hä verzällte da folgendes: ,,Ät wor kurz vor Chrestdag, du koam dr Hoteljee vam Goldene Leäw us Seeje no mr on säte: Meister Kässeler, ech sinn loa wahne em Druck, ech moß bes de Sonnoawend fofzig Fäldhohner ha. Ech han öwerall vorgesproache, on nemand va dä Jäger em Seejerland kah mr die lewern. Do hät mech jemand ob Sie obmerksam gemacht, Sie könne dat geweß. — Ja, säte ech, dat eß en Konst öm he die Zitt, de meiste Fäldhohner sinn geschosse vor det Joahr, awer ech well Än die Dierercher bis de Sonnoawend nomittag lewern, on zwor fertig gerabbt bis zom Broare. — Kan ech mech doadroff verloaße? froute dr Hoteljee. — Awer ganz bestemmt, versecherte ech däm Herr, goe Se nur getrost noh Seeje, Sie hah de Fäldhohner pünktlich doa." —— Weäster wat, ihr Lü, ech machte mech so grad ob de Lappe on schoß fofzig Markolweser *), rabbte die fein, nohm se uß on broachte se e de Goldene Leäw, leß mr se awer och got bezahln.Noa en paar Woche koam ech da mol noa dr Stadt on doachte, wet doch emol noaseh, wat uß dinne fofzig Fäldhohner wurn eäß. Wie ech de Dür em Goldene Leäw obdröckte, du wör mr dr Hoteljee bahl öm de Hals gefalln, on hä säte: Nä, Meister Kässeler, wat hat Sie mech got bedeent. Die Fäldhohner hätte dä Herrschafte schwär got geschmackt, on die Herrn wörn soe läwig wurn on hätte gesonge wat det Züch hahle hätte won, on en Fraij hättet gegäwe, wenn einer ren oar ruß gegonge wär, die hätte reiwäg gegästert. So en montere Gesellschaft hätte hä öwerhaupt noch net gehat. — Zom Dank foar die prompte Lewerung kräj ech noch zweä Daler extra.

*) Eichelhäher

Naturfehler

Dackel

In der Ferndorfer Gastwirtschaft Finke bediente ein Mädchen, das wegen seiner zu kurz geratenen Beine „Dackel" genannt wurde. Dieser jungen Dame unterbreitete Fröniels Frieder eines abends das Kompliment: „Bäst jao e schüe Mäddche, häst nur dr Ärsch ze deeb."

Der Dost

Beim Ausforsten war in Hainchen ein furchtbarer Unfall passiert. Ein umstürzender Baum hatte einen Waldarbeiter erschlagen, ein anderer hatte sich noch soeben durch einen Riesensatz retten können. Einige Zeit später begegnete die Frau des Davongekommenen der Witwe des tödlich Verunglückten und erkundigte sich nach ihrem Befinden. Die Witwe berichtete, daß es ihr wirtschaftlich recht gut gehe, da ihr eine beträchtliche Summe durch die zuständige Versicherung ausgezahlt worden sei. Da versank die Gesprächspartnerin in tiefes Nachdenken und sprach schließlich die Worte: „Onn dr minne, dä Dost, schbrengt of Sidde."

Schwerhörig

Der Geisweider Pastor Bergmann ging einmal durch den Setzer Wiesengrund, als dort der schwerhörige Glockenfick bei der Heuernte war. „Nun Fick, wie geht es Ihrer Frau", rief der Pastor, da er diese krank wußte. „Gesdern gemäjt, ho rabbeldörr", erwiderte der Glockenfick.

In Siegen besuchten sich einige Invaliden öfters gegenseitig, rauchten ihre Hächte, tranken Kaffee und unterhielten sich über die guten, alten Zeiten. Allerdings wurde die Unterhaltung mit Axes Ohm dadurch erschwert, daß er sehr schlecht hören konnte. Als sie wieder einmal zusammenkamen und die Frau des Gastgebers den Kaffee serviert hatte, begann einer, die Unterhaltung anzukurbeln und sprach: „Mr maint, et well anner Wärer gä." Da antwortete Axes Ohm: „Jao, wänn 'r maint, da drenken ech e Kebbche bet."

Geschrumpfte Waden

Spiese Arnold hatte eine große Wanderung hinter sich gebracht, und die Knickerbocker rutschten ihm über die Waden. Als man ihn darauf hinwies, nahm er wie folgt Stellung: ,,Ech ha so waane geschweißt, dat mr durch dä Feuchtigkeitsverlust de Ware geschrombelt sinn. Wenn ech itz schwinn einer drenge, da wern de Ware werer degger onn de Botze blibt hänge.''

Der Nichtraucher

Heinze Gerhard war kein Freund des blauen Dunstes. Um seinen Standpunkt zu verdeutlichen, prägte er den Ausspruch:
,,Wenn dr leewe Gott gewollt hädde, dat dr Mensch rauchde, da hädde hä än Schornsde op de Kaobb gemacht.''

Die Erleichterung

Ein kleiner Junge ließ im Kindergarten einen ziemlich Lauten fahren. Als die Kindergärtnerin ihn dieserhalb zur Rede stellte, antwortete der Kleine:
,,Oos Babbe sät emmer, good geforzt eß so good wie en halwe Schdonn geschlaofe.''

Als in Geisweid ein lebensfroher Mann verstorben war, rief die trauernde Witwe voller Verzeiflung aus: ,,Ach, wänn hä doch aimaol noch furzde, dat dao hä emmer so gearn.''

En gruselige Geschechte.

De Geschechte war nämlich so: Ech on Harrsch Ernst, mir warn en Herbstmeddag noam Rädche gewannert, wo mer wat ze bestelln hadden. Remmels Modder loa oos zom Kaffi en, on weh mer schleeßlich werrer noa heim gongen, waret zemlich späh woarn. Et war, weh gesäht, en Herbstoawend; der Wend peff, datt sech de Baijm nur so boagen, on de Wolke jäten d'r vorm Mond her, darraim orndlech gruselig wuuhr. For Mannslih met nem stramme Bard hätte dat nix ußgemacht, awer ech woar doamaols so en Stecker zwelf Joahr on der Ernst sogar noche klaij Kroppch va elle. Et wuhr donkel, on mir schwatten onnerwägs ahrig hart, em oos Mood ze mache, on weh mer de Aermedasch em Recke hadden, nomen mer dä klaine Wäg lenks af, em schwinner uß dem Wald rußzekomme. Weh mer noo en d'r Nähjte vah der Schennplau koamen, doa hoorten mer off aimoal e Gekläff, als wenn Dierer sech striere, on der Ernst sähde: ,,Dat sinn welle Honn!" ,,Nnä", sähde ech, ,,där gerret heh känn; dat sinn Fechse!" On da soochten mer oos jeder en orndliche Knebbel on loofen weh de Welle noa der Schennplau, em schwinn än orrer zwä va dä Fechse ze fänge, doad orrer läwendig, am leebste awer doad, weil de läwendige noch bisse. Awer weh mer ganz usser Oarem off de Schennplau koamen, doa war alles miesches-stell, awer der Wend säjde noch meh als weh em Wald, on de Dänne schwonkten hin on her, on der Mond guckte ganz quiddegähl uß schwarze Wolke ruß, daroos ganz gruselig wuhr. On weh mer met oose Knebbeln off dä freije Platz gongen, doa soahen mer a ainer Stell allerhand Lächer em Boarem, on der Ernst sähde, doa wär secher vor e poar Dag vam Schenner en doare Koh orrer e Pärd verscharrt woarn, on itz hädden de Fechse de Lächer gemacht, em sech det Fleisch vah däm Dier werrer rußzehoaln. Häh mainte, dat kennen och Hyäne gewäse sinn, awer ech konn äm uß der Geografie bewiese, datt deh bii oos net vorkämen, on derwäge einigten mer oos alle beide off Fechse. Off aimoal blarrte der Ernst ganz offgeräjt: ,,Guckemoal loa, watt es dat da?" Onn hä wees off en hohe Dänn, doa hongen oawe en der Kroa ganz lange Strämeln ronner, deh vam Wend hin- on hergeschwonke wuhrn, darret rechteg ooheimlich ußsoah. Mir wärn alle beide am leebste fortgelaufe, weil et am ganze Ort so schurig war, awer schleeßlich warn mer doch Maarder Jonge on hadden jeder en dechtige Knebbel en d'r Hand, on derwäge bleewen mer doch doa on fongen en Onnerhaling a, deh fraijlich e besselche zerrerig war. Ech feelte mech als der ällere on sähde, dat wärn ganz aijfach Därm va der begrawene Kooh oorer va däm Pärd. Awer der Ernst, dä all Sache schoa doamoals gärn orndlich off der Grond gong, mainte, weh da de Fechse off de Dänne komme sellen. Ech sähde: ,,Du Driewes, de Fechse net, awer de Rawe, de däh Fechse de Därm gestoaln ha!" Doamet goab sech awer der Ernst net zefreere on häh mainte, dat wär geweß de Säel vah däm Pärd. On weh ech sähde, datt dat Oosenn wär, doa mainte der Ernst, dat wär noch garnet ußgemacht, ob de Keeh on de Pärer on ewerhaupt all Dierer net och en Säel hädden on villechts och en Hemmel for sech. On itz sähde ech werrer, wenn et so wär, da kenn mer emmer de Säel noch net seh, on der Ernst mainte, deh kenn off dem Wäg zom Hemmel en dä Dänne hänge gebleewe sinn. Ech noahm min ganze Naturgeschechte zesahme on sähde, et brichte joa schleeßlich net nur Därme ze sinn, et kennen joa och Lung on Läwer derbii sinn, on dah koamen mer en e ganz naturgeschichtlich Thema: dat durch de Lung der Oarem geng, awer wat met der Läwer loß wär, dat weßte noch kaij Mensch. Awer der Ernst war doa besser enformiert on häh sähde, dat de Läwer zom Aijern doa wär, on Mensche, deh sech ahrig aijerten, wieren ganz quiddegähl, on dat käm vah d'r Läwer. On dah sähde ech, wenn dat woahr wär, da meßten de Jonge off der ladinsche Schoal all quiddegähl sinn, weil se sech doch geweß genoog ewer ähr Lährern aijern meßten. Onnerdeß koam e geheeriger Schott Räh vam Hemmel, on mir loaßen Fechse on Därm on Säel on de ganze gelehrte Onnerhaling em Stech on machten, datt mer en de Stadt koamen. Onnerwägs awer fong der Ernst emmer werrer va der Säel a on va der Lung, durch de der Oarem geng, nur vah der Läwer sähde hä nix meh. On weh mer durch on durch naß am Maard stonnen, doa mainte der Ernst, ech sell noch e besselche mit rennkomme on mech am Backoawe drije. Dat doaen mer da och on weh mer ganz drij warn, doa kräjen mer va Harrsch Dande, weil mer alles so good bestallt hadden, jeder e ganz Glas voll waarm Zuckerbier, dat mer vor oos Läwe gärn dronken. On weh mer noo all en der Stoab soaßen, doa verzählte der Ernst, wat mer off der Schennplau erläbt hadden, on zom Schluß sähde häh: ,,On weßt'r, wat det Oheimlichste war: doa hong ganz oawe off ner hohe Dänn det läwendige Gedärmsel vahner doare Kooh!''

August Klingspor, 1928

Dr schäle Hirte.

Wat ech au schriewe, dat eß woahr
on einst passiert vor honnert Joahr,
minn Vadder sähd: ,,En Seeje'', —
dä doah geweß net leeje.

Wä he ze Land de Lih net kennt
on sech kain Seejerlänner nennt,
dä glauwt, hä wier beloge
on grendlich offgezoge.

Mir Birjerschlih va onnerm Häh,
wiern glich zo der Geschechde sää:
,,Ja fräjlich goowed Käppe
so hart wie steinern Träppe!"

'n Stall, n' Oerse on n' Schmedd
speeln he en erschder Linje met,
net minder och dr Vierte,
e arig schääler Hirte.

Em Sprongstall stonn en Rejj on Gledd
der Oerse on dr Hammerschmedd,
dr Hirte met dem Hamer
koam uß dr Rombelkamer.

On goab däm Meister goore Lehr'n
wie Oerse, die geschlachdet wer'n,
noa Vorschrefft offt Genaue
ze packe sinn bim Haue.

Droff spejde hä en beide Hänn
on pook dän Hamersteel bim Änn
on eins, zwei, drei, wat häste,
schloug hä e paarmoal fäste.

Jedoch dä Oerse fool net em,
dogäge hurb dr Schmedd sin Stemm
on reef: ,,Du schääler Gickel,
glich kralln ech dich am Wickel.

Hau nächstens, wenn du schlachde salld,
dinn Lukashamer met Gewald
däm Oerse off dr Wirwel,
net awer mech vor't Schirwel!"

Minn Vadder sähde doamols: ,,Jong,
wenn dat noa heut'jer Vorschrefft gong
on dä geschosse hädde:
dr Schmedd läj noch em Bädde!"

Karl Blecher 1925

Das Runzelgesicht

Knipps Robert aus Ferndorf machte sich gern über andere Leute lustig. Als ihm eines Tages eine Frau mit sehr runzeligem Gesicht begegnete, stellte er fest: ,,Dat Mänsche moß em SGV sinn, dat hät jao e Gesechde wie e leerer Rucksack."

De Mäckeseiche

Von einer anderen, durch außerordentliche Leibesfülle ausgezeichneten Frau, behauptete der Robert: ,,Laodie schdiet onner Nadurschutz, die hätt jao en Emfang wie de Mäckeseiche."

De Stodderschoal.

Schmedds Hänner stonn am Kelner Dom
bi sinnem pängsjonierde Ohm,
glich näwer äm doa woar e Mah,
dä bleeb a ainem Stoddern dra,
on schwadde hin on frougte her,
wo he de Stodderschoal rem wär.
Wie hä da noch zegorerlätzd
vam Stoddern met Schmedds Hänner schwätzd,
sääd dä däm Mah enn aller Roh:
,,Du bruchst känn Schoal, du kahst et jo!"

Karl Blecher 1926

Der stotternde Schmied

Ein alter Schmied, mit der lästigen Sprachstörung des Stotterns geplagt, hatte den Auftrag erhalten, eine Spitzhacke zu schmieden. Er machte das Eisen glühend und begab sich mit einem Lehrling frisch ans Werk. Letzterer schwang den Hammer im Takt, während der Meister das Werkstück mit der Zange auf den Amboß hielt. Als das Eisen flach genug war, wollte er dem Lehrjungen Einhalt gebieten und begann:
,,Sch....,Sch....,Sch...."(Schdopp) Der Lehrling hämmerte lustig weiter, und das Werkstück verbreiterte sich mehr und mehr. Da sprach der Meister:
,,Sch....,Sch....Scheß, itzend mache mr en Schuffel."

Logisches

En gaschdige und ketzelige Geschechte!

E' gaschdig Wibsmänsch woar det Liesche,
schroa va Gestalt on arig lang.
Sinn Nas woar wie e klaj Radiesche
on Auge hattet wie en Schlang.

Die fonkelden en alle Äcke
on gukden bäas durch seewe Wänn.
Ät hatte dausend Sommerfläcke
on schräcklich groaße Feeß on Hänn.

Och Häärcher hattet, gäl wie Bodder,
e Nest so groaß wie'n Bozzeknopp,
dat woar e Erbdail va d'r Modder,
die hatte och nett meh om Kopp.

Wo zwejendrissig Zärn gesässe,
stonn he on doa e Stembche noch.
On wenn ät Woalwern hatte gässe,
da glech sinn Mull d'm Oaweloch.

En Wazel soaß ob jedem Backe
met Schnurrbartshoar, wie bi ner Katz.
De Ohrn die luppden beß zom Nacke,
kurzem, det Lies woar wirklich schnatz.

Vor Woche loug et wach em Bädde,
de Nacht woar schweel on dreckend schwär.
Sinn Frieder schnarchde em de Wädde
met seewe Kenner, wie e Bär.

Det Lies dogäje konn net läjje,
ät scharrte em sich wie e Hoh.
Vor Ärjer fong et a ze schräjje
on plarrde: ,,Ma, ech ha en Floh!"

D'r Frieder brommde: ,,Doa zokenfdig
dinn Hullwern a nem annern Ort,
mach Lechd, dä Floh eß so vernenfdig,
wänn dä dich sitt, da heppde fort!"

Karl Blecher, 1928

Klare Sache

Stolz kehrte der Frieder vom Deutschen Turnfest in Breslau zurück und schilderte den staunenden Dorfgenossen seine Erlebnisse in schillernden Farben. „Dao woarn Mänsche, sän ech au, alles schwarz va ludder wisse Botze!"

Wegweiser

Ein Pastor, der auf dem Weg von Siegen nach Bürbach war, fragte unterwegs einen Jungen, welche Richtung er einschlagen müsse, der Knabe aber sagte: „Dat sän ech dr net!" „Wenn du so frech bist, kommst du aber nicht in den Himmel," drohte der fromme Mann. Der Kleine aber erwiderte ungerührt: „Onn du net nao Birwich!"

Begründung

Der „ahl Boldes" war lange Ortsvorsteher auf der Lippe. Die Jungen des Dorfes wünschten sich sehnlichst einen Badeweiher und kreuzten mit ihrer Bitte beim Vorsteher auf. Der alte Boldes aber meinte: „Wat wullt ihr? En Boadkämbel? Där bruchcht ihr kän, ech sei 80 Joahr alt unn hoe de Noabel noch net naß kritt."

Der Sportler

Eine Gruppe von Ferndorfern befand sich auf Wanderschaft. Plötzlich schnitt ein ziemlich breiter Graben den Weg. „Julius", rief einer der Kameraden, „kömmesde da öwer dä Grawe?" „Ho", erwiderte da der Angesprochene, „dao sall ech net dröwer komme? Ech ha 25 Jaohrn dr Bidraach em Durnverein berabbt!"

Kennzeichen

Schäfers Henner aus Niedersetzen hatte zum dritten Mal geheiratet. Seine neue Frau verfügte über einen Umfang wie die „Mäckeseiche". Als sie eines Tages von der Heuernte heimwärts fahren wollten, ließ der Henner sie zur Beschwerung auf den hochgetürmten Heuwagen klettern, der jedoch in einer Kurve umkippte, so daß die Frau unter der Ladung verschwand. Der Henner murmelte: „Wo söll se sinn?" und machte sich an die Suche. Plötzlich rief er hocherfreut aus: „He moß se sinn, he wackeln de Busche!"

Das Hinterteil

In einem Gasthaus des nördlichen Siegerlandes saß eine lustige Runde zusammen. Es wurde tüchtig gebechert. Als man die Getränke wechselte und deshalb neue Gläser verlangte, sah sich die außerordentlich beleibte Wirtin genötigt, die Gemäße aus dem unteren Teil des Schrankes zu holen und drehte dem Robert dabei ihre gewaltige Kehrseite zu. Dieser staunte kurz und sprach: ,,Kalle, wann mr so en waane Ärsch sütt, da maint mr, dao mösde aiendlich zwai Locher nee."

Leimdörre

Die Siegener Leimfabrikanten Göbel und Stauf hatten beschlossen, ihr Kulturbedürfnis zu befriedigen und fuhren zum Frankfurter Opernhaus, wo sie sich einen guten Platz auf der Empore sicherten. Die Musik kann sie aber nicht sonderlich gefesselt haben, jedenfalls hörte man einen der beiden plötzlich laut und vernehmlich ausrufen: ,,Nä, wat hädde mr he good Limm drijje konn."

Die Besserstellung

Im Flecken lebte der Jakob mit seiner bitterbösen Schwester zusammen, die ihm derartig zusetzte, daß er sich schließlich in seiner Verzweiflung einen festen Strick besorgte und damit auf dem Ollern erhängte. Ganz Freudenberg war erschüttert. Als man aber Haaks Henner fragte: ,,Häsde alt gehort, wat dr Jakob gedao hätt? Wat säsde dao da zo?", antwortete das Original in aller Ruhe: ,, Jao, wänn hä sech verbessern konn!"

Der Unglaubwürdige

Im oberen Johannland kursierten wieder einmal wilde Gerüchte. Als diese an das Ohr eines Dorfbewohners gelangten, stellte er lediglich die hintergründige Frage: ,,Wä hätt dat da gesät? Minn Schwaoger?" ,,Njao." ,,Da erret gelaoge!"

Die Nachtschwester

Der bekannte Dreis — Tiefenbacher Fabrikant Hans Fick wurde ins Krankenhaus eingeliefert. Etwas später betraten zwei Krankenschwestern das Zimmer, die eine blond und blauäugig, die andere sehr dunkelhäutig, offenbar aus Afrika stammend. Hans betrachtete sich beide intensiv und sagte schließlich:
,,Itz weiß ech och ändlich, wat en Nachtschwesder eß."

Unbrauchbar

Als der Wilhelm mit seiner Frau dabei war, das geschnittene Haubergsholz auf den Speicher zu ziehen, stellte sich diese so ungeschickt an, daß ein schwerer Klotz in die Tiefe sauste und den Wilhelm nur knapp verfehlte, woraufhin dieser voller Zorn brüllte ,,Du aales Durmeldier, kaasde da net achde gä?" ,,Ach jao, emmer wird mr geschannt. Wöar mr doch alt goot geschdoarwe onn em Hemmel", jammerte die Frau. Da gab ihr der Wilhelm ungerührt zurück:" ,,Wemmer dich ob dr Ear net bruchche ka, da em Hemmel earscht rächt net!" —

Der Schulrat

Der Schulrat begutachtet eine Dorfschule im Netpherland. Alles geht gut, lediglich Gustav fällt unangenehm im Fach Erdkunde auf. Als er nachmittags die elterlichen Kühe hütet, kommt der Schulrat des Weges und fragt, wie man von hier zu einem Nachbarort gelangen könne. ,,Au Backe", sagte da der Gustav zu ihm, ,,ho morje wodste e dr ganze Wäld Bescheid wesse, onn itz kaste net va einem Dorf et anner komme."

Isolation

Das ,,Malchen" aus Eichen hatte furchtbare Angst vor Gewittern, die sich auch auf ihre Kinder übertrug. Wieder einmal kamen Blitz und Donner über das Land; ein Wolkenbruch folgte. Der Hannes suchte Schutz vor der Regenflut und rannte in Malchens Haus, um sich unterzustellen. Als er das Zimmer betrat, traute er seinen Augen nicht. Da saßen die gute Frau und ihre Kinder alle auf Nachttöpfchen in der Stube nebeneinander. ,,Nä, wat sall dat?" fragte der Hannes erstaunt. ,,Hee ka oos nix bassiern", antwortete das Malchen, ,,dr elektrische Ma uß dr Schdatt hätt gesät, wänn-mr ob nem porzellinnern Döbbche säöß, könn ainem dr Bletz nix do. Mr es da goot insuliert."

D'r arme Hanneshänner

D'r Hanneshänner woll am Huß
mit Farb de Balke striche.
Hä schoab e Brätt zom Fenster nuß
on hoalde sin Mariche

on säde däm: ,,Loa sätz dich droff,
sost fängt dat ah ze schonkeln.
Ech grawweln da noa dusse noff
on striche beß zom Donkeln."

Gesähd, gedoah; ät sadde sech
offt Brätt on streckte Strempe.
D'r Hanneshänner dusse strech
uß sinne Farwekempe.

Hä mog sin Hiesje arig gern
zom reinste Farwewonner..
Of eimoal gong de Schäll om Ärn,
flenk sprongt Mariche ronner.

Doa soaget dusse vor d'm Huß
sin Hanneshänner läjje,
dä kroadschte uß d'r Ölfarb ruß
on woar vor Wut am schräjje.

"Wat machste da he onne noch?"
so schannde det Mariche.
,,Ech main, du wellst doa oawe doch
beß zo d'r Lechtstonn striche?

Dat eine merk d'r loa dererscht,
on hal mech net zom Domme,
hätt ech geahnt, dat du dat wärscht,
ech wär net ronner komme!"

Karl Blecher, 1928

Bildung und Kultur

D'r Falsche.

E'jeder Hähner kännt doch woahl
det klaine Göddersch Hiesche,
de allerärschde Hähner Schoal
so god, wie Göddersch Liesche.

On en där Schoal doa eß Radau
vor veele Joahrn gewäse,
dä aine peff, dä anner schrau,
känn Jong woll lärn noch läse.

D'r Lährer sprong doaremm wie gäck,
d'e Bande zo bezwenge,
doch hatte alles gar känn Zwäck,
ät woll äm net gelenge.

Beß ai zwo dräj d'e Dier offgong,
d'r Schoalroat koam, o Schräcke,
dä krallte sich däh gräaßde Jong
on stallten en de Äcke.

"Wo eß au Lährer", blarrte hä,
„ihr macht jo schäane Denger!"
Wie kainer traute wat ze säh,
houb Klapperts Franz d'r Fenger.

Äm wour bim Schwätze warm on kalt
on stodderde vor Schräcke:
„Ihr hat d'r Fallsche au gekrallt,
Hä stäat jo en d'r Äcke!"

Karl Blecher, 1928

Akademiker

Bevor Lohgerbers Paul nach Marburg abreiste, um dort sein juristisches Studium zu beginnen, besuchte er noch einmal seinen Patenonkel in Helberhausen. Der „Padde" war Hirte und freute sich mächtig, als Paul ihn bei seinen Kühen fand. Dann aber wurde er sehr nachdenklich und meinte: „Jung, wedde da wahrhaftich schduriern? Ech well dr wat sä; em Herwest wird e Ongelkuse en Heardeschdäll frejj. Dao kaasde zosä. Du best mr ze scha för en Affegaot."

In einem Siegerländer Dorf weilte ein Professor aus dem süddeutschen Raum zur Sommerfrische. Schon bald bekam er Kontakt mit einer alten Dorfbewohnerin, die ihm in ihrer Mundart alle möglichen Ereignisse aus dem Ortsleben erzählte. Als sie endlich fertig war, meinte der Professor: „Das war ja sehr nett von Ihnen, aber ich habe kein Wort verstanden." Da meinte die Bäurin verblüfft: „Ach du, ach du. Hätt mr da alt maol en Brofässer geseh, dä kai Sejjerlänner Platt verschdao ka?"

Auf einer Müsener Grube waren Reparaturarbeiten durchzuführen, die ein alter Bergmann leitete. Als Praktikant war auch ein Student der Clausthaler Bergakademie zugegen, der sich krampfhaft, aber vergeblich, bemühte, einen langen Nagel aus einer Schwelle der Grubenbahn zu ziehen. Der alte Müsener sah sich das eine gewisse Zeit an, schob dann den jungen Mann zur Seite, zog den Nagel mit einem Ruck heraus und sprach dann: „Onn dat well en Akademiker si."

Erennerunge uß d'r Schoaelzitt.

Va den Onnerrechtsfächern, die m'r en d'r Schoael durchnomen, wor for os Jonge det lebste Fach de Naturlehre. Wenn da de Elektrizität durchgenomme wur on dobie da noch praktische Versoche gemacht wurn, da hatten m'r emmer Mehl off.

Mir Jonge, die de ärwerscht soßen, hatten da die Ehre, uß dem Konferenzzemmer die elektrische Sache zu holn on en de Klase ze stelln; on zwar moßte m'r dat während d'r Schoaelpause mache. Die Folge dova wor, dat m'r selwer schoa allerhand Versoche machten.

Eines Tages sollten m'r no emol de Leidener Fläsche erklärt ha. Zo dem Zweck moßten m'r det Elektrisiermaschinche on de Leidener Fläsche en det Klassezemmer holn. En d'r Pause wurden natürlich va os schoa praktische Versoche gemacht. Die Leidener Fläsche wur gelahre on da de Knöchel va nem Fenger orwe a dä Knopp gehale oarer en sinn Nähe gebrocht. Die Folge dova wor, dat m'r emmer en scheäne elektrische Schlag metkräjen. Weil m'r awer emmer schoa off dä Schlag gefaßt wor, wor die Sache nur half so schlemm.

Ehe der Rektor kom on de Onnerrecht begonn, wur de Leidener Fläsche noch emol gelahre on zwar nett zu knapp. Die Fläsche wur da off det Pult gestallt.

Als os Rektor nu kom', geng hä a sin Pult, nom sich die Leidener Fläsche en de Hand on fong a ze erklärn: ,,Das hier ist eine Leidener Flasche. Sie ist innen mit Stanniol beschlagen und mit einem Deckel abgedichtet. Hier oben das ist der....Au!" brellte hä off eimo. Hä wor mett sinnem Fenger ze noh a dä Knopp komme, dä elektrische Fonke wor ewergesspronge, on hä hatte en furchtbare elektrische Schlag metkräje. Wenn m'r da och noch so en gewaltige elektrische Schlag overhofft kriet, da wirkt dä doppelt so stark. Off alle Fälle kom dä furchtbare Offschrei va Herze.

Ihr konnt au jo all vorstelln, dat mir Jonge all furchtbar a ze lache fonge. Die Mädcher worn nett awesend, weil die Handarwet hatten. Os Rektor wor natürlich furchtbar offgebrocht. Awer weil bekanntlich det Lache en astechende Krankheit eß, machte hä zuletzt gore Miene zor Sache, zomol wie dat Lache gar keij Enn nemme woll.

Hä woll awer doch Genogtuung ha on zwar off folgende Art: Die Leidener Fläsche sollte werrer kräftig gelahre wern on däjenige, dä am meiste gelacht hätte, soll da oawe a dä Knopp packe. Dä Leidtragende wor D.'s August. Os Rektor wor nämlich d'r Asecht, dä hätte am meiste gelacht. De August pok da och a dä Knopp, kräj en elektrische Schlag met, dä for hä awer nett so schlemm wor, weil hä daodroff gefaßt wor. Die Sache wor domet ahfgedoah.

Schoaljonge-Streiche.

En dä frehere Joahrn, wo der Pastor noch Schoalinspektor war, passierte en scheäne Sache: Zwae Jonge, der Otto on d'r Fretz, hatten Nester ußgedotzt. Dat war awer d'r Lehrer gewahr wuhrn, on ahm annern Dag moßten de zwäe uß d'r Bank komme. D'r Lehrer sähte erscht nix. Häh schreb en Bref on sähte: ,,So, dieses Schreiben bringt ihr dem Herrn Pastor und wartet auf Antwort." D'r Otto, e ganz gewitzter Jong, sähte, weh se dusse woarn: ,,Fretz, met däm Bref, dat stemmt net, m'r wonn erscht moal gucke, wat doh drenn steäht!" D'r Fritz sähte: ,,Otto, dat derfe m'r net mache." Doh mainte d'r Otto, wenn m'r itz dusse sinn, da gucken ech emoal noh. We se da so witt fort warn, datt se d'r Lehrer net meh seh konn, moch d'r Otto dat Schriewens off, on los: ,,Sehr geehrter Herr Pastor! Die Überbringer dieses Schreibens haben Vogelnester ausgenommen, und ich bitte Sie ergebenst, die Burschen mal gründlich vorzunehmen und zu bestrafen. Mit hochachtungsvollem Gruße!........" D'r Otto guckte d'r Fretz ah on d'r Fretz d'r Otto: ,,Doh hästet, mir sonn det Fell gedresche hah. Itz goh m'r nohm Pastor, on dat anner well ech schoa mache." Kumm hatte se em Parrhus de Metsche afgedoh, do koam och alt d'r Herr Pastor: ,,Nun, ihr Jungen, was wollt ihr denn?" Do sähte d'r Otto: ,,Der Herr Lehrer hat uns geschickt, wir sollten Ihnen die Wege im Garten mal rein machen." Do sähte der Herr Pastor: ,,Das ist ja sehr liebenswürdig von dem Herrn Lehrer, dann kommt mal mit." Häh wees ohs dah, wat m'r doh solle, on dat machten m'r och got on grendlich. We m'r fertig warn, doh sähte d'r Herr Pastor: ,,So, ihr Jungens, das habt ihr ja schön gemacht, nun kommt auch mal mit in die Küche." Doh goab et Kaffee on Kooche, so veel we m'r verstuche konnen. — We m'r noh werer dusse warn, sähte d'r Otto: ,,Siehste Fretz, dat woar doch besser als wenn m'r däh Bref afgegäwe hätten!" Awer dat Nohspehl koam noch. Bii dem nächste Besoch, däh d'r Pastor en d'r Schoal machte, sähte häh gähge d'r Lehrer: ,,Ich danke Ihnen auch für die Liebenswürdigkeit, daß Sie mir die Jungens zum Reinigen meines Gartens geschickt haben." D'r Lehrer guckte d'r Pastor ah, on mir on dem Fretz zerrertten de Bain. Da gongen de Zwae nusser on schwatten zosahme. We awer doh d'r Lehrer werer ren kohm, do goab et Klobbes, so hatten m'r noch känn kräje.

Mir hadde e ooser Jogend en ganz hervörragende Lehrer. Leider esse alt vör längere Joahr gestoarwe, awwer noch lang net vergäesse. Häh koam net lechde uß d'r Roug on schwardete oos deshalwe och net zeveel. Mir woarne no käng Tugendbolde on ärgerde dän arme Mah och altemol, wat oos ho noch leid döt. Ech denke doa besongersch a in Nommedag, doa ging awwer och oosem gore Lehrer de Jedold uß.

Mir hadde meh Junge e der Schuel wie Mädcher, on so soaße de 5 üewerschde Junge ob der erschde Bank hinger de Mädcher. Der Lehrer hadde oos all beschäfdigt, ech glauw, de halwe Schuel schrew en Obsatz et Häft. Bi so'ner Jeläjeheit soaß der Lehrer gern medde unger de Kinger ob nem Desch, de Bäng ob der Bank, loos enem

Boch on knabberde a de Fingernäl. Kutschersch Heinerich — häh eß em Kreg jefalln — hadde e Schächdelche Scheeßblettcher beddbroacht on plante de Roug gröndlich ze stöern. Heimlich lähde häh 5 oder 6 Scheeßblättcher ob en Nal e de Deeln. A de Afsätze hadde häh rechdige Ise, dobedd statzde häh einmol feste ob die Blättcher. Bafdich — dat goaw en Knall! Der Lehrer bäumde sech bedd sinne zwie Zentner strack e de Loft on feel werrer ob de Setz zerecke. De Mädcher kresche, on alles sprung obb, leider der Heinerich net. Sofort hadde der Lehrer die Sachloag erfaßt! Söst heel en Hieselnstock ömmer wochelang, dä Nommedag floge de Stöcker e der ganze Schuel röm. Mir ha den Heinerich all beduert. E der Schuel woaret etz müßchestell, nur der oglöckliche Kanonier konn net röich setze, dat hadde awwer der Lehrer schold.

Ernst Wolfram, 1927

Vam Mussolini, vah Urjelcheslih on vah Moose Frieder.

Wemmer itzend so drewer noadenkt, watt dä Mussolini en Rom vor en Schwatt gehale hädd, wee häh doa losgezoage eß ewer de ditsche Touriste, Wannervejel on wat sost ewer de ditsche Grenze noa Italien gezoage eß, da mechte mer wirklich froage: ,,Ja, leewer Ma, wat hat Ihr ohs da vor Lih noa Ditschland gescheckt?" Geweß, de Berglih, deh freher uß däm nördliche Italien noam Seejerland koamen on om Floßberg, om Gilmerich on sost wo arbten on Sonndags Morgens noa der Kirche a der Ecke va der Kellerstroaße on Löhrstroaße stonnen, deh machten en ehre groaße Heete on wiere Sammetbozze noch allerhand Endruck, awer wat dorewer ruß koam, dat war doch geweß kaij Ußbond va Eleganz: ,,Urjelcheslih, Bärnleirer on Karle met dressierte Affe, on en Sorte vah Kinstler, deh Gipgsfigurn machten! Veel Staat war met so Lih vor ähr Land wirklech net ze mache! On et eß net ganz so vah ohgefähr, wenn ech bi so där Geschechte a Moose Frieder denke, dä met ohs en de Schoal gong on vam ahl Lehrer Reuter en der drette Klasse gefroajt wuhr: ,,Moos, was geschah im Jahre neun nach Christi?" Wodroff Moose Frieder stramm en de Heeh fuhr on met nem wahre Spaß loßlähte: „Im Jahre nein nach Christi wurden die Reemer im Teuteburger Wald grendlich geschwartet!" On ech main, et kenn net schaare, wenn en der Weltgeschechte, deh sech joa schoa oft werrerhoalt hät, et noch emoal so käm, dat Moose Frieder sin Enkel, wenn sin Lehrer en fräjt, en ähnliche Antwort gäh kenn, bloß darret sech da net em der Teuteburger Wald hannelte, sonnern em der Brenner on Tirol!

Weil mer awer grad bi Moose Frieder sin, well ech doch noch e Steckelche vah 'nem verzälln, dat häh sech en Klasse wierer bim ahle Lehrer Ronte leistete on dat mer emmer veel Spaß gemacht hät. Ech weiß net, woher der ahl Herr Lehrer Ronte eigentlich stammte; hoa kenn ech main, dat häh woahl uß der Gäjend vah Soest her hätte sin konn. Häh hadde so en ägene Ußsproache, on wenn häh och net allzeveel mem Stock schloaj — (vor doamoals gerechent „net allzoveel"; vor hozedaag wär et emmer noch en ganze Masse.), so woßte mer doch, wat de Uhr geschläh hadde, wenn häh ainem der Dumme on der Zejjefenger a det Kinn satte on da ganz pläsierlich froajte: „Na, Junge, soll ich dich mal zwatzken?" Häh wartete de Antwort gar net erscht af; de Fengern fuhren so roff on ronner, dat ainem bloo on gähl vor de Auge wuhr. Awer sost war häh e goodmeeriger Mah on Lehrer, dä näwebi gärn Quätschedadcher oaß. On wee häh en der Pause werrer eimoal Lost off e Quätschedadche hadde, do sähte häh gä der Frieder: „Moos, spring mal schnell zum Bäcker Harr am Markt und hole mir ein Zwetschentatchen! Hier hast du zehn Pfennig. Aber warte, du issest gewiß auch gerne eins; so, da hast du noch 'nen Groschen, dafür kannst du dir auch eins mitbringen." Dat war doch geweß nett on nowel vam ahl Lehrer Ronte! On Moose Frieder machte e glecklech Gesechte on jäte längs pardous de Kellerstroaße roff. Et duhrte e besselche lang, beß häh werrer koam; de Pause war schoa fast zo Enn, awer schleeßlich koam der min Frieder doch da a, on mer soah schoa vah wierem, wee häh mächtig am Kaue war! On grad, wee häh der letzte Besse ronnergewurjt hadde, doa gong häh off sin Lehrer zoo on sähte: „Hier haben Sie die 10 Pfenning wieder!" On wee der Herr Lehrer ganz verwonnert froajte: „Ja, wo ist denn das Zwetschentatchen?", da sähte der Frieder ganz ehrlich: „Ja, Herr Lehrer, Harrsch hatten nur noch eins, und da dachte ich, das wär das für mich!" Der Herr Lehrer machte — wat sost bi Lehrern net vorkemmt — e ganz domm Gesechte on woßte wirklich net, wat häh säh soll. Awer wee mer da werrer en der Klasse warn, do goab et doch werrer moal en Aschauungsonnerecht en der höhere ,,Zwatzkerei"! On etz well ech bloß, dat Moose Frieder — wenn häh, wee ech dat hoffe, noch läbt on dat leest, — net beäs wird. Et sinn bahl foffzig Jaohr her, datt dee Geschechte passiert eß, on et kah sin, darret eewerhaupt hoh kän Quätschedadcher meh gett. Wenn se awer doch noch Moare sin, on wenn da vah all dä Landslih, deh min Geschechte loa läse, jeder sech nur aij kaift, da gerret en Hochkonjunktur en Quätschedadcher, on da konn sech de Bäckern em Land bii Moose Frieder bedanke!

August Klingspor, 1926

Die Elemente

In der Schule wurde Naturkunde unterrichtet. ,,Wer kann mir die Elemente nennen?" fragte der Lehrer. Bauers Fritzchen meldete sich und rief: ,,Erde, Wasser, Feuer, Luft und Wacholler." Der Lehrer stand wie versteinert und fragte dann: ,,Wieso Wacholler?" Da entgegnete der Fritz: ,,Oos Mamme sät emmer gäje dr Babbe, wänn hä sech ainer ußschere well: Jao, wänn de Wacholler häst, da besde e dinnem Element."

Feste Regeln

Der Lehrer Albus aus Mausbach befolgte stets peinlich genau die Anweisungen seiner schlauen Bücher. Als zur Zeit der Hausschlachtung im Winter der Metzger damit begann, die Wurst anzufertigen, erschien Albus in der Wursteküche mit einer Palette säuberlich abgewogener Gewürze. Der Metzger stellte staunend fest, daß ein Zehntel ohne weiteres genügen würde. Nichtsdestotrotz ordnete der Lehrer an: ,,Es steht geschrieben und es kommt hinein!" Der biedere Fleischer meinte: ,,Da ree debett," und kippte die Fülle der Gewürze in die Wurstmasse. Albussens Würste allerdings waren völlig ungenießbar.

Schönheiten

Eines Tages beschlossen einige Eiserfelder Dorfgenossen, nach Köln zu fahren und das dortige Nachtleben zu studieren. Sie gerieten schließlich in ein recht teures Stripteaselokal. Schweigend betrachteten sie die wohlgeformten Schönen, bis schließlich einer versonnen sprach: „Nä, nä, wänn mr bedänkt, wat mr drheim for en Aabe hätt!"

Rekord

In Eiserfeld hatten die I-Männchen ihren Dienst angetreten und begannen, sich an die neuen Verhältnisse zu gewöhnen. An einem der ersten Tage verspürte der Lehrer einen beträchtlichen „Grammel" im Hals, räusperte sich kräftig, riß das Fenster auf und schickte einen gewaltigen „Schbou" auf die Reise, zumal die Spuckerei damals nichts Ungewöhnliches war. Schon stürzten die ABC-Schützen ans Fenster, und der kleine Jost fragte den Lehrer voller Interesse: „Wee witt besde komme?"

Der Tannhäuser

Der lange Frieder hatte in Wiesbaden die Oper besucht. Als er zurückkehrte, sprach er die weisen Worte: „Dä Tannhäuser, dat Durmeldier, wat dä e Rom woll; dä hadde et em Venusberg doch langächt."

Phantasie in der Schule

Das Geisweider Hennerchen hatte stets mit den Schwierigkeiten der hochdeutschen Sprache zu kämpfen, entwickelte aber dafür eine beträchtliche Phantasie. Als der Lehrer ihn einmal fragte, wie er sich das Paradies vorstelle, meinte der Kleine: „Jao, dao sinn Hetze, Hönn, Onke onn Margolweser, Äbbel, Birn onn Prumme!"

Einige Zeit später wurde er aufgefordert, über die Kinder Israel zu berichten. Da gab er zum Besten: „Israels Mamme schdonn ob dr Hußdier onn reef: Ihr Kenner Israel, kommt schwinn nee, au Mamme hätt Rißbrej gekocht!"

Der Doktor

Nicht immer kann man aus den schulischen Leistungen auf die spätere Karriere schließen. Als der Ferndorfer Fritz Geisweid nach vielen Jahren einem alten Schulfreund im Gasthof Finke begegnete, rief er aus: ,,Nä Karl, wat woordsde domm en der Schuel onn ech klooch, onn du bäst Daogder wurn onn ech nur Fawrikarweder."

E hoffnungsvoller Jong.

En Seeje doa läbde vor Joahrn e Maa,
e brafer on flissiger Kalle.
Ech glauwe hä woar off d'r Jsebah
on schreeb sech Hyronimuß Walle.
En schrabbige Frau on e äje Huß,
dräj Säjcher, nett groaß, awer decke,
en Fläjel met namens Hyronimuß
woar näwer d'r Arwet sinn Glecke.
Doch, wä'em em Glecke Gedanke mog,
eß emmer sinn Spräßling gewäse,
dä hatte acht Joahr lang det Läseboch
d'r onnerschde Klasse geläse.
Zäahln konne beß honnert, doa drewer ruß
eß nie sinn Verstandskaste komme,
däßwäje hoß d'r Hyronimuß
och emmer en Seeje "d'r Domme".

Wur och durch sinn Dommheit d'r Lährer verreckt
on broachte sinn Vadder ent Roase,
en Rooh hätt dä Fläjel d'e Schoalbank gedreckt,
beß darre noaheim wur entloase.
Doa gong d'r Härr Räkdor noa Walle ent Huß
on schwadde voll Ahstand on Wirde:
,,D'r Bildung noa wär d'r Hyronimuß
nur allenfalls dauglich zom Hirde."
Doa reef d'e Frau Walle: ,,Minn Jonng, dä eß klog!"
On eß vor d'r Räkdor gespronge
on hätt fast en Stonn wie e Wärterboch
det bäste vam Spräßling gesonge.
Sie schloß met d'e Worte: ,,Ech ha m'r geschworn
on well au minn Schwur nett verbärje,
minn Jong eß va kläj off zom Lährer geborn,
hä hatte so'n Spaß a d'e Färje.

Karl Blecher, 1930

Beruf und Hobby

Wat det Willemche moal wern well.

Det Willemche, dat kemmt nao heim:
,,En der Schorl, dao waoret hoh maol fein.
Oos Lehrerin, die woll gern härn,
Wat jeder va oos woll maol wern.
Die eine waoren for de Pärer,
Fort't Schniererhandwerk, schärne Klärer;
Die annern meh for groaße Laare
Met Schnuckzichch on Kondittersch Ware." —
,,On du?" so froogt der Vadder itz. —
Dao lacht det Willemche verschmitzt:
"Ech? Ech well maol Schornstefäger wern,
Am leebste däh ech't morn alld lehrn." —
,,Wat", sääd sin Vadder, ,,Schornstefäger?
Die Sache es mer net gehejjer;
Wie best du dao da grad droff komme,
Dat du dat Handwerk häst genomme?" —
Dao wirft dä Klai sech en de Brost
On lacht so rächt uß Herzenslost:
,,Da kahst du mech net meh verdräsche,
Wenn ech net railich sin gewäsche!"

Berufswahl

,,Nun, was soll Ihr Sohn denn eigentlich werden?", fragte der Lehrer den Vater eines schlechten Schülers. ,,Schlosser wie sinn Vadder", anwortete dieser. ,,Ob er das aber schafft?" bezweifelte der Schulmann die Fähigkeiten des Zöglings. Da erhielt er die Antwort: ,,Wänn net, da ka hä emmer noch Schoelmeisder wearn."

Studienreif

Schumachers Willämche war überall in der Schule als großer ,,Dost" bekannt. Immer wurden ihm die Rollen zugeteilt, die sonst keiner haben wollte, stets kam er am Schlechtesten weg. Trotzdem schickte man ihn auf die ,,Lateinische Schule" nach Siegen, denn seine Eltern hatten die Lage erkannt und festgestellt: ,,Dat Willämche es ze domm for e Handwerk, hä moß schduriern!"

Nach der Schicht saßen noch einige Bergleute zusammen und unterhielten sich über ihre Kinder. Der Peter wollte seinen Sohn als Haldenjungen das erste Geld verdienen lassen, Michels Ältester sollte Schuster werden, der Sohn vom Hannes war für den Maurerberuf ausersehen. „Onn dr dinne?" fragte man den Jost. „Och, dr minne sall Daogder wern", meinte dieser, „dä ka itz alt schriewe, wat mr net läse ka."

Der stabile Nagel

In einer Ferndorfer Fabrik hinkte mit schmerzerfülltem Gesicht ein Arbeiter herum. Ein Kollege, dem dies auffiel, fragte: „Auust, wat häsde da? Du heckst jao!" „Njao", erwiderte der August daraufhin, „ech ha e Näl em Schoh onn daochde, ech bräochde 'n römjedabbelt, awer hä döt mr dä Jefalln net."

Arbeiterschicksal

Ein Ferndorfer Arbeiter berichtete wutentbrannt während der Mittagspause, er sei vom Meister aufgefordert worden, zukünftig noch flotter zu arbeiten, dem habe er aber die Leviten gelesen. „Wie dä sädde, ech söll de Schdonn 24 Schdöcker mache onn e acht Schdonn acht maol 24, dao ha ech däm jesätt, mr könn e 'ner halwe Schdonn än Pond Fleischwoarscht ässe, awer net sächze Pond e acht Schdonn."

Falscher Name

Als sich der Fritz auf dem Lohnbüro die Tüte abgeholt hatte und seine Abrechnung studierte, mußte er voller Zorn feststellen, daß ihm die Buchhalterin Gudrun fünf Stunden zu wenig berechnet hatte. Er rannte zum Chef und rief aus: „Dat Mädche om Büro hätt dr falsche Name, dat derf net Gudrun heiße, dat moß mr Schleechdrun nenn!"

Worte des Trostes

Als der Chef einer Siegener Firma im Krankenhaus lag, besuchte ihn dort eine Abordnung der Belegschaft. Deren Sprecher begrüßte ihn mit den tröstlichen Worten: „Wir haben mit dreizehn von vierzehn mitzuteilen, daß wir Ihnen eine gute Besserung wünschen."

Der Sportler

Knäsdersch Frieder erschien mit Tochter und Enkel am Ferndorfer Sportplatz, um ein Handballspiel zu verfolgen. Plötzlich schaute er sich um und forderte seine Tochter auf: ,,Irma, drä dr Kennerwage schwinn röm, met dr Front naom Schbort.''

Rangordnung

Auf dem Siegener Bahnhof entbrennt ein heftiger Streit zwischen der Frau eines Lok- und derjenigen eines Zugführers. Die Lokführersgattin beansprucht wegen der besseren Bezahlung ihres Mannes einen höheren Rang, da fertigt die andere sie mit den Worten ab: ,,Dr Dinne ka erscht fahrn, wänn dr Minne pifft!''

Das Zwetschenglas

Ein Fahrer der Siegener Kreisbahn steuert einen Omnibus über die Dörfer des Heestals. Es ist die Zeit der Kartoffelernte. Auf einem Feld sieht er in gebückter Haltung eine Bäurin arbeiten, die ihm persönlich bekannt ist. Diese hat nach alter Sitte ihre rutschenden Strümpfe mit Einmachringen befestigt, die infolge ihrer Arbeitshaltung weithin leuchten. Da hält der Fahrer den vollbesetzten Omnibus an und ruft unter dem Gelächter der Insassen: ,,Mienche, gä achde, dir geat glich det Gwätscheglas ob''.

Hundejahre

Der Boffit war Schweinhirte in Burbach. Als er einmal nach seinem Alter gefragt wurde, antwortete er: ,,67 Joahr, awer die zwai in Dielfe gao ab, die woarn net schie.''

Jagdkuh

Ein Freudenberger Jäger aus Passion war finanziell derartig in die Klemme geraten, daß einerseits sein geliebtes Hobby in Gefahr geriet, andererseits sogar die prekäre Frage auftauchte, wovon er sich zukünftig ernähren sollte. Als ein Bekannter ihm aber dazu riet, seinen teuren Jagdhund zu verkaufen und sich lieber eine Kuh anzuschaffen, stieß er auf völliges Unverständnis, denn der Nimrod gab zur Antwort: ,,Wat wedde da bet dr Koh ob dr Jacht?''

Waidmannsheil

In der Birlenbacher Gemarkung war ein Jagdunfall zu beklagen, alldieweil ein Jäger jemanden angeschossen hatte, der die Angelegenheit anschließend vor Gericht brachte. ,,Ja, was dachten Sie sich denn überhaupt dabei?", fragte der Richter den Nimrod, woraufhin dieser erwiderte: ,,Och, ech saoh wie dr Geßder wejjelde, onn du daochde ech: hältst vorsichtshalwer maol drobb."

Ein Sonntagsjäger hatte die Maria aus Netphen mit einem Schrothagel eingedeckt, als sie gerade dabei war, Runkelrüben (Deckwuerzeln) auszumachen. Gottseidank ging es noch einmal gut. Maria aber erzählte verwundert: ,,Dä moß doch och geseh ha, dat ech kai Rebhöhnche woar, ech hadde sogar noch dr Schlabbhot off."

Urlaubstätigkeit

Im nördlichen Siegerland tat der Briefträger Gustav gewissenhaft seinen Dienst. Schließlich mußte er aber auch einmal Ferien machen. Als er nach vierzehn Tagen wieder erschien, fragte man ihn, ob er denn einen erholsamen Urlaub an fernen Sonnenstränden verlebt habe. ,,Och nä", antwortete der Gustav, ,,mir feel nix Besonnerschdes e, onn du han ech däm Breefdräjer em Naochberdoarf de Däsche hälfe drä!"

Gefahr

Zu einer Zeit, als es noch kaum Terroristen gab, waren Sicherheitsmaßnahmen lediglich erforderlich, wenn ein Pulverwagen durch die Straßen fuhr, um die Bergwerke mit Sprengstoff zu versorgen. Als sich ein derartiges Gefährt eines Tages durch Weidenau bewegte, lief der Ortspolizist einige hundert Meter vorneweg und rief: ,,All Mannsli, die en Piffe rauche, henner't Huß, et kemmt Bolwer!"

Zu Protokoll

Herrliche Geschichten erzählt man sich auch vom Gendarmen Lieb aus Netphen. Einmal berichtete man ihm, der berüchtigte Wilddieb Fiegener aus Eckmannshausen sei wieder einmal seinem verbotenen Waidwerk nachgegangen. Lieb machte sich auf den Weg, um den Gangster seiner Strafe zuzuführen. Als er sich dessen Haus näherte, lag Fiegener seelenruhig im Fenster. Der Polizist brüllte nach oben: ,,Hiermit sind Sie verhaftet." Woraufhin der Wilddieb erwiderte: ,,Hiermit kaasde mech em Arsch läcke!"

Wutentbrannt rief Lieb: ,,Itz besde erscht rächt verhafdet," Fiegener aber sprang aus einem Fenster des Hinterhauses und entkam.

Eines Tages war ein Verkehrsunfall mit tödlichem Ausgang zu protokollieren. Der Polizist begutachtete den Ort des grausigen Geschehens, stellte sich in Positur und bemerkte: ,,Hiermit konstantiere ich: die Leiche ist tot."

Bekannt geworden ist auch ein Protokoll des Flurschützen zu Ferndorf, das da lautete: ,,Die Hühner des Herrn Schönberger sind quer über die Witwe Lorsbach gelaufen, und der wurde auch noch frech dabei."

Medizinisches

'N nejje Kuur met Blootdierer.

'N waohre Geschechte.

Wenn, waiß ich itz gerad net meh,
Du kaom, ech main, vah Sätze
'N goore Frau 'n Moarrje freh
Onn woll memm Daokkter schwätze.

,,Os Henner," sähte se, ,,dä kläht
So aarig ewwer Stächche,
Wenn häh sich off 'n Sidde lähd
Onn moss sich och alt brächche.

De Feeße härre kalt wee Iss,
Emm Kaopp daogäge Hetzde,
Onn wenn die wichcht, da wirdhe wiss
Lao itzend off d't lätzte."

D'r Daokkter gaaf 'r wat wee Brej,
,,Um damit aufzuschlagen,"
Onn enn 'm Pättche dah och drej
Blootdierer ,,auf den Magen."

De Frau bezahlte dat onn gong
Onn woll och weererkomme,
Wenn 't bess moarrn bii ährem Jong
Net afleeß met d'm Bromme.

Wä awwer dah net kaom, war sie.
D'r Daokkter war enn Soarrje,
Bess hä se bii de Kirchelii
Maol traof 'n Sonnig Moarrje.

,,Nun Frau," spraoch hä se frenndlich ah,
,,Ihr seid ja nicht gekommen.
Ist euer Söhnchen besser? ja?
Hat's Fieber abgenommen?" —

,,Njao, Harr Daokkter, ganz vaorbii;
De Kuur ess goot geraore.
Hä kreeg och glaich zomm Esse Schnie
Nao Auem klaine Braore."

,,Nach meinem Braten?" — ,,Jä, ech dao
De Dierercher ennt Pännche
Onn breet se knobberich, njao;
De aoß hä uss'm Hännche."

,,So, so! — nun, wenn es gut damit
,,Nur immer zu!" — ,,Jao freijlich;
Dä Jong hätt werrer'n Abbedit,
M'r maint, ätt wär net mejlich!"

Jakob Heinrich Schmick, 1868

Dr Affegoat.

Dr Affegoat eß off dm Land
Als dechteg on als kloag bekannt.
Wenn einer brucht en goore Roat,
Dä geht soglich noam Affegoat.

Lang eß et her, bal zwanzig Joahr,
Ech weiß genau noch wie et woar,
Dr Hannshenn woll noa Seeje goah,
Em do wat Naijes ze erstoah.

Doch wie hä geng durch Marjeborn,
Doa koam e Hond ganz schwinn voa vorn
On beß dr Hannshenn en det Baij,
Zerreß de Bozze kurz on klaij.

Dr Hannshenn woll kenn Schaare ha
On goab dr Hondsbesetzer ah.
Dä noahm sich schwinn en Affegoat;
Dat woar dm Hannshenn sin Doat.

Sie moßten beire vor Gerecht;
Dr Affegoat, dat woar e Lecht,
Dä fuhr met Paragraphe ob
On stallte alles off dr Kopp.

Hernoah, wie alles woar vorbii,
Duh koam dr Hannshenn bii sin Lih;
,,Ech sin verkracht on ewel drah,
Ech sall dr — Hond gebesse hah!" —

Edwin Heimann, 1934

Meteorologie

Die Linawaas aus Niederschelden liegt im Krankenhaus. Nachmittags kommt der Chefarzt zur Visite und fragt nach ihrem Befinden. ,,Och jao, et geat so durchwaase." ,,Soso und wie gehen die Winde?" ,,Dat ka ech net sä, Herr Daogder, ech sinn ho noch net dusse gewäse."

Mundgerecht

In Freudenberg wurde eine Oma mit der Aufgabe betraut, ihr Enkelchen zu versorgen, während die Eltern im Urlaub weilten. Unglücklicherweise stellte sich nach einigen Tagen bei dem Kind beträchtliches Fieber ein. Man ließ den Arzt kommen, der Treupelzäpfchen verschrieb und die Angelegenheit damit für erledigt hielt. Bei Rückkehr der Eltern berichtete die Großmutter über den Zwischenfall und die verschriebenen Zäpfchen, wobei sie erklärend hinzufügte: „Die Denger woarn vill ze grueß für dat kleene Muhl, awer ech han se all schüen en Schiewen geschnirren."

Unreines Blut

Bei Bemferts in Siegen hatte der Betriebselektriker, bekannt als starker Raucher, einen Unfall erlitten und mußte mit einem Trümmerbruch des Oberschenkels in das Krankenhaus transportiert werden. Monate vergingen, ohne das der Unglücksrabe zurückkehrte. Schließlich fragte eine der Putzfrauen den Chef: „Läjjt da dr Frieder emmer noch em Grankehuß? Dat durt awer lang. Wie kemmt dat da?" Da antwortete der Gefragte: „Dä hätt zeveel Piffesodder em Blood." Das leuchtete der Fußbodenkosmetikerin ein.

Der Einfalt

Mein Opa Albert wurde 84 Jahre alt, ohne jemals ernsthaft krank gewesen zu sein. Noch kurz vor seinem Tode beobachtete man ihn bei einer für sein Alter höchst ungewöhnlichen Tätigkeit — er schwang sich an einer zwischen hohen Bäumen befestigten Schaukel durch die Lüfte. Wenn jemand berichtete, dieser oder jener sei erkrankt, so pflegte er zu erwidern: „Dä Aifalt, wat bruchde dä krank ze wearn; hädde sech rächtzierich en't Bädde lä sonn onn schweiße!"

Wichtiges Heilmittel

Staohls Horst aus Netphen bot alle möglichen Dinge zum Verkauf an. Sehr gefragt war angeblich seine „Salwe gäje Wondläjje em Sarch."

Eigentum

In Eiserfeld waren zwei Jungen eifrig dabei, mit ihren Klickern Wettkämpfe auszutragen. Da sie ihren Vorrat im Mund gespeichert hatten, geschah es, daß einer von beiden versehentlich einen Klicker verschluckte. Da der Kamerad der Meinung war: ,,Wänn mir itz net naom Dagder gaoh, moßde schdärwe," suchte man schleunigst den Arzt auf, der sich daran machte, größeren Schaden zu verhindern. Plötzlich bemerkte er den unbeschädigten Knaben, der ihm gespannt bei der Arbeit zusah und fragte: ,,Wat wett du da noch hee?" Da erhielt er die Antwort: ,,Ech moß doch noch waarde, dat eäß doch minn Glecker!"

'N woahre Geschechte, wann se net geloge eäs

Bim Meister Franz sprooch jedes Joahr
dr Klapperstorch gewehnlich voar;
hä mochtet noch soe duwel ha,
bi Franzes klobbte stets hä ah;
joahrus, joahreä, hä hohl sech drah
on broochte aij nom annern ah
on schläppte voll det ganze Hus,
sie kohme bahl zom Schornste rus.
Dererschd duh broochte hä det Mienche
on duh den Henner on det Dienche
on dodroff noch e klaij Rosalche,
e Fretzche, Karlche on e Malche,
e Hanneshänner on e Nettche
on duh derlätzt och noch e Jettche.
So ganz gemächlich heännernanner
wie Dräbbelinge grad binanner,
dat Franzes Vadder wuur ganz lurig
on leirermehrig, stell und trurig,
dat äm der kahle Schweiß usbrooch,
wann hä dat Klebbche Keänner sooch
on mänchmoal sähde: ,,Ach ihr Lii,
wann ech doch eä der Lotterie
e solches Gleck nur aimol hätte
wie beät de Keänner, ech well wätte,
da wär ech, eäh et däächte är
e furchtbar richter Milljonär.

Ech well, dat sähn ech stracks herus,
itz bleew der Storch m'r us dem Hus."
Jedoch der Storch, weiß m'r va jeh,
dat eäs e äjesennig Veeh —
On eines scheänes Owends späh
(de Lii, die kohme grad vam Häh),
duh flog bi Franzes us dem Hus
der Storch zom Schornste werer rus
on all Lii sähde: ,,Lucke lo!
Bi Franzes eäs det Elfte do!"
On wirklich, wie der Franz herno
sinn Kennercher mol zeällte no,
duh fonn hä rus dat zom Beduurn:
Us zeh do woarn'r elle wuurn. —
Jedoch det Kennche woar gebrechlich
on kränklich, klaij on ahrig schwächlich
on jommerte so schurerlich,
dat jeder är fast sähde sich,
däm Kennche ha, dat sidd m'r jo,
de beäse Lii wat ahgedoh!
On Franzes Vatter sähde: ,,Fraue!
Mir mosse os beäm Daufe zougge (eilen)
Goht bim Pastor vorbi herno
on sähd, hä mechte komme mo,
wann meeglich, morn scho emme dräjj
vawäje schwinner Dauferäjj,
dat Kennche stirwd oos sost am Änn
noch ohgedauft lo onner de Hänn."

Dä annern Dag, so emme zwo,
duh woarn bi Franzes eä der Stoe
versammelt Keändtaufslii on Patte,
die Franzes schwinn bestallt s'r hatte,
on glich dodrof duh kohm och da
zom Daufe d'r Pastor scho ah
on sähde: ,,Nun, dann wollen wir
die Taufe schnell vollziehen hier."
Schwinn holte m'r det Kennche reä,
gepackt eä decke Deecher eä,
dat nur det Nasespetzche fast
hervorsooch us der Deecherlast.
On wie no alles so woar do
on det Daufe grad soll vor sich goh,
duh sähde pletzlich der Pastor:

,,Das Kind kommt ganz gesund mir vor,
so stark und kräftig, wie beinah
ich nie vorher 'n Täufling sah;
von Krankheit ist da keine Spur,
beguckt das Kindchen euch doch nur!"
On Franzes Vatter sähde: ,,Ja,
da moß et sich gebässert ha,
denn vor 'm halwe Stennche noch
du peäff et scho om lätzte Loch,
da eäs e Wonner he gescheh —
ech weäll dat Keänd m'r mol beseh."
On pletzlich plarrte hä: ,,Ihr Keänner!
Ihr leewe Lii, wat seä mir Reänner!
Itz wern m'r wirklich usgepeäffe;
mir han os eä d'r Weeg vergreäffe.
Wie kah e ahler Mensch sich no
so furchtbar firchterlich verdoh!
Beluckt et nur! Itz erret kloar:
Dat eäs jo dat Keänd vam vorje Joahr!"

Gustav Hartmann (Diewersch Gustav), 1903

Mediziner

Viel Lustiges wissen bekanntlich die Ärzte von ihren Krankenbesuchen zu berichten.

Als ,,Doppelschmidts", die so genannt wurden, weil der Haushaltungsvorstand erstens Schmidt hieß und zweitens Schmied war, ihr achtzehntes Kind erwarteten, schüttelte der zuständige Hausarzt das Haupt und mahnte Frau Schmidt, endlich mit der übertriebenen Kinderkriegerei aufzuhören. Diese gab ihm darauf zur Antwort: ,,Oos Vadder maint awer, hä wear net so for dat Gefiddel."

Bekannt wie ein bunter Hund war in Siegen der Sanitätsrat Dr. Hellmann. Als seine Frau einmal nach dem Befinden der Familie gefragt wurde, meinte sie: ,,Sowitt ganz ächt, awer e klai Epidemieche kenn oos nix schaare!"

Der ebenfalls sehr bekannte Dr. Burgmann erzählte einmal, als er einen Patienten nach dem Wohlergehen der Familie gefragt habe, sei ihm die Antwort erteilt worden: ,,Dee Kenner ha dr Hoosde, oos Ädde hätt dr Kichch onn oos Mamme macht am zwaide Onnerkinn!"

Eine alte Weidenauerin klagte über rheumatische Beschwerden im Kreuz. Die Familie schritt zur Selbsthilfe und versuchte sie mit Hilfe diverser Wärmflaschen zu kurieren. Eines Tages aber ließ man doch den Arzt kommen, dem man kundtat, die Großmutter könne vor Schmerzen nicht mehr auf dem Rücken liegen. Der Medizinmann besah sich den Schaden und diagnostizierte: ,,Dat ka mr glauwe. Ihr hat dr Oma dr Arsch verbrannt!"

Hämorrhoiden

Die Jünger des Aeskulap gehören selten zu den besonders zart Besaiteten. So erschien eines Tages ein renommierter Weidenauer Fabrikant bei seinem Hausarzt wegen eines Hämorrhoidalleidens. Der Doktor besah sich die Angelegenheit und sprach die geflügelten Worte: „Nä Jong, wat häst du e zammelich Arschloch!"

Mit den gleichen Beschwerden hatte ein anderer Bürger zu kämpfen und ließ sich deshalb operieren. Als er aus dem Krankenhaus entlassen wurde, begegnete ihm ein Bekannter und erkundigte sich nach seinem Befinden. Da erhielt er die Antwort: „Ech ha mr de Hämoriede schniere laoße, awer em Läwe net naochemaol onn wänn se mr zom Botzebai nusserwaase!"

Titel

Der Frieder war Rendant in Langenholdinghausen und mit Hämmorrhoiden größeren Ausmaßes versehen, was seiner guten Laune nicht gerade zuträglich war. Als er wieder einmal an einer Konferenz teilnehmen mußte und sich die Anwesenden alle mit wohlklingenden Titeln vorstellten, nannte auch der Frieder seinen Namen und fügte gallig hinzu: „Hämorrhoidar."

Wat alles passieren kah!

Der Sanitätsrat soaß d'heim
On woar net goht bii Laune,
Der Staäijjerzerrel loaug om Desch,
Hä koam net uß dem Staune;
„Wat ech itz werrer sall bezahln,
Dat eß bestemmt kaij Späßche,
Doa moß mer sich wahrhaftig noch
Ahfzeeh det Stammdeschgläsche!"

Et kloppte ah der Dier: „Herein!"
Droff statzte wat ent Zemmer,
Der Doktor drähte sich net remm
On rechnete alt emmer.
Häh soaug de schrecklich groaße Zahln
Vor sinne Auge danze
On flochte dobii firchterlich
Off Stäijjern on Finanze.

,,Herr Doktor" — hätt mr itz en Stemm
No en der Stoab vernomme,
,,Ech well emoal" — ,,Sinn Se doch stell!"
Dem Buhr, dem wur beklomme —
Häh wardet ruhig noch en Zitt
On sääde doa off't Näijje:
,,Ech woll, Herr Dokter" — ,,Donnerkiel!"
Fong däh itz ah ze schräijje:

,,Ech sinn ahm rächen, weh Ihr seht,
On kah kenn Störung bruchche,
Hernoah, da sehn ech da emoal,
Wat Ihr hat ze bekruchche.
Därbenn doa doht Ihr au schoa uß,
Dat ech kah onnersoche,
Sost goat nom Fuckert alt so lang
On äßt doa Quätschekoche!"

Der Dokter dräht sich noch net remm,
Ohs Buhr fong ah ze schweiße;
,,Herr Doktor, ech woll" — ,,Schockschwerennoat!
Wat hah'n ech Em geheiße?
Itz doht Au uß, loa off der Stell
On wardet fein manierlich,
Glaubt Ihr da, loa de Rechneraij,
Dee wär vor mich pläsierlich?"

Ganz stell wuhr' et no en der Stoab,
Et duhrte zeh Minutte,
De Flege flogen hin on her
On brommten ah der Rutte.
Doa drähte sich der Dokter remm:
,,Itz sinn mer gähgewärtig,
Wat fählt Au da, wo eß'et schlemm?
Mir sinn itz schwinn loa fertig."

Der Buhr stonn stawelnackig doa,
Der Dokter onnersochte — — —
Hä fonn nix, beß sinn Patient
Off einmoal furchtbar flochte:
,,Zom Donnerkiel, ech sinn gesond,
on dat eß net geloage,
Ob ech de Doffeln lewern kah,
Dat woll ech doch nur froage!"

Heinrich Plitsch 1926

Geschwüre

In Hainchen wurde die Heuernte zu einer Zeit eingebracht, als Schlüpfer und Unterhosen noch zu den seltenen Attributen gehörten. Einige der schwer arbeitenden Frauen reichten das Heu mit der Gabel denen an, die auf dem hochbeladenen Wagen standen. Nach getaner Arbeit unterhielt man sich noch, wobei folgender Dialog zwischen zwei der ,,Bodenständigen" zu hören war: ,, Häsde geseh, det Malche hadde ludder Geschwürcher am Hennern." ,,Nä, ech han et ganz genou fäsdegeschdallt, dat woarn ludder Scheßkrestcher!"

Der Stuhl

Stahls Frieder aus Eisern fühlte sich krank im Magen-Darmtrakt und besuchte den Arzt. Dieser sprach: ,,Dann müssen Sie mir erst einmal Ihren Stuhl bringen." Frieder ging nach Hause und sprach zu seiner Frau: ,,Dä Daokder well va oos e Stohl ha, awer die ahle Dierer konn mer em net brenge, mir mosse e näjjer kaufe!"

Er erstand also einen neuen Stuhl und brachte diesen zum Arzt, der aber erklärte, er habe nicht einen solchen Stuhl gemeint, sondern das, was den menschlichen Körper auf natürlichem Wege zu verlassen pflegt. Darauf ging der Frieder mit seinem Stuhl nach Hause und sprach zu seiner Frau:
,,Weißte wat, dä hätt oos Scheß gemaint" und erschien eine Woche später mit einem ganzen Eimer voller Exkremente in der Praxis.

D'r verkannte Katarrh.

D'r Frieder gong no Piffersch Jättche
on doa sech färchderlich beschwärn:
,,Ech ha Katarrh", sähd hä däm Mädche,
Dat mainde glich: ,,Mr ka'net hährn."

,,Wat!" reef d'r Frieder met Entsätze,
,,Dat kah m'r hährn?! Du häst en Flarr!
Selst dich wat schäme, so ze schwätze,
ech ha 'en schlemme Darmkatarrh!"

Karl Blecher, 1927

Der Splitter

Zwei Bekannte begegnen sich und fragen nach dem Wohlbefinden der Anverwandten. Spricht der eine: „Jao, Ernst, oos Babbe eß em Krankehuß onn läößt sech oberiern. Dä hadde noch vam lätzde Kreech en Schbledder em Ärschbacke, dao zerreß hä ser emmer det Hemd dra."

Wetterfühligkeit

Gretches Henner hatte sehr schlechte Augen. Eines Tages sagte er beim Kaffeetrinken zu seiner Familie: „Ihr konnt mr schwätze warrer wott, onn wänn dr Hemmel noch so blao eß, et gett anner Wärer. So weh wie ho ha mr de Feße lang nemmeh gedao."
Er hatte nämlich nicht bemerkt, daß er die Schuhe vertauscht hatte und den linken Schuh am rechten Fuß, dafür aber den rechten Schuh am linken Fuß trug.

Rheumatismus

In Siegen fand wieder einmal eine Fußballschlacht zwischen zwei Straßenmannschaften statt. Es ging hoch her. Die Anhänger der Teams begannen, sich mit Steinen zu bewerfen. Plötzlich klirrte es fürchterlich, weil der Ferdinand eine große Scheibe getroffen hatte, die mit Getöse zu Bruch ging. Da er der Tat überführt wurde, mußte man für sein Hinterteil das Schlimmste befürchten. So fragten die Schulkameraden am nächsten Tag auch sofort: „No, häsde da gesdern va dinnem Babbe waane Schwaardes kräje?" „Enä, kän Schdecke," erwiderte der Ferdinand. „Wie kemmt dat da? Hätt dä so e goot Hearze?" „Nä, awer schwear Rheumatismus!"

Dä ale Schaare.

Wä Land hät, moß em Frehjohr reßde,
vor Häj, vor Doffeln on Gemees.
Dä rummt gehärig en d'r Meßde
on fährt de Sorrel off de Wees.

Och Fretze Hänner noahm de Gawel,
ät stonk en aller Herrgottsfreh
rengs en d'r Gäjend ganz mißrawel
noa Meßd on schwarzer Sorrelbreh.

Hä schmeß, ät woar e' raines Wonner,
de schwärschde Glotsche off de Karr.
Off aimoal sonk d'r Hänner onner
on dao en färchderliche Plarr.

Schwinn sprong sinn Ammi en de Schlappe
on rannde spornstreichs henner't Huß
on zoug däh quätschenasse Babbe
rächd osanft uß d'r Meßde ruß.

Bal stonn em Stäabche, purelnakich,
D'r Fretze Hänner, bäaß wie'n Spenn,
besonnersch wur hä arig zakich,
woll ainer en de Stoab herenn.

En fräche Flej, die noch vam Saommer
det Gnarebroad bi Fretze froaß,
die mog äm veel Verdroß on Kommer,
weil die ob sinnem Bockel soaß.

Bal kroff s'e roff on werer ronner,
bal soaß s'e he, bal stoch s'e doa.
Sie loof beß zo de Feeße nonner,
itz woll'se doch d'r Hänner schloa.

Än Knall, on dä, fort woar d'r Brommer,
d'r Hänner kletschde uß on fool
va henne gä d'e Oawenommer
on met d'm Schirwel off en Stoohl.

Wat itzend no? Nix konn he notze,
als nur de Geistesgäjewart.
Schwinn sprong hä en de Sonnigs-Botze
on loof noahm Dokder off det Mard.

Dä sähde glich: „Du beßt d'r wahre,
zugg nur gedroaßt dinn Botze roff,
dat eß on bliebt en aler Schaare,
doa stähd jo sächzehhonnert droff!"

Karl Blecher, 1927

Ischias

Schmedt Henner und Möllersch Emel hadden den Ischias so en de Knoche, dat enn och dä ahl Erdelmann en Iserfell net me helfe konn. Se konnen net me laufe und net me stoh. Se moßten sech lä. Jetzt louen se zesame em Krankehus off einem Zemmer. Bes off de Schmerze, de se ußhale moßten, worn se recht gedellig und kläden net. Blos, wenn dä Wärder kom und dem Henner de Bai massierte, da blärrte hä det ganze Krankehus zesame. Dr Emel dogäje säde kai Word. ,,Deet dr dat da nett weh, wenn dä Kerl ah dinnem Bai remmurkst?" froute dr Henner den Emel. ,,Nä", säte dä. ,,Wie ech dech det erschte moal blarrn horte, do dochte ech mir: wenn dat so Schmerze sinn, soll mir dat nett bassiern. Ech ha besher dem Kerl emmer det gesonne Bai hingehale. Da ka dä dra massiern, so lang hä Lost häd."

Kriegerisches

Det Joawort.

D'r Hänner gräj bim Ritternsätze
va sinner Brutt gesät en Koa:
,,Du moßd met minner Modder schwätze,
so ka dat loa net wierer goa;
drem doa net länger so schinierlich
on gang de Sonntag glich drhin.
Du waißd, minn Mamme eß nadierlich
genau, wie alle Moddern sinn.
Die well gefrougt wär'n em os Sache,
die dich sowoal wie mech betrefft.
Dat lääst sech ejer mendlich mache
als große Boage voll va Schrefft.
Dat eß schoa so zo ahle Ziere
stäats Moare loa gewäst en Koa.
Wä leewe well, moß veeles liere,
well hä dat nett, da mosse goa."
No hos ät sich zesamerisse,
d'r Hänner moßde, wie befoaln,
itz en dä sure Appel bisse
on sech en Koa det Joawort hoaln.

D'r Sonndag koam on och de Sorje,
die mochen än noch raj kabut,
drem gonge schoa am frehe Morje
en't ällerlijje Huß d'r Brutt.
En alle Gleerer soaß d'r Schlotter,
va lutter Angst on Ewerlää,
so stonn hä vor d'r Schwiegermodder
on woll, on woßde nix ze säh.
Beß dat hä färmlich russer plarrde,
wat äm em Hals wie'n Knoche hong:
,,Dräj Joahr lang stonn ech bi d'r Garde!"
Doa schrau de Modder: ,,Armer Jong,
dräj Joahr lang häste stiff gestanne?
Dat det m'r deef em Härze weh,
setz dich ent Sofa bi os Hanne,
du beßd geweß noch arich meh!"

Det Hanne punkt'n en de Reppe
on sähde: ,,Mänsch, beßd du galant,
nä, Hänner, ahles Durmeldeppe,
du häßt meh Glecke wie Verstand!"

Karl Blecher, 1928

Kriegshelden

Die Teilnehmer an den siegreich beendeten Kriegen der Bismarck-Ära waren besonders stolz auf ihre Heldenzeit und gaben entspechend damit an.

So berichtete der Ferndorfer Gardesoldat Geisweid: „Wie de Schlacht bi Sedan afung, reef dr Kaiser drerscht: „Wo ist der Gardist Geisweid?" Ech sädde: „Hier, Majestät." „Wohlan, dann kann die Schlacht beginnen."

Als die Nachricht von der Niederlage der Franzosen das Siegerland erreichte, rief ein Kredenbacher Vater mit stolzgeschwellter Brust aus: „Ech sä jao, wie konne die da och grad dao agriffe, wo oos Emil schdung."

Während des Krieges weilten einige Rekruten für kurze Zeit in der Heimat. Als ein alter Bockenbacher die Soldaten im Dorf herumlaufen sah, rief er aus: „Jao, wie ka mr da dä Kreech gewenn, wänn ganz Bockemich e Urlaub es?"

Dienstgrade

Während des I. Weltkriegs begegnete eine Niederschelderin ihrer bitterlich weinenden Nachbarin und fragte: „Wearem suddersde da?" Da erhielt sie die Antwort: „Oos Emil hätt geschreewe, hä wöar Gefrejjder wuern, onn of de Hooje scheeße se doch drerscht!"

In Eiserfeld prahlte eine Frau: „Oos Jong eäs General wuern." Ihre Gesprächspartnerin erwiderte: „Dat schdemmt doch geweß net. Du mainst geweß Korporal." „Ka sinn, jedenfalls ralt et sech henne!"

Der Soldat

Als der Ernst aus Netphen zum Wehrdienst eingezogen wurde, weinte ihm niemand eine Träne nach, da er stets Flausen im Kopf hatte. Eines Tages aber öffnete sich unverhofft die Tür, der längst Vermißte erschien auf der Schwelle und sprach: „Wie gegangen, so gekommen! Hier, Mutter, hast du deinen Sohn wieder; keusch und rein!"

Maßstäbe

Der Schdreffeler Frieder prahlte ständig, mit der Kaiserlichen Marine die Weltmeere befahren zu haben. Eines Tages unternahm er mit seinen Kegelbrüdern einen Ausflug an den Rhein. Als man sich dem Altvater der deutschen Flüsse näherte, riefen seine Kameraden: ,,Frieder, gugge lao, dr Rhing!" Dieser aber sprach verächtlich: ,,Ho, sän ech, dat Siffe!"

Kriegsgefahren

Ein Salchendorfer, der als Frontsoldat in den vordersten Reihen stand, rief einem Kameraden aus der Heimat im Schützengraben zu: ,,Jong, Karl, wänn dat alles Bloot es, wat ech e dr Botze ha, da sinn ech ganz waane verwondt."

An einem anderen Streckenabschnitt befanden sich zwei Siegerländer als Artilleristen im Einsatz. Plötzlich hatte ihr Geschütz Ladehemmung. Sie machten sich an der Kanone zu schaffen, und als sie glaubten, die Ursache beseitigt zu haben, blickte der eine in die Mündung und rief dem Kameraden zu: ,,So, itz kaasde maol zwea Schuß ganz langsam komme laoße!"

Gefolgschaftstreue

Als die Kunde von der Invasion Kretas durch deutsche Fallschirmtruppen im II. Weltkrieg auch Eiserfeld erreichte, gab der Helmut überall lauthals bekannt: ,,En ganze Masse falsche Schirmjäjer sinn off dat Kreta geschbronge; honnertdausend Fangene gemacht! Dao wuer geschaosse! Dat knallde! Ganz egal, Führer Heil!"

Der Weltenbummler

Ein alter Siegener, der im Kriege als Wetterfunker der Marine in Dänemark Dienst getan hatte, pflegte auf die Frage: ,,Frieder, wo best de da emmer met dinnem Damper gefahrn?", zu antworten:
,,Ho en Murmansk, moarn en Tobruk."

Geistliches

En färchterliche Drohung.

Det Liesche woar e bääses Oas,
e ganz verflitschder Drache.
Sinn Mah doagäje woar e Kloas
on hatte nix ze lache.
Deßwäje härre nie geklähd,
woarn schräcklich och sinn Dage.
Hä woar, wie mr alt emmer sääd,
Det fenfde Rad am Wage.
Hä durfde nemoals noachbern goah,
met kainem Mänsche schwätze.
Woll hä noa Majeborn on Koa,
woll ät noa Nerersätze.
Och gräje nie zo Schnaps on Bier
vam Lies en roare Häller.
Hä watschde Sonntags glich noa vier
met äm durch Wald und Fäller.
Bim Wort ,,Verein" zoug decke Loffd
vam Käller beß zom Ollern.
Da gräj ät Stäches en de Hoffd
va ludder Schänn on Bollern.
Doch eines Sonndags sääd sinn Frau
on loaß en Daler blenke:
,,Ech goah noam Wies noa Wierenau,
du kahst dr ho än trenke.
Mach dech bi Ziere off de Bain,
doch suff net glich e Litter
on loaß de Fenger vam Verein,
soßd heäld dech e Gewitter."
Hä gong — on koam nachts gäje dräj
off Hänn on Feeß gekroffe,
hä hatte sech va ludder Fräj
en Schwere ahgesoffe.
Dr Schlips om Recke, — hoch vam Hot
hong wie en lange Schwarde
vam Fuurbestaddungsenstidot
en näje Metgledskarde.
Verbränn, dat woar sinn Idial,
sin schänster Wonsch noam Stärwe.
Äm soll doch spärer net die Ahl
em Grab de Roh verdärwe.
Sinn Frau soaß wackerig am Desch,
wee hä de Dier offdreckde

on doah en färchderliche Kresch,
wie se dä Hot erbleckde.
,,Waart Bursch", so doah det Liesche schänn,
,,dat sän ech dr loa äwe,
däh Dag, wo du dech läßt verbränn,
da kahste wat erläwe!"

Karl Blecher, 1929

Falsch gedeutet

Die Frau Achenbach aus Geisweid wollte ihrem kleinen Sohn eines Sonntags ein besonderes Erlebnis zuteil werden lassen und fuhr mit ihm erstmals nach Siegen zum Kirchenbesuch. Der Pastor Manskopf stand in der schwarz verkleideten Kanzel und predigte mit gewaltiger Stimme und großer Gestikulation. Einige Zeit sah und hörte der kleine Achenbach gespannt zu, dann hörte man ihn plötzlich in die Stille einer Pause sagen: ,,Hu, Mamme, wat schännt dä Ma e däm Schornsde!"

Das Grab

Zwei Frauen unterhalten sich über die Familiengrabstätten am Lindenberg. Die eine äußert ihre Verwunderung darüber, daß sie das Grab ihres Vaters ständig mit Erde auffüllen lassen muß, nicht aber das ihrer Mutter, obwohl diese viel früher gestorben ist. Nun habe man allerdings unter dem Grab eine Wasserader festgestellt. Nach diesen Worten gibt die aufmerksame Zuhörerin ihre Vermutung mit den Worten bekannt: ,,Kai Wonner dat dat Graf sackt, ou Babbe wird met dem Wasser fortgeschwomme sinn, sost brichdeste doch net emmer Ear ofzefelln."

Der größte Wunsch

In Freudenberg hatte eine rüstige Dame das 80. Lebensjahr vollendet. Auch ihr Mann lebte noch, sie schien diese Tatsache aber nicht als besonders angenehm zu empfinden. Als der Pastor des Fleckens die Jubilarin fragte: ,,Nun, gute Frau, hegen Sie denn noch einen besonderen Wunsch in Ihrem gesegneten Alter?" gab sie jedenfalls trocken zur Antwort: ,,Enjao, dä han ech. Noch e paar Jaohrn ohne dr Willäm."

Gewohnheitssache

In Oberholzklau lag ein Bauer im Sterben, der seinen Angehörigen oft das Leben schwer gemacht hatte. Sein ältester Sohn saß wortlos neben dem Bett. Plötzlich ächzte der Bauer: „Jong, ech glauwe, ech komme en de Hell." Nach allem, was der Alte während seines irdischen Daseins verbrochen hatte, schien dem Sohn dies unzweifelhaft; da er aber Trost spenden wollte, rang er sich zu der Äußerung durch: „Jao, Vadder, wännde vierze Dach drenn gewäse best, da besde dra geweant!"

Der Presbyter

In Ferndorf wurde ein Mann zum Presbyter gewählt, der seine Sache besonders gut machen wollte und deshalb auf dem Heuboden übte, wie man den Klingbeutel halten muß. Bei diesem Training, das mit Hilfe aufgestellter Kornritter durchgeführt wurde, übersah er aber die Öffnung im Heuboden und sauste in die Tiefe. Als seine Tochter entsetzt schreiend herbeirannte, rief der fromme Mann: „Si röhich, itz sinn ech unge e dr Kärche!"

Das Wetter

Der kernige Pastor Schimmelfeder zu Irmgarteichen hielt eine seiner gern gehörten Predigten und bat zum Abschluß den lieben Gott um gutes Erntewetter. Aufmerksam hörte der alte Schumacher aus Werthenbach zu und kommentierte dann, seinem Nachbarn zugewandt: „Wänn dr Wend sech net dräjt, da schafft hä't net."

En ahle Chrestdagsbekanntschaft.

On emmer wenn dr Chrestdag kemmt,
Krieht Schnierersch Fritzche ganz bestemmt
Och jedesmol e Schonkelpeärd
Vahm Chrestkendche egal bescheert.
Sechs Woche darf hä da droff riere,
Da moß dr Schmerz hä awer liere —
Vorbii eß da dä scheäne Sport:
Off einmoal eß det Peärdche fort.

De Modder hätt'en da verkoahlt:
,,Det Chrestkindche härr 'et gehoahlt!"
Doch met de nächste Chrestdagsleehrer
Doh koam och da dat Peärdche weehrer.
Als Hauptgeschenk, nix woar ze mache,
Erscheen et bii de Chrestdagssache. —
So eß det Peärdche da gebleewe
Vellechts so ah de Joahre seewe. —
Det Fritzche deht sich drewwer fräjje
Och jeden Chrestdag off det naije. —
Häh merkt nix vah dem ahle Peärd,
Dat jedes Joahr naij wur bescheert —
So mainten jo de Ällern zwoar,
Dat woar awer noch lang net woahr,
Dat se det Peärdche äm verstoache,
Dat häd det Fritzche doch geroche. —
Wee et no werrer Chrestdag war,
Dr Baum och brannte wonnerbar,
Wee Ällern, Dante, Gohrel, Patte
sich doazo engefonne hatte —
Nadierlich och dat Schonkelpeärd,
Dat no eimoal drbii geheärt —
Doh reft det Fritzche: ,,Guckeloa,
Det Schennoas, et eß och alt doa."

Heinrich Plitsch, 1926

D'r Kloas

D'r Hänner wur d'r em zweite Joahr
d'm Hauptma als Bursch ewerweese.
Lang woare d'r Schrecke vam ganze Kor,
dat moßte sinn Dommheit oft beese.
Hä hadde, dat woarem schoa sälwer kloar,
ganz ohvorschreftsmäßige Knoche,
drem härren d'r Spees, wänn Besechtigung woar
schoa emmer em Hoaff rem verstoche.
Itz holfe em Gade on fäjde em Huß,
hä bodzte de Schoh on de Stoawe,
och hole d'm Hauptma d'r Pärdsstall em Schuß,
dä glänzde va onne beß oawe.
Am Kloasdag koam d'r Härr Hauptma on sähd:
,,Hier, Heinrich, probiere die Sachen,
du sollst meinen Kindern, dem Hans und der Käth,
heut abend den Nikolaus machen!"

Doa mog sech d'r Hänner en Waddebart
on moahlde e schrecklich Gesechde,
m'r meinde, hä geng offen Räjwerfahrt,
so hole en groaße Geschechde.
Droff esse am Oawend noam Hans on d'r Käth
met Äbbeln on Nesse gedosterd,
die ha sech vor Angst onnert Sofa gelähd,
so hadde d'r Hein sech gemosdert.
Hä kroaff en dr Stoab wie'n Onkeschlang
on machde e schrecklich Geboller,
d'm Hauptma wur schließlich de Sache ze lang,
hä klobde d'm Kloas ob de Scholler
on sähde: ,,Mein lieber Sankt Nikolaus,
Sie müssen wohl jetzt zu den andern
gehorsamen Kindern von Haus zu Haus
und weit in den Himmel noch wandern!"
D'r Kloas häd de Hacke zesame geschläh
on meinde: ,,Net, dad ech dad weßde,
ech sall itz d'm Justche de Wäschmaschien dräh
on spärer d'r Pärdsstall noch meßde.

Karl Blecher, 1928

Pietät

Im nördlichen Siegerland hatte eine Bäuerin den ganzen Tag schwer auf dem Feld gearbeitet, griff aber doch noch zur Zeitung, schaute kurz hinein und bemerkte: ,,Ech si möh, et es neemes Vernönfdijes jeschdoarwe, da well ech mech lä!"

Der Himmelssoldat

Clemens Strack war für seine Schlagfertigkeit bekannt. Eines Tages erschien ein Zeuge Jehovas an seiner Tür und stellte sich mit den Worten vor:
,,Ich bin ein Soldat des Himmels." Da erwiderte der Clemens spontan und ohne eine Miene zu verziehen: ,,Jao, da well ech dech net obhale, da häsde jo noch en wiere Wäch e de Kaserne."

Die Beichte

Der Hannes hatte beschlossen, dem Pastor zu Irmgarteichen all seine Sünden zu beichten. Er endete seinen Bericht mit den Worten: ,,Ech woar och dräjjmaol besoffe." Dem Pfarrer erschien dies nicht sonderlich bemerkenswert, weshalb er vorsichtig fragte: ,,Wollen wir nicht eine Null daran hängen?" Da antwortete der Hannes großzügig: ,,Wänn Se so fröindlich sinn wonn, Herr Pasdoar."

Leichenreden

Die Nachrufe bei Beerdigungen sind immer wieder Quellen kurioser Aussprüche. So sprach ein Betriebsobmann am Grabe eines Kollegen:

,,Heute haben wir Dich, der Du immer mit uns durch dick und dünn gegangen bist, wie schon so oft zu Grabe getragen."

Ein anderer prägte die Worte: ,,Du warst bis in die tiefsten Wurzeln Deiner Seele von Deiner Geburt bis zum Tode Walzendreher."

Ein andermal wurde folgende denkwürdige Ansprache gehalten: ,,Lieber Kamerad Knester! Der Du nun gestorben bist und Einzug hältst in der Walhalla und Dir Petrus begegnet und Dich fragt: Hast Du auf Erden Deine Pflicht und Schuldigkeit getan? So kannst Du mit ruhigem Gewissen antworten: Jawohl, Eure Majestät! Und wenn er Dir nicht glauben will, so kannst Du mich als Zeugen angeben."

Verwechslung

Hermann aus Niederschelden war unverheiratet und mußte selber kochen. Sonntagsmorgens pflegte er regelmäßig die Kirche zu besuchen. An einem dieser Tage kehrte er etwas spät von einem Morgenspaziergang zurück und setzte gerade den Eintopf auf die Herdplatte, als die Glocken zu läuten begannen. Er rannte los, holte das Gesangbuch aus dem Schlafzimmer, den Speck aus der Speisekammer, warf das große Stück in die Suppe, klemmte das andere unter den Arm und eilte zur Kirche. Unterwegs rief ihm ein Bekannter zu: ,,Hermann, du häsdet jao waane illich, wat wellde da bet däm Schbäck onnerm Arm?" Der stutzte, schaute nach und brüllte: ,,Donnerschdach, itz han ech det Gesangbooch e de Saobbe geschmesse."

Hilf Siegen

Der kleine Martin besuchte eines Sonntags mit Verwandten die Hilchenbacher Kirche und verfolgte interessiert die Predigt, wie es sich gehört. Was ihn aber stutzig machte, war die Tatsache, daß die ganze Hilchenbacher Kirchengemeinde anschließend voller Inbrunst sang: „Jesus, hilf Siegen", weil er doch wußte, daß die Städte Siegen und Hilchenbach sich nicht besonders grün waren. Als sie am Mittagstisch saßen, fragte er daher die Tante: „Sä, Dande Lina, wärem senge dee Helchemicher da „Jesus, hilf Siegen", die Seejeneer senge jao och net „Jesus, hilf Hilchenbach."

Tiefschlaf

Schäfers Abba aus Krombach war für seinen gesegneten Schlaf bekannt. Früh ging er ins Bett, dafür pflegte er aber umso später aufzustehen. Eines Tages war er sogar in der Kirche eingeschlafen. Als der Presbyter mit dem Klingelbeutel durch die Reihen ging und den schlafenden Abba bemerkte, rappelte er mächtig mit den Geldstücken im halbgefüllten Beutel vor den Ohren des Schlummernden. Der Abba aber glaubte, neben seinem Bett schelle der Wecker und sprach schlaftrunken: „Dat Denge giet veel ze fröh. Ech lä mech nouemaol röm!"

Wunschdenken

Der alte Wissel aus Freudenberg hatte eine lange und gute Ehe geführt, lag aber jetzt offenbar auf dem Sterbebett. Wenn seine Frau Besorgungen machen mußte, wachte die Gemeindeschwester am Krankenlager. Diese meinte nach einigen Tagen: „Ech glöwen, hä begrabbelt sech wirrer." Da rief die traute Gattin verdattert aus: „Wat? Dat wirre doch woel net, ech hadde mech scho sue ob dat Alleensinn gefröjjt."

Konfessionen

Beckers Robertche aus Freudenberg war streng protestantisch, die Familie Dörner hingegen katholisch. Nun besaß der Robert einen Kater, an dem er sehr hing. Von Zeit zu Zeit besuchte der Fassadenkletterer aber die Dörnersche Katze, die einige Häuser weiter wohnte.

Wenn das Robertchen bemerkte, daß der Kater sich in Richtung Dörner davonschlich, rannte er hinterher und brüllte: „Du satt net ömmer nao där katholische Katze gaon, dat well ech net haan."

Noch drastischer drückte sich allerdings ein Siegener Protestant aus, der mit ansehen mußte, daß ein katholischer Mitbürger gegen die Mauer der Nikolaikirche pinkelte. Er brüllte den Missetäter nämlich an: „Du ahl Söjjdier, saich gä ou Kierche!"

Kartoffelsuppe

Offenbar hängt das Ausmaß der Frömmigkeit häufig von der Qualität des Dargebotenen ab. So auch im nördlichen Siegerland. Hier mußte die Hausfrau und Mutter für einen Tag verreisen und ließ die Familie mit vorgekochter Kartoffelsuppe zurück, die ihr Robert aufwärmen sollte. So geschah es auch, und man nahm am Mittagstisch Platz. „Laoßdet ou schmacke", sagte der Robert, aber seine Tochter wendete ein: „Vater, wir haben noch nicht gebetet." Da erhielt sie die Antwort: „Bi Duffelnsaobbe wird net jebätt!"

Siegerländer Poesie

Der Siegener Erlkönig

Wä riet da so spä en dr Nacht remher,
dat sinn zwea Kalle ob ainem Per(d).
Et es dr Ahl met sinnem Jong,
dä Klai, dä freßt a nem Krittchesdong.
So kaome se her va dr Drubbijer Heh,
dao flaoge de Braase wee lechder Schnee.
Du säde dr Klai: ,,Babbe, en Ma!!"
Gugg maol dao nuß!"
,,Bliew roohich, Jong. Wat wellde da;
dat es va dr Nommich det erschde Huß."
,,Babbe, dä Ma sät, wellde met mr gao?
Mir wonn Goodeschmatzjes do.
Mir ha drheim noch Klembcher
onn ahle Zigareddeschdemcher."
Dä Ahl, dä packt dr Klai a dr Buchch.
,,Minn Jong, dat es e Braomernschdruch."
,,Babbe, Babbe, dä Ma packt mech a.
Wat sall ech mache, wat well dä da??"
Dao get hä sinnem Gracke de Schboorn,
hä flammt em dr Kreckerich descher de Ohrn.
Se kaome nao Seeje, naom Hellma ob't Maat,
onn dä Jong, dä hadde — achtzich Grad.

(1930 am Wellersberger Stammtisch entstanden)

Siegerländer Stabreim

Henner Honds Huß häjjt Honds Henner Holz. Hä häjjt Haarholz, hä häjjt Hackeholz, hä hätzt honnert Honn henner honnert Hase her.

Siegerländer Japanisch

,,Ka da ho dä Ma dä Ha oar dat Ho ha?" ,,Dat dä Ma ho dä Ha oar dat Ho ha ka!"

Siegerländer Spruch

No, fraogde dr Kaufma det Liesche, wat wellde da ha? Dat säde: en Knaobb for d'm Obba sin Schmiesche
onn drejj Naohln, wo oos Oma durch ka.

Dichtkunst

In einer Weidenauer Schule beschäftigte man sich mit der Kunst der Poesie. Der Lehrer suchte seine Schüler für die Mannigfaltigkeit und Schönheit der Gedichte zu interessieren und fragte, ob denn mal einer selbst versuchen wolle, einen Vers zustande zu bringen, in dem das romantische Wort Nachtigall vorkomme. Lange meldete sich niemand, dann aber hob der kleine Frieder den Finger. Er hatte am Tag zuvor dem Vater geholfen, das frisch gespaltene Holz auf dem ,,Ollern" säuberlich aufzustapeln und leitete daraus die Idee zu seinem Gedicht ab, das da lautete: ,,Hölzchen ist geädert all, o du liebe Nachtigall."

Poeten

Als der baumlange Heinrich Graf aus Eisern Ende des vorigen Jahrhunderts in Berlin bei der Garde diente, wurde er mit seinen Kameraden derart von einem Vorgesetzten schikaniert, daß er auf Rache sann. Eines abends erwischte er den Spieß, als er angeheitert zur Kaserne zurückkehrte und verprügelte ihn gründlich, was ihm einige Tage Dunkelarrest einbrachte. In der Zelle besann er sich offenbar seiner dichterischen Fähigkeiten und schrieb nach Hause: ,,Ich liege hier auf Latten, bei Wasser und bei Brot; mein Leib ist wie ein Schatten, mein Arsch ist purpurrot."

Originale

Thomase Louis

Ein Brevier des Siegerländer Humors kann nicht über Thomase Louis (1856-1917) hinweggehen, gilt dieser doch als das Original der alten Stadt Siegen schlechthin. Er war Inhaber des renommierten Schreibwarengeschäfts in der Kölner Straße. Obwohl er bereits gegen Ende des I. Weltkriegs verstarb, sind seine geistvollen und witzigen Bemerkungen noch heute in aller Munde. Die Tatsache, daß Louis mit der Sprachstörung des Stotterns behaftet war, erhöhte noch die Spaßigkeit seiner Worte, wenn er auch der Meinung war:
,,Ech sch-schdoddern net em allgemeine, n-nur wenn ech schwätze."
Nachfolgend eine Auswahl der bekanntesten Anekdoten, die ihm nachgesagt werden.

Der Haufen

Eines Tages klagte Kretzers August, ein bekannter Siegener Droschkenkutscher, dem Louis sein Leid. Er hatte am Vorabend noch einen späten Fahrgast befördert, jedoch, als er diesen am Ziel der Fahrt abladen wollte, nur noch einen großen Haufen stinkender Exkremente vorgefunden. Der Gast hatte sich bereits aus dem Staube gemacht.
,,Wat sall ech dao da mache?" , schloß August seinen Bericht.
,,G-ganz eifach", antwortete Louis, ,,s-sätzesden en de Zeidung, onn wenn hä sech net melld, k-kaasten behaale."

Das Schild

Als Louis einmal etwas später nach Hause ging und seine Blase an einer Hauswand entleerte, wurde er von einem Polizisten überrascht, der ihn anfauchte:
,,Verunreinigung dieser Stätte ist verboten. Können Sie dort oben das Schild nicht lesen?"
Louis antwortete in aller Ruhe:
,,K-Kai Sorj, Herr Schutzma, s-so hoch k-komme ech net."

Der Luftballon

Eines Tages soll Thomase Louis von einem ausgedehnten Kirmesbesuch sehr spät nach Hause gekommen sein. Seine Frau lag bereits im Bett. Louis schlich, einen gasgefüllten Luftballon hinter sich haltend, die Treppe hinauf und begann, sich vorsichtig zu entkleiden. Plötzlich entfuhr seinem Darm ein lauter Wind. Louis ließ gleichzeitig den Ballon steigen und rief: „F-Frou, häste d-dat geseh? D-dat woar noch en g-ganz jonger F-Furz, dao eß de Hutt noch drem."

Der Neger

Louis hatte in einer anderen Stadt zu tun gehabt und war in einem Gasthof abgestiegen, in dem auch ein Neger übernachtete. Abends taten sich einige Gäste mit dem Louis zusammen, um „Schwarzer Peter" zu spielen, wobei auch tüchtig getrunken wurde. Da Louis verlor, wurde sein Gesicht mit Ruß eingeschmiert. Schließlich krochen alle schwer benommen in die Betten. Als Louis am nächsten Morgen geweckt wurde und bemerkte, daß es schon sehr spät war, sauste er los, ohne sich waschen zu können, wenn er den Zug nicht versäumen wollte.
Als er an einem Schaufenster vorbeilief und sein Gesicht erblickte, hielt er plötzlich inne und rief:
„D-Donnerwärer, itz h-ha se dr N-Nejer gewäckt onn m-mech läjje laoße."

Der Sekt

Da der Louis einem etwas ausgedehnten Wirtshausbesuch nicht gerade abgeneigt war, mußte er gelegentlich die Schelte seiner angetrauten Ehehälfte über sich ergehen lassen. Als diese einmal zu einem Kaffeekränzchen eingeladen war, sah er die Stunde der Revanche kommen. Also holte er das Nachtgeschirr unterm Bett hervor und schüttete Natron hinein. Als seine liebe Frau des nachts einmal auf das Töpfchen mußte, begann es darin zu zischen und zu schäumen. Der Louis aber richtete sich vorwurfsvoll im Bette auf und sprach:
„D-dao kaastet seh; S-Sekt gesoffe, darret itz noch brust."

Schwierige Frage

Von einem Gasthausbummel zurückkehrend, schellte der Louis mitten in der Nacht an der Tür eines angesehenen Siegener Apothekers, der bald darauf sein mit Zipfelmütze bekleidetes Haupt aus dem Fenster reckte und schlaftrunken hinunterrief: „Wer ist da? Was wollen Sie?" Der Louis antwortete von unten: „Ech s-sall vam Ab-Abbedeeker uß K-Köln sch-scheane Greeße beschdälln." Verärgert brüllte der Gestörte zurück: „Der kann mich am Arsch lecken" und schmiß das Fenster zu. Fünf Minuten darauf schellte Louis erneut, und als der Apotheker wutschnaubend das Fenster aufriß, rief das Original seelenruhig: „Herr Abbedeeker, ech ha-ha noch wat vergässe. Wonn Sie nao K-Köln fahrn or s-sall dä K-Kölner nao S-Seeje komme?"

Das Kaninchen

Der Hund des Thomase Louis hatte in der Altstadt ein Hauskaninchen erwischt und übel zugerichtet. Schließlich kam es zu einer Gerichtsverhandlung, in deren Verlauf der Louis dem Richter klarzumachen suchte, das Kaninchen habe mit seinem Hund Streit angefangen. Als der Jurist wissen wollte, wie das denn vor sich gegangen sei, antwortete das Original: „D-Dat Krinnche h-hätt gäjerewwer o-oosem Hond emmer s-so arrogant de Nas gerembt."

Bibelauslegung

Eines abends hatte der Louis reichlich ins Glas geschaut, erschien aber trotzdem am nächsten Morgen wieder zum Frühschoppen im Hotel Meurer, wo er in tiefes Nachdenken versank. Der Wirt, dem dies seltsam vorkam, fragte: „Na Herr Thomas, heute schlecht gelaunt?" „Njao, ech ha en dr Bi-Biwel geläse; dao k-ka ainem de go-goore Laune vergao." „Aber was steht denn da Schlimmes drin", wollte der Gastronom wissen. „Dao schschdeat: unser L-Leben währet 70 Jahre, und w-wenn es hochkommt, sind es 80 Jahre. No erret mir h-ho de moarje alt m-mehrmaols hochkomme. Ech m-moß aanämme, d-dat ech sch-schdaialt wearn, d-dao vergeat ainem det Lache."

Das Schusterkotelett

Eines Tages saß der Louis mit einigen Freunden im Hotel Koch zu Dahlbruch, als sich die drei Kreuztaler Gustav Kurth, Willi Buschmann und Wilhelm Lapp zu ihnen gesellten. Bald schon ging es hoch her. In vorgerückter Stunde rief der Louis plötzlich der Wirtin zu: „M-Malche, b-bräng mr e Schu-Schusderkotlett!" Der Bahnhofswirt und Koch Buschmann staunte: „Wat es dat da?" „W-waarde", sagte der Louis bedeutungsvoll. Bald kam Frau Koch mit einem Reihewecken und drei Käschen zurück. Alle fragten verdutzt: „Es dat alles?" „Njao, d-dat es alles, awer mr m-moß noch w-wat berecksichtije. De K-Käscher mosse so alt sinn wie dr K-Kurth, so f-full wie dr Buschma, onn sch-schdenke mosse se wie dr Lapp!"

Das Schimpfwort

Einmal soll Thomase Louis in der Wirtschaft gesessen haben, als ein neuer Gast die Stube betrat und sich zu ihm an den Tisch setzte. Louis sagte zu ihm: „Ahl Ssäjjdier." Der Fremde war entsetzt und fragte den Wirt, ob er sich so etwas bieten lassen müsse. Dieser beruhigte ihn mit dem Hinweis, daß es sich um ein stadtbekanntes Original handele, das bestimmt noch eine Erklärung folgen lassen werde. Der gute Mann setzte sich also wieder und sagte zum Louis: „Wie kommen Sie denn dazu, mich grundlos zu beschimpfen?" Louis antwortete: „B-botze Se sech dr H-Hennern met dr lenke or dr rächde Hand af." „Was soll das? Mit der rechten." „Dao konn set s-sälwer seh! E-ech n-nämme Babier."

Das Pferd

Ein Pferdehändler gab in Louis' Gegenwart mit den Qualitäten seiner Tiere an. „Wenn man mit dem Rappen dort morgens um halb fünf wegreitet, ist man schon um sechs Uhr in Hilchenbach". Louis sprach unbeeindruckt:

„D-dat Dier kaaste awer schleecht v-verkaufe."
„Warum das denn?"
„W-wat sall mr da alt em sekse en H-Helchebach?"

Rätsel

Köstlich sind die Rätsel, die Thomase Louis aufzugeben pflegte. Hier einige Beispiele:

,,Et eß d-doat, eß w-wiß, hätt vier Bain onn sch-schbrengt so hoch wie dr Ei-Eiffeldurm. W-wat eß dat?"
,,Weiß ich nicht."
,,Dat eß en doarer Sch-Schemmel."
,,Aber ein toter Schimmel springt doch nicht so hoch wie der Eiffelturm."
,,Sch-schbrengt dä da?"

,,Et eß r-roat, et hängt a dr Wand, onn mr k-ka sech dra afdrijje. W-wat eß dat?"
,,Ein Handtuch."
,,Enä, d-dat eß en Hering!'
,,Aber der hängt doch nicht an der Wand."
,,K-ka mr jao hinhänge."
,,Aber ein Hering ist doch nicht rot."
,,K-ka mr jao a-aschdriche."
,,Aber man kann sich doch nicht dran abtrocknen."
,,B-bruch mr jao och net!"

,,Et eß sch-schwarz, hätt z-zwai Bain onn f-flijt en dr Loft. W-wat eß dat?" ,,Ein Rabe." ,,R-rechdig. Awer, et f-flijt en dr Loft, eß sch-schwarz onn hätt vier B-bain." Das werden zwei Raben sein."
,,R-rechdig. Awer et eß sch-schwarz, flijt en dr L-Loft on hätt s-sechs Bain. W-wat eß dat da?" ,,Sicher drei Raben." ,,N-nä, dat eß en P-Pardsbrommel."

Ansichtssache

Angeblich soll sich der Louis nach einem größeren Gelage einmal im Eisenbahnabteil übergeben haben, wobei sich der Sud über den Anzug eines vornehm aussehenden Herrn ergoß, der ihn anbrüllte: ,,Passen Sie doch auf, Sie Schwein." Der Louis habe geantwortet: ,,W-wat heißt dat da? Be-Begugge se sech sälwer maol, d-da wesse se, w-wä hee de Sou es."

Der Kaiser

Eines Tages war Louis mit einem Freund zur Kaiserparade nach Bonn gefahren. Sie mußten sehr lange warten und wurden immer ungeduldiger. Schließlich sagte Louis: „Wänn k-kemmt det Schenn-Aos da endlich?" Ein Geheimpolizist, der die Worte vernommen hatte, fragte barsch:
„Wen meinen Sie damit?" Louis erwiderte: „Ech m-mein dr D-Donzebach uß dr Schdatt. Wä m-meinst Du da?"

Das Klosettpapier

Einmal schickte eine vornehme Siegener Familie ihr Dienstmädchen mit der Bitte zu Thomase Louis, perforiertes Klosettpapier zu holen. Da das Mädchen sich nichts darunter vorstellen konnte, verlangte es parfümiertes Klosettpapier. Louis dachte kurz nach und sprach dann: „K-kend, s-sowatt ha mr net. Oos Babier r-rucht erscht naom Gebruch."

Schlaflosigkeit

Einmal war Louis mit einigen Kumpanen in einer Gastwirtschaft hängen geblieben. Als es immer später wurde, meldete sich der Hunger, und man beschloß, Käsebrote zu bestellen. Einer der Freunde lehnte dies aber mit der Begründung ab:
„Wenn ech Käs ässe, ka ech net schlaofe." Da bemerkte der Louis: „Onn-onn bi mier eß et emgekehrt, w-wenn ech schlaofe, k-ka ech kän Kä-Käs ässe."

Kalte Füße

Eines Tages traf Louis einen bekannten Siegener Arzt, der selbst den Schalk im Nacken hatte und beklagte sich darüber, daß er oft kalte Füße habe. Der Medizinmann erwiderte: „Wenn ech kaale Feße ha, schdräcke ech se minner Frau ent Bädde." Louis erwiderte: „W-wann hätt Ehr F-Frau da maol Zitt?"

Wortspiel

Das berühmte Siegener Original trieb gerne Wortspiele. Eines Tages mußte ein Angestellter seiner Schreibwarenhandlung dringend die Geschäftstoilette aufsuchen, auf der aber bereits der Louis saß. Der geplagte Mann rief also vor der verschlossenen Tür: ,,Ist da jemand?",worauf Louis antwortete: ,,Enä, he schißt jemand."

Der Ofen

Louis pflegte sich ab und zu einen Kleinen zu genehmigen. Als er eines Tages von einem Nachbarn gefragt wurde: ,,Louis, wat wor da gäsdern aowend for en Schbegdagel bi ou?", antwortete der Gefragte:
,,Ech g-gong g-ganz saachde de Drabbe roff, machde ganz s-saachde de Dier off onn dou g-ganz saachde dr Oawe emm."

Der Bruder

Louis' Bruder Frieder führte ebenfalls ein Schreibwarengeschäft in der Oberstadt. Als man den Louis fragte, wieso denn sein Bruder das Papier billiger verkaufe als er, kam die trockene Antwort:
,,G-ganz eifach, oos F-Frieder, d-dä well net so feel ferdeen wie ech."
Eines Tages wollte ihm ein Schutzmann auf die Beine helfen, weil er leicht angesäuselt gestolpert und gestürzt war. Louis aber bat:
,,En Au-Auebleck, oos F-Frieder k-kemmt och noch."

Die Polizei

Louis frozzelte offenbar besonders gern die Angehörigen der Polizei. Als er eines Tages am Rathaus vorbeikam, lag dort der Polizeidiener Saßmannshausen im Fenster. Louis ging grüßend vorüber, drehte sich aber noch einmal um und fragte: ,,E-eß da he en Abedeke?"
,,Nein, warum?"
,,W-weil en B-Brechmeddel em Feßder läjjt."
Ein anderes mal hob der Hund eines Polizeibeamten in seinem Laden das Bein an einer Papierrolle. Louis fuhr den Schutzmann an:
,,E-ech b-bruch kai schdäddisch Wasserzeiche a minnem Babier."

Der Löschzug

Eines Tages brach im unteren Schloß ein Brand aus, der den Flügel, in dem das Grundstücksamt lag, zu vernichten drohte. Als der Spritzenwagen angebraust kam, stand der Louis als Feuerwehrmann auf dem Trittbrett und rief lauthals: ,,B-Blatz gemacht, itz w-wearn de Hibbo-Hibbodeege gelöscht!"

Fretzes

Fretzes Henner entstammte einer Boschgotthardshüttener Hammerschmiedefamilie und zeichnete sich somit durch eine gewaltige körperliche Erscheinung, eine ebensolche Stimme, einen dazu passenden Appetit und seine Grobheit aus.

Henner fuhr gelegentlich Jauche mit seinem Ochsen. Als dies einmal beim Sanitätsrat Dr. Köhne geschah und dieser zum Henner sprach:
,,Da habt ihr aber diesmal eine schöne Jauche", antwortete der so Angesprochene:
,,Ach, schwijjt mr doch schdell. Ihr bet ouem Biskwiddscheß."

Als der allseits beliebte Pastor Schulte verkündete, er müsse von Weidenau scheiden, fragte der Pastor Zauleck Fretzes Henner um seine Meinung zu diesem Ereignis. Henner antwortete mit seiner Donnerstimme: ,,Et wear besser gewäst, Du weardst gange!"
Henner pflegte jeden zu duzen. Dies stieß einem Postrat unangenehm auf, und er rief: ,,Wie kommen Sie dazu, mich zu duzen. Ich bin schließlich Postrat." Henner besah sich den Mann und grölte: ,,Ho, da häsde jao en gorer Posde, dä hal dr waarm."
Einmal hatte er aufgrund einer Wette seinen Bullen in die Wirtschaft Hoppensack geführt. Vor Gericht erhielt er eine Ordnungsstrafe. Nach gefälltem Urteil konnte er sich aber nicht verkneifen, zum Richter zu sagen: ,,Herr Rechder, häsde da weanichstens noch en goore Zigarr for mech?"

Fretzes Henner wurde eines Tages vom Bergassessor Schleifenbaum eingeladen, da dieser mit Freunden gewettet hatte, der Henner könne ein halbes Kalb vertilgen. Der Gast nahm also am Tisch Platz und harrte der Dinge, die da kommen sollten. Um ihm die „Arbeit" zu erleichtern, hatte man die Kalbshälfte zu Gulasch verarbeitet. Der Henner machte sich an die Schüsseln heran und ließ es sich schmecken. Als die Töpfe leer waren, erschallte aber zum Erstaunen der Anwesenden seine Stimme: „Wänn kemmt da ändlich dat Kalf?"

Mein Vater ging eines Tages kurz nach seiner Heirat als Junglehrer mit meiner Mutter in Weidenau spazieren, als ihnen Fretzes Henner begegnete. Mein Vater stellte ihm seine schlanke junge Frau vor, woraufhin der Henner sie von oben bis unten musterte und dann brüllte: „Jong, Hearr Lehrer, wat häsde dr dao e liddich Denge ageschafft."

Henner erschien eines Tages beim Sanitätsrat Dr. Köhne mit den Worten: „Ech ka nemmeh arwe!" Der Arzt befahl: „Ausziehen!" und begann, ihn zu untersuchen. Als Dr. Köhne den Bauch abtastete, ließ Henner einfach sein Wasser laufen und gab lauthals von sich: „Hearr Daogder, so ka mr doch net arwe. Ech sinn minner jao nemmeh Hearr!"

Wenn Fretzes Henner verreist war und bei der Heimkehr mit der Eisenbahn durch Weidenau kam, brüllte er aus dem Fenster: „Mamme, back Waffeln, ech komme!" Kam er dann zu Fuß vom Siegener Bahnhof nach Boschgotthardshütten, dampften bereits die frischen Waffeln in der Schüssel auf dem Tisch.

Noch gewaltiger von Statur als der Henner war sein Bruder Karl, was ihn einmal zu dem Ausspruch verleitete: „Oos Karl, dä woar viermaol so schdark wie mir annern, awer hä woar sinn Läwe lang so schdiff wie en Oasse!"

Karl war Gardist gewesen und mächtig stolz darauf. Einmal nahte der Regimentstag in Koblenz, an dem ein Wettessen stattfinden sollte. Fretzes Karl wurde herheibeordert, um seiner Staffel zum Siege zu verhelfen, was ihm auch leicht gelang. Er berichtete nach seiner Heimkehr: „Wänn ech en Schoddel all hadde, da wenkde de Kamerä, onn mr braochde en nejje. Da feng ech werrer va voarn a."

Die Nachkriegszeit nahm ihn arg mit, was ihn zu der Klage veranlaßte, er sei stark abgemagert. Voller Staunen wegen der unsichtbaren Abnahme fragte man: ,,Wat wijjesde da noch?" ,,Äwe noch 267 Pöndcher." ,,Onn vor dr schleechde Zitt?" ,,318 Pöndcher", antwortete Fretzes Karl.

Schwickerts Hein

Bekannte Originale der alten Stadt waren auch die Wirte Schnecks Oasse und Schwickerts Hein. Der Hein war vor allem für seine enorme Bequemlichkeit berühmt. Als er einmal allein in seiner Wirtschaft saß und schließlich doch ein einzelner Gast durch die Tür trat und etwas bestellte, sagte Hein:
,,Wäje einem schdaon ech net of."

Als ein Gast seine Rechnung begleichen wollte und mit einem Geldschein bezahlte, den Hein nicht zu wechseln gedachte, wurde er aufgefordert: ,,Suff dech schdrack."

Ein andermal war Hein dabei, Bier zu zapfen, als ein Gast einen Doppelwacholder verlangte. Schwickert stellte ihm aber ein Bier hin und sagte: ,,Itz wird gezappt."

Einmal kam ein Schuljunge in den der Wirtschaft angegliederten Laden und teilte mit, er solle ein möglichst faules Käschen für den Lehrer holen. Der Hein händigte ihm einen solchen Stinkkäs aus und fügte hinzu: ,,Itz säsde gä au Lehrer, dat Käsche wöar so waane full, dat kenn en dr lätzde Bank setze."

In Schwickerts Laden wurden auch bunte Gummibälle verkauft. Eines Tages betrat ein Bauer den Laden und fragte: ,,Wat kaosdet da so e Beckelball?" ,,40 Pänning!" ,,Geat dao da nix va?" ,,Doch", antwortete Schwickert, ,,de Faarb."

Ähnlich erging es einem anderen Landbewohner, der mit der Frage im Laden erschien: ,,Hatt ihr och Häächte?" (kurze Tonpfeifen) ,,Nä", meinte der Hein, ,,nur Wißfesche!"

Schwickerts verkauften auch Kartoffeln. Als sich einer der Belieferten einmal über die schlechte Qualität dersel-

ben beschwerte, antwortete der Hein: ,,Jao, dao sinn ech met ageschmeert woarn, no moß ech de Li och daomet aschmeern!"
Einen Tag nach dem Siegener ,,Gehannsmaart" erschien in Schwickerts Wirtschaft ein Mann und verlangte einen Salzhering. Hein händigte ihm einen solchen aus, legte aber noch ein Stück Streuselkuchen dazu. Als der Gast entsetzt fragte, was das denn heißen solle, erhielt er die freundliche Antwort: ,,Dä es vam Gehannsmaart ewrich bleewe. Mainsde, dä welle mr elai frässe?"

Eines Tages kam ein sehr kleiner Bauer in die Stadt, weil ihm ein Scherzbold erzählt hatte, der dickbäuchige Schwickerts Hein in der Kölner Straße kenne ein unfehlbares Wachstumsmittel. Als der Landmann dem Hein sein Anliegen vortrug, erkannte dieser seine Chance, schickte das Bäuerlein in die Badewanne, in die er undefinierbare Tropfen geschüttet hatte, und schnitt ihm ein gutes Stück von den Hosenbeinen ab. Als der Gefoppte in seine Beinkleider schlüpfe, rief er staunend aus: ,,Donnerjao, dat Meddel hätt awer schwinn geholfe" und machte sich nach größerer Besäufnis auf den Heimweg, wo seine Frau ihm mit den Worten empfing: ,,Du ahles Durmeldier, dir ha se jao de Botze afgeschneere."

Wätzes Gollo

Wätzes Gollo aus Weidenau war überall als notorischer Faulenzer bekannt. Alle Versuche, ihn einer nutzvollen Tätigkeit zuzuführen, schlugen fehl. Den ersten Anlauf hatte er in ,,Axes Denge", dem Siegener Puddelwerk Ax, Schleifenbaum & Mattner unternommen, aber schon nach wenigen Tagen verließ ihn die Freude an der Puddelarbeit, so daß er in gepflegtem Hochdeutsch ausrief: ,,Mag paudeln, wer da paudeln will; der August paudelt nicht mehr."

Den nächsten Versuch startete er in der Weidenauer Grube ,,Neue Hardt", kündigte aber schon nach kurzer Frist mit den Worten: ,,Mir konn jao net eawich zesaame bliewe."

Im Verlauf des I. Weltkriegs zog man den Gollo zum Wehrdienst ein. Als Beruf gab er ,,Fullenzer" an und brachte seine Vorgesetzten alsbald zur Verzweiflung. Schließlich wurde er auch vorzeitig entlassen und gab zuhause als Grund an: „Mr konn mech dao net bruchche, et woarn alt zo veel annern dao."

Einmal saß er auf dem Geländer der Haardter Brücke, als ein Bekannter des Wegs kam und ihm eine Zigarre anbot. Der Gollo war aber nicht bereit, von seinem Sitz herabzusteigen und sprach: „Wänn de mr ai gä wett, da bräng mr se alt!"

Noch einmal soll er den Versuch unternommen haben, einen festen Arbeitsplatz bei der Gießerei Buch zu finden, erschien aber schon am nächsten Tag mit großer Verspätung. Als ihn der Meister zur Rede stellte, erzählte der Gollo: „Jao, waisde, ech geng durch de Zensemich, onn ob aimoal peff e Vejjelche: häst veel ze lang bi Boochs gearbt, häst veel ze lang bi Boochs gearbt."

Der Gollo blieb auch weiterhin Faulenzer. Als er einmal sogar eingebuchtet wurde, schrieb er aus dem Knast eine Postkarte, deren Absender lautete: Gollo von der Wätze. Zur Zeit im Loch.

Schuster Feldmann

Wie viele Angehörige seiner Zunft war auch der Schuhmachermeister Feldmann aus Hilchenbach alles andere als ein Dummkopf. Schon aus diesem Grunde konnte er es nicht ausstehen, wenn sich jemand aufgrund höherer Bildung über andere erhaben dünkte.

So wies er den Pastor Winterhager, der während einer Diskussion angegeben hatte, geistige Arbeit müsse stets besser bezahlt werden als körperliche, mit den Worten zurecht: „Jao, mejn Sie da, wänn ech obschdönn, da leeß ech minn Geist em Bädde?"

Ähnlich erging es dem Lehrer „Kipp", der mit seiner Bildung angegeben hatte. Der Schuster machte ihm klar: „Ech bränge de Kinger ejer det Aimaolai bi, wie dat Ihr e Schoh macht."

Auch der Sohn des Pastors Winterhager mußte als Student Bekanntschaft mit der Wehrhaftigkeit des Schusters machen. Als er eines Tages gedankenverloren vorüberging, ohne zu grüßen, rief Feldmann: „Winterhager, komm maol lao her!" Als der junge Mann zurückkam, fuhr er fort: ,,Gondach, Herr Winterhager! So, itz kasde gao!"

Brunn Hannes

Brunn Hannes war überall im Kirchspiel Hilchenbach dafür bekannt, daß er es wie kaum ein anderer verstand, leichtgläubige Zeitgenossen auf den Arm zu nehmen.

An einem lauen Frühlingstag hatte er einen Ausflug nach Ruckersfeld unternommen. Als er gegen Abend nach Hilchenbach zurückkehrte, fragte ein Bekannter ihn unterwegs, wo er denn noch herkomme. Da antwortete der Hannes: ,,Uß de Schdrüchche. (Neckname für Ruckersfeld und Oechelhausen). Schdäll dr vör, dao woarne se alt de Duffeln am gaweln." Als der andere dies bezweifelte, meinte der Hannes: ,,Awer ganz beschdömmt — am Desch e dr Schöddel."

Als er wieder einmal zu nachtschlafender Zeit nach Hause wankte, hatte sein Vater die Tür verriegelt. Hannes gedachte diesem Übelstand abzuhelfen und rief nach kurzem Nachdenken mit veränderter Stimme: ,,Brunn Vadder, Brunn Vadder, se sinn ou a de Beern." Als der Vater die Tür aufriß und mit Schlafrock und Knüppel in den Obstgarten stürzte, um den Birnendieb zu züchtigen, schlich sich der Hannes unbemerkt ins Haus.

Als er verheiratet war, trickste er seine Frau auf ähnliche Weise aus. Da die holde Gattin ebenfalls die Pforten verschloß, wenn er nicht pünktlich zurückgekehrt war, hing er eines abends die obere Hälfte der zweiteiligen Haustür aus und nahm sie unter dem Gejohle der Zechkumpane mit in die Wirtschaft.

Sterncheszwirn

Der Ewald aus Plittershagen war klein, schmächtig und ständig im Laufschritt unterwegs, weshalb er ,,Galoppewaldche" hieß. Bekannt war er allerdings auch als ,,Sterncheszwirn", weil er dieses Produkt der Textilindustrie seit jeher als Hausierer vertrieb. Er lebte mit seiner Schwester zusammen, deren Intelligenzquotient auch nicht höher war als der seinige. Als im letzten Kriegsjahr auch noch diejenigen gemustert wurden, die schon abgeschrieben waren, erhielt sogar das ,,Galoppewaldche" seinen Bescheid. Da er über keine eigene Unterhose verfügte, hatte er sich ein Dessous seiner Schwester gepumpt, das gewissermaßen als Festtagsunterhose galt, an den Beinen mit Spitzen versehen und hinten offen war. Da die Schwester dem Ewald zudem an Leibesumfang um das Dreifache überlegen war, hatte dieser die Hose vorne zu einer Wurst gedreht, während sie hinten weit aufklaffte, als er im Untersuchungsraum erschien. Der Arzt traute seinen Augen nicht ob dieses erhebenden Anblicks, fing sich aber bald und fragte humorvoll: ,,Donnerwetter, eine schöne Unterhose haben Sie da. Könnte man sich die nicht mal ausleihen?" Da meinte das Galoppewaldche: ,,Nee, nee, dat giet net, die es minner Schwäsder, die well die weererhaan."

Nach dem Krieg kam der ,,Schderncheszwirn" in das Weidenauer Altersheim, wo er täglich die Todesanzeigen studierte, um auf allen Beerdigungen und nachfolgenden Trauerfeiern erscheinen zu können. Dort saß er dann bei Kaffee und Kuchen und berichtete, der Verstorbene sei ein guter Kunde in Sachen Sterncheszwirn gewesen.

Hollekuse Willäm und die Ongelsgrow

Zu den bekanntesten Originalen des Siegerlandes zählt seit Beginn unseres Jahrhunderts der Dillnhütter Malermeister Wilhelm Holdinghausen, ein Mann von schier unerschöpflichem Ideenreichtum. Obwohl er sich auch als Kunstmaler und Photograph betätigte, legte er den Grundstein zu seiner späteren Berühmtheit mit der Gründung der Gewerkschaft ,,Ongelsgrow" im Jahre 1904 anläßlich der Einweihung der Straßenbahnlinie Siegen-Dillnhütten. Da ,,Ongel" Talg bedeutet, ist der Name ,,Ongelsgrow" mit Talggrube zu übersetzen. In der Realität handelte es sich dabei um einen ausgedienten Steinbruch bei Buchen. Die dort ,,beschäftigten" Bergleute hatten sich einer strengen Arbeitsordnung zu unterwerfen, die da lautete:

1. Jeder Bergmann hat die Arbeit als das größte Vergnügen zu betrachten. Bei zu großer Arbeitsleistung wird er sofort entlassen

2. Jeder Bergmann hat mit Stehkragen und Manschetten zur Arbeit zu erscheinen. Frack, Gehrock und Zylinder werden von der Grubenverwaltung gestellt.

3. Während der Arbeit darf gesungen und geraucht werden. Priemen ist in der Stippabteilung verboten.

4. Jeder Bergmann erhält täglich 15,--RM sowie Tabak und Zigaretten gratis. Er wird zur Arbeit mit der Höppmaschine hin- und hergehöppt.

5. Die Arbeit beginnt morgens um 8 Uhr. Zuerst gibt es Kaffee mit Ongelmilch und belegte Butterbrote mit Aufschnitt von Gebirgsheringen. Von 9 bis 10 Uhr ist Frühstückspause, dann gibt es ein Pötzpicker-Ei. (Vier Pfund schwer).

6. Von 12 bis 14 Uhr wird zu Mittag gespeist, wobei allerlei Braten sowie Gummiwurst ect. gespachtelt werden. Außerdem erhält jeder Bergmann drei Liter Bier. Währenddem spielt die Ongelkapelle den Ongelmarsch „Hau di witti wau".

7. Von 15 bis 16 Uhr ist Kaffeepause, wobei jeder zum Kuchen ein Pfund Gebirgssülze erhält.

8. Beim Verlassen der Ongelgrube ist der Obersteiger verpflichtet, im Namen der Grubenleitung für die geleistete Arbeit den besten Dank auszusprechen.

9. Jede Überstunde wird mit einem Tageslohn bezahlt. Außerdem ist jeder Bergmann mit 25 Jahren pensionsberechtigt.

10.Familienväter mit mehr als 12 Kindern erhalten frei Wohnung und pro Kopf ein Döschen Hungerschmier laut Notverordnung. Außerdem eine vierwöchige Luftreise mit Doppelhöpper.

11.Der Obersteiger muß den Bergleuten stets freundlich entgegenkommen. Sobald ein Bergmann um Arbeit vorspricht, muß er ihm ein Glas Durmelin und ein Brötchen, belegt mit Römschmeßsalwe, verabreichen.

Die Wirtin des Stammlokals der Ongel-Gewerken hieß Hannchen Brombach, wurde aber „Hannbachs Brommche" genannt. Sie war durch einen beträchtlichen Kropf gekennzeichnet, was den Hollekuse Willäm eines Tages veranlaßte, einen Anschlag an das schwarze Brett der Gemeinde Buchen zu nageln, der vermeldete: „Achtung!

Die Einwohner Buchens werden gebeten, morgen um 12.00 Uhr alle Fenster zu öffnen. Ech well Hannbachs Brommche dr Kraobb schbränge."

Schon zu Beginn der Grubengeschichte fielen einige Interessenten auf die Stellenangebote der Gewerkschaft herein. Als erster erschien ein Müsener Bergmann, der auf dem Stahlberg gekündigt hatte, weil er sich verbessern wollte und bewarb sich um die Stelle eines Steigers. Man schickte ihn zur Wirtschaft Brombach, wo er logieren sollte. Unterwegs traf er den „Gewerken" Kreutz, der ihm empfahl, sofort zuzuschlagen, wenn er die Möglichkeit habe, Steiger bei der berühmten Ongelsgrube zu werden. „Dat es en Läwensschdälling, die haal dr waarm." Erst nach lautstarker Diskussion bei Hannbachs Brommche merkte der Bergmann, daß er auf einen Ulk hereingefallen war.

Ähnlich erging es einem Birlenbacher Bergmann, der mit seinem gesamten Gezähe vor Ort erschien und stundenlang auf den Obersteiger wartete, bis er schließlich aufgeklärt wurde. Die Gewerken selbst bezogen hohe Gehälter, die aber vorsichtshalber nur vor der Geburt oder nach dem Tode ausgezahlt werden sollten.

Der auswärtige Bergmann Friedrich Latsch wollte gar sein Haus verkaufen und seinen Wohnsitz nach Buchen verlegen, um dort Vorarbeiter zu werden. Er konnte erst im letzten Augenblick gebremst werden.

Schließlich mußte der Hollekuse Willäm sogar einmal vor dem Kadi erscheinen, weil die Gewerkschaft drei Kölner Geschäftsleuten für gutes Geld Kuxe ihrer imaginären Grube verkauft hatten. Als die Anteilscheine nicht eintrafen, kam es zu einem Prozeß vor dem Siegener Schöffengericht, der unter großer Anteilnahme der Bevölkerung ablief und als wohl fröhlichste Verhandlung dieser Art in die Geschichte einging. Als die Kölner erfahren mußten, daß sie auf eine Juxaktion hereingefallen waren, machten sie gute Miene zum bösen Spiel, zogen die Anklage zurück und spendierten einige Lagen im Hotel „Fürst Moritz".

Nun zu den eigentlichen Produkten der Grube. In den ersten Jahren des Bestehens förderte man Kohlrawefätt, Lechtdörnsaft und Solberknochesame, bald kamen Ongelschmeer, Groweschmalz, Kieselstaibloot und Hierdeschdibb hinzu. Man fand die nie endende Gummiwuerscht, förderte Krinnchesbodder, Brümmchesbröh und Kürbisduffeln, nach dem Zusammenbruch sogar Naziömschwänkbolwer für die politisch Engagierten und Römmschmißbolwer für die Landwirtschaft, um das Wenden der Wagen und Pflüge zu erleichtern. Letztgenanntes Produkt bestand aus Viehsalz, Pfeffer und Zimt und mußte mit einem alten Vorderlader auf die zu bearbeitende Fläche geschossen werden. Aber auch so wichtige Erzeugnisse wie Urjeldraobbe, Bremsschmeer, Hongerschmeer, Konkursdraobbe und Rieoassebitter wurden zutage gefördert. Für den nach dem verlorenen Krieg besonders wichtigen Hongerschmeer leitete der Schriewer-Auust in Obersetzen die Generalvertretung und erzielte beträchtliche Umsätze. Schließlich erreichte die Ongelsgrow eine so gewaltige Teufe, daß man bereits die Straßenbahn von Chikago bimmeln hörte, weil man sich bereits fast durch die Erdkugel gebohrt hatte. So versicherte jedenfalls Hollekuse Willäm.

Ähnliche Erfolge hatten aber auch die Tierzuchtabteilung und das angegliederte Ingenieurbüro der Ongelsgrube zu verzeichnen. Zu den bekanntesten Erfindungen der letzteren gehörte die Höbbmaschien, für die ebenfalls der Schriewer-Auust verantwortlich war. Man unterschied Einfach- und Doppelhöpper. Mit dem einfachen Hüpfapparat legte man die Strecke Buchen-Alchen in zwei Minuten zurück, der Dobbelhöbber brauchte gar nur eine halbe Stunde bis Wien. Als der Setzer Schule einmal die Tinte ausging, hüpfte der Schriewer-Auust abends ans Schwarze Meer und war schon am nächsten Morgen mit einem Klonk voller Tinte zurück. Der Gewerke August Schreiber war bei den Geisweider Eisenwerken beschäftigt. Als er eines Tages verspätet zum Dienst erschien, wurde er von seinem Vorgesetzten zur Rede gestellt. Nach dem Grund der Unpünktlichkeit befragt, antwortete der August: ,,Ho dr Moarje moßde ech e Galizien schoe emme halwer vier zwo ahle Froue en Bubikaobb schniere. Ech sinn schwinn bet minnem Dobbelhöbber drhingehöbbt, wie ech awer redur kaom, han ech öwerm Hasegaarde en dr Schdatt e Kammrad verloarn onn deßdrwäje sinn ech ze spä!"

Zu den bedeutenden Erfindungen der Ingenieurabteilung zählte auch die Schmatzbäckelflinte, mit der man Unmengen der beliebten Kartoffelpfannkuchen herstellen konnte.

Zu den größten Projekten des Hollekuse Willäm gehörte die Schaffung des Sieg-Ferndorf-Kanals mit Dampferanlegestellen in Dillnhütten und an der Siegbrücke beim Café Sommer zu Siegen. Durch geschickte Fotomontagen, die als Postkarten haufenweise in Umlauf kamen, legte er „Beweise" von der Existenz dieser umwälzenden Verkehrsader vor. Auf ähnliche Weise stellte er „das erwachende Siegerland" dar, mit großen Passagierdampfern auf Ferndorf oder Sieg und einem Zeppelin auf dem Flug nach Amerika über Dillnhütten.

Die sensationellsten Erfolge hatte allerdings die Tierzuchtabteilung der Ongelsgrow zu verzeichnen. Auf dem Wege nie für möglich gehaltener Kreuzungsversuche kamen die seltensten und nützlichsten Rassen zustande. An der Spitze dieser Arche Noah stand der Pötzpicker, der in der Lage war, Sand, Lehm und die verschiedensten Gesteinsarten bis hin zum Fels in so rasender Geschwindigkeit wegzupicken, daß er hervorragend im Brunnen — und Bergbau eingesetzt werden konnte. Der Pötzpicker ernährte sich vorwiegend von Schuhnägeln, alten Regenschirmen, die allerdings mindestens 14 Tage in Essig gelegen haben mußten, Drahtspiralen und Schusterkniste, mußte aber pfleglich behandelt werden. So durfte das Tier bei achtstündiger Arbeitszeit pro Tag höchstens einen Meter Pötz (Brunnen) picken. Auch mußte man seine Füße dreimal täglich mit Lechtdörnsaft einreiben.

Hervorragende Zuchterfolge stellten aber auch so nützliche Rassen wie der „Söjjhond", das „Köddelpaard", der „Gebirgshering" und die „Paardszejj" dar, ganz zu schweigen von der „Eierzejj" und der besonders in der Nachkriegszeit sehr gefragten „eierlegenden Wollbuttersau". Nicht unerwähnt bleiben soll auch die Löcherabteilung der Ongelsgrow. Hollekuse Willäm ließ nämlich die Löcher stillgelegter Eisenerzgruben aufkaufen, die teils zur Vergrößerung der Ongelsgrubenteufe verwendet, teils weiterverarbeitet und verkauft wurden. Als Hauptabnehmer fungierte der Ongelgewerke „Röhrenpeter", der in der Kasernenstraße zu Klafeld Ofenrohre herstellte. Er kaufte viele Löcher auf, um sie mit Blech zu ummanteln, benutzte aber jedes Loch mehrfach, indem er es wieder aus dem fertigen Ofenrohr herauszog und erneut umblechte. Einmal kam es allerdings zu einem bedauerlichen Zwischenfall, als dem Röhren-Peter zu nachtschlafender Zeit eine große Anzahl Löcher aus seinen Rohren gestohlen wurde, so daß nur noch das nackte Blech zurückblieb. In einem Schauprozeß zu Alchen wurde er zu allem Überfluß auch noch dazu verurteilt, die hinterbliebenen Blechröhren dreimal täglich mit ,,Gebirgssülze" zu polieren, weil er die erforderliche Sorgfalt außer acht gelassen hatte.

Als Hollekuse Willäm am 20.8.1951 starb, verlor das Siegerland sein wohl ideenreichstes Original.

Geschechtcher vah Bennersch Ohm

Ihr lewe Konfirmande, wäh vah au hädd'n net gekannt, den Bennersch Ohm, däh en de 80er on 90er Joahr wäge sinner lostiger Steckelcher so manches vah sech rede machde, als häh noch bii Hesse on Schulde Bochhalder woar. — En dr Realschol woar häh dr Padriarch, weil häh ganze Generazione doah mederläbde, denn häh machte jede Klasse zweimoal, meistens aber dreimoal durch on hadde schoa det Milidärdenstalter, als häh schleeßlich uß Gnad on Barmherzigkeit vahm ahl Direx Tägert det Einjährige kräj.

Ech kenn e Boch vah dä veele Steckelcher schriewe, deh dr Bennersch Ohm met oos zosahme en sinner Jugendzidd verebde. Zom Konfirmandedag well ech au zwei Steckelcher zom Beste gäwe!

Mir hadden doamals zwäh riche Freunde, die ewer prachtvolle Kutsche mit scheäne Pärer on Kutscher en Galla verfegten, dat woar dr jonge Fürscht on Raßfelds Karl, dä Reserveleidnand bii de Kasseler Husarn woar, wat oos firchterlich imponierte.

En däh Kutsche sinn mer jeden Sonndag on oft en dr Woche remmher gefahrn, em ewerall de greäßte Schandtate ußzuhecke, em de Buurn on annern Lii zo veralwern. Zo sewe, acht Karle woarn mer emmer, onn henne ahm Schluß koam dah irgendwo e Fäßche Bier, dat vahm

Raßfelds Karl, orer vahm Fürscht orer vahm Schleifebaums Fretz, die all Geld hadden wie Häij, oos arme Karle, die en dr Woche en Mark Däschegeld kräjen, gesteftet wuhr! —

Aimohl, do gong de Fahrt noa Oawerholzklau ewer Jonkernhees on Meddel- on Oberhees. — Et woar e wonnerscheäner Frehlingsdag en dr Woche on onnerwägs wuhr schoa en däh Wage dr greäßte Konziäkel gedrewe. —

Kurz vor dem Kirchdorf Oawerholzklau leeß dr Bennersch Ohm de Kutsche hahle on mir kräje Instruktione, wat mr zo mache hädden: ,,Ech fahr'n itz allaij en det Dorf en de Schoal, bliewt itz en halwe Stonn heh on dah kommt ihr met dem annern Wage en de Kirche." —

Dr Bennersch Ohm, däh joa schoa en gesetzte Endruck machte, fuhr vor der Schoal vor, gong en de Klasse on sähte gäje dr Lehrer: ,,Guten Tag, Herr Lehrer, lassen Sie sich bitte in Ihrem Unterricht nicht stören, ich bin der Schulrat aus Arnsberg und wollte mir mal gerne Ihren Unterricht bei den Kindern anhören."

Dr Lährer froagte Rechen on Geschechte. De Antworte flutschten nur so, dat dr Benner emmer ußreef: ,,Bravo, gut, gut, ihr lieben Kinder!" Noh 'ner Viertelstonn sähde häh zom Lehrer:,, Brechen Sie jetzt ab, ich bin sehr zufrieden. Jetzt gehen wir zusammen mit den Kindern in die Kirche und da lassen Sie mir mal die schönsten Choräle von den Kindern vorsingen." —

Vor dr Kirche hol dr Wage on et duhrte net lang, do koamen mir och feierlich ah on sadden oos en de Bänke nenn. — Dr Lehrer woar off dr Urgel on hadde all Register gezoage. Deh Kenner songen, wat se nur konnen, dat 'n de Backe roat wurn: „Ach bleib mit deiner Gnade", „Wie schön leucht uns der Morgenstern" on weh deh scheane Choräle all heeßen. —

Groad brußte werer dat ahl Kircheleed durch däh Raum: ,,Mache dich mein Geist bereit, wache, fleh und bete, daß dir nicht die böse Zeit plötzlich nahe trete, denn es ist Satans List über viele Frommen zur Versuchung kommen" — da wuhr die Kirchediir offgeresse, dr Küster sprong de Trappe roff off de Urgel on rofte: „Härr Lehrer, dat sinn alles Schwindler on Mäckeser, deh Sie zom Beste gehahle hah, et eß känn Schoalroat drbii!" —

Bennersch Ohm en sinner ganze Greäße reß uß weh Schoaflärer, mir annern hennerher. Vor dr Kirche stonnen schoa e Dotzend Buurn, de oos ah dt Fell woll'n. Nix weh renn en de Kutsche, dr ahl Kutscher Wacker on sinn Kollege schloagn off de Pärer weh verreckt, on em gestreckte Galopp suhsten mir uß dem Dorf nuß en der Rechdung Freireberg zoa. Et hädde firchderliche Schwartes gäwe, wen oos de Kerle erweschd hädden. So galoppierten mir bis Seelwich durch, wo däh Spaß bi 'nem groaße Faß Bier begosse wuhr. —
E anner Moal hadden mir en Kutscheduhr noh dr Letzel gemacht, als deh Bah noh Laasphe noch net gong. Ah 'nem groaße Buurnhoff leeß dr Benner dr Wage hahle, geng off det Feld vah däm Bur on machte met 'nem groaße Zollstock Messunge ah sinner Schier. Et woar ah 'nem Sonndag, on dä Bur met sinner Frau geng henner oos her on soah zoa, wat mir doh machden. — Dr Benner moaß on moaß, scherelde dr Kopp on säde emmer zoh däh Buurn: „Se moß weg, se moß weg, ech kah au net helfe!" — De Lii wurn doch ängstlich on froagten wat da eijentlich los wär. — Da sadde sech dr Benner en Posidur on sähte: „Ich bin der Geheime Baurat Sowieso aus Berlin und muß die Trace für die neue Bahn feststellen, ich kann euch nicht helfen, liebe Bauersleute, diese Scheune muß weg, weil gerade da die Bahn durch muß." — De Buurslii krähen roare Keppe, de Frau fong ah ze krische on sähde: „Herr Geheimrat, da sinn mir joa rungeniert, wenn deh Schier weg moß, kah mr dah de Bahn net annerscht remm laufe loaße?" —
Dr Benner gong off de Sidde alleij, doah, als wenn häh firchderlich sinnierte, stoach immer sinn Kopp en de Hänn on noh fenf Minutte koam häh werer zoh de Buurn on sähde: „Liebe Frau, Ihr dauert mich, aber ich habe die Lösung gefunden. — Die Bahnlinie kann leider nicht anders gelegt werden, sie muß mitten durch Ihre Scheune gehen, aber das ist sehr einfach, Ihr macht noch ein zweites Tor auf die andere Seite und wenn ein Zug kommt, dann macht Ihr beide Tore auf, laßt den Zug eben durch, und dann schließt Ihr Eure Scheune wieder zu!" —
Dat lechtete däh Buurn en! Se bedankten sech ordentlich bii däm lewe Geheimrat, weil häh det Aij vahm Kolumbus gefonne hadde on schepperten seelig on zefrere werer en ähr Huß! —

Hermann Buchholz, 1935

Der Rubbehänner

Ganz nechtern hahnich der Rubbehänner min Läbdag net geseh. Och wenn häh so zemlich nechtern woar, gong häh wee e Mah, dä weiß, dat dat net so aifach eß, sech off osem wackelije Erzborem off de Baain ze hale. Der Schrinnermeister Loas off der Oawerstraoße hät emao gemaaint, wee sich jemand ewer dä durmelije Rubbehänner offhehl: „Ech glauwe, dä weiß Beschaaid, dat de Eär en einer Duhr a de Gäng eß on fährt em de Sonn rem Dreller, on dat se sech daobi och naoch wie en decke Schnuus em sech sälwer dräht. Dao sall einer net durmelich bi weärn!"

Ob dat no der Grond eß, dat der Rubbehänner so weänig Fiduhz zo däm Erzborem onner sinne Feeße hadde, dat eß net rußkomme. Voarsechtig satte häh bim Gaoh ai Baai vor det anner, als wenn häh ewer en äwe zogefroarne Wajjer geng off Spejjeliß, dat jeden Augebleck enkrache kenn. Daobi satte häh de Feeße emmer witt uß enanner, dat net ai Baai grad dao stonn, wo det anner grad her woll; on met de Hänn on Arme ankerde häh so vor ser her, als wenn häh fehln well, ob de Bah och fräjj wär, on sech äm net ohveraachts en Ladernepaohl en der Wäg stallte, oar en Wand oar sost wat Hartes, wat vor nem Augebleck dao naoch net ze seh gewäse woar.

Mir Jonge hadden vor dem Rubbehänner en schwere Reschbäck. Et hooß, dä hädde det Iserne Kritze. On wie hadde häh dat kräje? Dat wuhr so verzahlt:

Wee de Ditsche — vorn weg de Seejerlänner — achzehonnertonsewwenzig ewer der Rhing gemacht woarn on vah der annern Sidde de Franzoase — vorn weg de schwarze Durkoos — ewer de Grenze geklättert kaomen, dao hadde der General naoch kumm kommandiert: „Itz droff!", dao woar oos Rubbehänner alt wie e geeelter Blitz zwanzig Meter voar dä annern voaruß on naohm der erschte beste schwarze Durkoo off det Bajenett on schwenkte en en de Loft on reef: „Ech hah der erschte!" On itz die annern Seejerlänner on de ganze ditsche Armee droff, on et duhrte net lang, da woar de erschte Schlacht gewonn. On so gong dat wierer, bes der ganze Kreeg vah achzehonnertonsewwenzig gewonn woar.

Derwäje — hooß et — hädde häh det Iserne Kritze kräje. Awwer itz hädde dat der Landraot en Verwahr weil der Rubbehänner so säff. Der Kaiser hädde gesäht, so lang wie der Rubbehänner so säff, dirfte häh det Iserne Kritze net dräh. Wann häh awwer emoal begrawe wier — so wuhr wierer verzahlt — da wier dat Iserne Kritze daoch off nem Sammetkesse henner dem Doarewage derhenner hergedräht, on vah de Trommelern vahm Kreejerverein wier dä Trauermarsch getrommelt, dä emmer so domp on turich lutte — dat käm daoher, dat die Trommeler onner de Trommel onne henner de Saite e Sackdooch staobbten — on ewer det Graawelaoch wier schaarp geschaosse, weil der Rubbehänner den Kreeg vah achzehonnertonsewwenzig geholfe hädde gewenn.

So kaom dat, dat mir Jonge so en Reschbäckt vorm Rubbehänner hadde. On wenn häh och kanonevoll am Siewerichswäg bonner der Stadtmuhr ahgewackelt kaom on bi jedem Schrett naofohlte, ob die Muhr och naoch dao wär, da blarrden mir zwoar: ,,Rubbö-ö-ö-, Rubbe!'', awwer wenn häh sech da langsam remdrähte on beäs nao oos guckte, da wuhr oos off aimaol der Hals ze eng zom Rubbe-Roofe, on mer saouge oos alt off dem Rubbehänner sinnem Bajenätt en der Loft zabbeln wie dä erschte schwarze Durkoo vah achzehonnertonsewwenzig.

Dat der Rubbehänner känn Spaß verstonn, dat hät emaol e aarm ohschellig Dier erläwe mosse. Däm härret der Kaobb gekaostet, dat der Rubbehänner sech ewer et gearjert hadde. Dat kaohm so: Et woar Kreejerfest gewäse. Det Kreejerfest woar for der Rubbehänner emmer en groaße Sache. Da looß häh ser dä struwwelije brunge Bart fain rond stembe. On wenn sech da am Sondag de Kreejer om Hasegarte offstallten, em durch de Stadt zu marschieren, da stonn dao der Rubbehänner merrem Koarf voll Strißtcher. On wä vah dä Kreejern ser naoch net foar e Strißtche oawe em Gewehrlauf gesorjt hadde oar wä dat off dem Wäg naom Hasegarte alt werrer verloarn hadde, dä kräj vahm Rubbehänner so e Strißtche verkauft. ,,Sinn och känn Rubbe dra?'' sähten da die ahle Kreejskameräh. Awwer der Rubbehänner daoh als wenn häh dat net heärte on daochte bi jedem Grosche, dä häh en de Botzedäsche staobbte, wie dä, en e Viertelche emgesatt, sinnem Schlonk goot do 'sell.

Em no off dat aarme Dier ze komme, dat dra glauwe moßte: Also, et woar so e Kreejerfest gewäse, on der Kreeg vah achzehonnertonsewwenzig woar vahm Rubbehänner werrer emaol grendlich begaosse woarn. Wee häh no en scheäne Morge nao där schwere Duhr werrer krawweln konn, wackelte häh en de Maarberstraoße on koof ser bim Feschfräulein en sure Häring. Häh naohm en fäste en de Hand, dat dat gletschije Dier em net derdurch flutsche konn. Der Kaobb on der Schwanz guckte uß däm Babierche nus, en dat det Feschfräulein en engeweckelt hadde. Wee hä no langsam wie e Matroos a Mehrsch Wännche vorbii kaohm, do hadden sech dao e paar Jonge mit Gommi-Zwalke offgestallt on fongen a, der Rubbehänner met Aarwesse ze bombadiern. Dä saoug die Jonge net, weil häh stiff met der Naas langs der Hiiserräjj guckte, darre seh konn, wie de Loatrechtung woar on häh so en Ahalt hadde, wie häh sech strack hale konn. Bitsch! kräj häh en Aarwes gäh die Härings-Hand. Dat beß äkelig. Häh bleeb staoh on hohl ser dä Häring, dä gefährlich det Mull offsparte, vor de Auge. ,,Wat", sähte hä, ,,du Beest, du wellt naoch bisse?" On daomet drähte häh sech gäh Mehrsch Wännche eremm on steekte sech mem lenke Aarm gäh Mehrsch Ecke on hohl dä Kaobb vah sinnem suhre Häring off dä Drebberling, dä dem Wännche noff gong on troo en — baaf! — baff! — gnätsch! — a Matsch. Wee häh da glecklich werrer hoch komme woar, schwenkte häh dä Häring gäh die Lii, die sech verwonnert em en rem ahgesammelt hadden — on sähte: ,,Dä — bißt — net — meh!" On da gong häh braitschaokig on offgebrustert gä det Maart zo wierer, als wenn dao der Burjemeister mem Zilinderhoot en der Hand off en luhrte on Märercher met wisse Kleärer ah on met Eichekränze, wie daomaohls, als hä dä Kreeg vah achzehonnertonsewwenzig gewonn hadde.

Hermann Reuter, 1927

D'r Lende Hannes

Voer Joahrn fuhr ech met d'r Isebah noa Nätfe, on gong d'r Schossewäch rob noe Ditze zo. Gleich bonner Ditze, wo dat Tälche eß, wat se de welle Bejjemich nenn, schoamelte e Ma voar m'r häer, dä hadde e äje Foeßwerk onner serr. Ech woßte net rächt, ob hä hennerrecks oer vorrecks woll, so spassig hopste hä om Wäch rem. ,,Gomorge Vatter!" begreßte ech än. ,,Net so hetzig!" säte hä, ech goah met doarob." No hadde ech Zitt, m'r dä Ma näjer azeseh: ,,Dä Hot, dä hä opp hadde, dat woer geweß det erschte Hotmoster wat erfonne eß wurrn. Ät woer en Hot, wi se freher de Schäfer drähte: half Gewerkehot on half Schneeschäpper, on schimmerte e all Räjebouwefarwe. Sinn Azoch woer sonndäglich; schwarze Botze, en gestreckte Jipp ewer d'r Weste, on ewer dem Ganze hong d'r schwarze Brirjamsrock, dä a de Schollern arig glänzte. Wie ech awer d'm Ma sinn Schoh souw, du hadde ech gar kenn Angst me, dat hä bi sinnem stolperige Gang emfalln kenn. E so groaße Schoh konn kainer emfalln! ganz ußgeschloesse. Hä hädde sich getroest ob d' Sejj konn stelln, die onner oes vorbifloß, a Onnergoah wäer kenn Gedanke gewäst.

Schäe Wärer!" säte ech zu minem Gefährte. „Schäe eß annersch!" meinte hä, „awer ät eß emmer noch bässer wie gar kajj Wärer." Ech bo em en Zigarr a. Erscht woll hä se e d' Hächt quetsche, awer du beguckte hä se va all Sitte, on fong se am verkoehrte Änn a. Wie hä awer e paar Zäij gedoah hadde, schmesse se en d' Schossegrawe. „Schmackt se net?" „Enä!" säde hä. „Ech hadde m'r emer moe so e Denge gewenscht, awr so eß det Läwe: d' Voerfraij eß emmer schäener wie det Ereignis." Dat kah goet wäern de Morje, doachte ech. E Pfilosof e nem gestreckte Jipp! Mech sall et wonnern. „Ihr sid woahl en d'r Kirche gewäst?" „En joa!" säte d'r Hannes. „D' Ale on d' Krachige die laufe hennerm lewe Gott her, d' Jonge on Gesonne awer lewer dusserem." „En d'r Nadur eß och d'r lewe Gott!" „Wonet gälle loeße," doarob d'r Hannes, „soest hädde d' Kircheschwänzer jo kaij Beschewurt." Ech broachte no det Gespräch ob d' nejje Zitt. „Mir ha itz doch veel me Frejheit wie freher!" „Dat merken ech och," säte d'r Hannes, „m'r derf itz ewer alles schänn, wat freher goet woar." „ No, no! Det Goere moß m'r doch aerkenn," säte ech. „Mir ha doch veel Nejjes kräije." „Verstäeht sech!" lachte d'r Hannes, „zum Beispiel d' veele Steuern!" Dat eß jo e kragäeliger Karle, doachte ech, doa darfste nicks me va Politik schwätze. „D' Baij wonn woahl net me recht, Vatter!" „Wäer kaij Wonner! E half Joahrhonnerd ha se a dä gähne Berj remgekroatscht, zwäe Schree rob, än zerecke, da versäh endlich d' bäste Onnertane." „Dat strengt och d' Närve a," säte ech so näwebi. „Wat Närve? Die well ech gern d' voarnähme Li ewerloase, — awer ihr hat rächt: Ho eß bal jeder Mäckes nervös." Vor minnem Broerer sinnem Huß verabschiedete ech mech vam Hannes: „Ob Wereseh!" „Dat eß och so wat Nejmorisches", säte d'r Hannes „Gerechtsvollzeher, Häwelwiwer on Bäreler sän et met Vorlewe! Noda Gomorge!"

H. Kraus, 1927

Dr Honndsdavids Ferdnand.

Wenn ech hehmet e beßche Gereeb for en Riewekooche brenge ewer dr Honndsdavids Ferdnand, da wonn mr oos all frejje ewer de ahl Birjer vah ächtem Korn onn Schroat, die männjem met ehrem Frohsenn dr Kopp werrer off sadde, die em Vorbiigoah met einem einzije Satz e bässer Rezäpt verschreew wie zwaij grondgeloahrte Döckdern zesaome. Ech seh dr Ferdnand noch emmer em bläcke Kopp durch de Maberstroaße onn ewer det Maart stewweln onn bim Groäbche stoah bliewe, wo häh der Märercher onn Fraue bim Wasserhoaln e Witzche verzeällte.Da lachte se all hart off, onn häh machte sich da fort. Vor allem hatte Davids Vatter de Honn gern, onn deshalb nannten sen och dr Honndsdavid. Häh konn gäh de Honndskrankheite, dressierte onn loahrte de Honn allerhand, häh ruschte onn duschte met Honn. Vor allem awer hatte häh en dr Dressur wat los. On doa well ech Au e paar Denger verzeälln.

Dr Honndsdavid koam emoal met so 'nem Honndsdier noah Reddigs Kall en de Maberstroaße en de Wirtschaft, wo spärer moal det Finanzamt woar. De ganze Stammdeschgesellschaft soaß bienanner, dr Masens Willäm, dr Frisör Lehm, dr Bechsemacher Kerner osw. Off eimoal säte einer: „Wat häste doa da for en Hond?" Du säte dr Ferdnand: „Dat eß e bläsierlich Dierche, dät freßt erscht dr Sänft onn da de Wurscht!" Dat sell e Wort sinn, mainten se am Stammdesch onn bestallten äm e Würschtche. Dr Ferdnand schmärte dm Honnd dr Sänft henne onner dr Schwanz onn stalltem det Würschtche off de Er. Dä Honnd läckte sr erscht dr Sänft af, weil däh n beß, onn du oaße det Würschtche. Dr Stammdesch hatte de Wädde verlorn.

E annermoal woll 'n Jäger 'n Jagdhonnd kaufe onn froagte der Ferdnand, ob häh en goorer, dressierter Honnd hätte. Dä säte: „Ech hah en ganz ußjezeichneter, good dressierter Honnd, dä jedes Häsche uß dr Jagd rußheält." Se gongen da ah de Girschberich, dän Honnd ze prowiern. Wie se no e beßche ewer dr Botterburg sinn, doa loag en Haufe ahl Geröll onn Äsche. Dä Honnd stürzte sich off dä Haufe onn goab sich ahnt Weehln. Wie hä da son halwe Meter deef gescharrt hatte, broachte häh en ahle Piffestomp ah, wo e Häsche droff gemoalt woar. ,,Siste no", säte d'r Honndsdavid, ,,wie dä off de Hase eß!"

Ah 'nem Gehannsmaart koam dr Ferdnand em bläcke Kopp wie emmer op de Hasegaarde onn beguckte sr de Maartdagsbude. Vor einer bleeb häh stoah onn besoug sr de Bilder, die ah dr Linnwand gemalt woarn — et woarn Seehonn. Dä Bäijjaskarle koam off en zoh onn säte: ,,Besehen Sie sich doch einmal die Seehunde" onn wollen de Trappe roff zeh. En däm Augebleck koamen da e paar Hetter Jonge drzoh onn glaubten, dä Kirmeskarle hätte dm Ferdnand dr Hoot afgenomme on erkonnigte sech. ,,Ech hah kenn Hoot", säte dr Ferdnand onn moßte noch veel Wasser eht Fuur schöre. ,,Dat wolln mr awer och geroare hah, sost hätte merm och de Bude afgebroche onn hätte die Dierer dm Honndsdavid gebroacht!" ,,E nä, die well ech net, dat sinn känn Honn!" ,,Ja, siid Ihr da dr Honndsdavid?" froagten die Hetter Jonge, ,,da kommt met loa off de Dreller, da wonn mr moal fahrn." Onn se songe all Leerercher, die de Urjel speelte.

Einschlägige Literatur

Drejaderspeelcher uss d'm Seejerland va n'm Seejerlänner. 1887
Hartmann, Gustav: Allerhand Schnorriges us d'm Seejerland va n'm gebirtige Iserfäller. Eiserfeld 1894
Hartmann, Gustav: Ä Didche voll Allerläjj. Siegen 1895
Heimatland. Beilage zur Siegener Zeitung. 1926 ff.
Irle, Lothar: Heiteres im Siegerland. Siegen 1960 ff
Irle, Lothar: Rimmcher on Schnürjelcher. Siegen 1964 ff
Irle, Trutzhart: Anekdoten, Gedichte und alte Bilder aus Siegen und Umgebung. Gummersbach 1977 ff
Klöckner, Alfred: Gedechtcher on Geschechtcher. 1961
Schmick, Jacob Heinrich: Riimcher uss d'm Seejerland va n'm Seejerlänner. Siegen 1868 ff
Schmidt, Wilhelm: Leechtstonn. Siegen 1952
Schmidt, Wilhelm und Wurmbach, Adolf: Bi oos dheim. Siegen u. Leipzig 1937
Schneider-Davids, Eduard: Flennersch Richard. Siegen 1913
Schneider-Davids, Eduard: Jongejoahrn. Siegen 1936
Schneider-Davids, Eduard: Geschechtcher uss dem Seejerland. Siegen 1914
Siegerländer Heimatkalender. Siegen 1920 ff
Trapp, Joseph: Siegerländer Dorfgeschichten. Klafeld o.J.
Waas, Kathrin, (Frau Achenbach): Steckelcher uss dem Seejerland. Siegen.